CB040979

Diretor Editorial
Christiano Menezes

Diretor Comercial
Chico de Assis

Diretor de Novos Negócios
Marcel Souto Maior

Diretor de MKT e Operações
Mike Ribera

Diretora de Estratégia Editorial
Raquel Moritz

Gerente Comercial
Fernando Madeira

Coordenadora de Supply Chain
Janaina Ferreira

Gerente de Marca
Arthur Moraes

Gerentes Editoriais
Bruno Dorigatti
Marcia Heloisa

Editora Assistente
Jéssica Reinaldo

Capa e Proj. Gráfico
Rafael Silveira
Retina 78

Coordenador de Arte
Eldon Oliveira

Coordenador de Diagramação
Sergio Chaves

Designers Assistentes
Aline Martins / Sem Serifa
Jefferson Cortinove

Finalização
Roberto Geronimo
Sandro Tagliamento

Preparação
Ana Kronemberger

Revisão
Solaine Chioro
Retina Conteúdo

Impressão e Acabamento
Leograf

DADOS INTERNACIONAIS DE CATALOGAÇÃO NA PUBLICAÇÃO (CIP)
Angélica Ilacqua CRB-8/7057

Donohue, Keith
    A dança das marionetes / Keith Donohue ; tradução de Cláudia
Guimarães. — Rio de Janeiro : DarkSide Books, 2019
    256 p.

    ISBN: 978-65-5598-221-3
    Título original: Motion of Puppets

    1. Ficção norte-americana 2. Horror – Ficção 3. Fantasmas – Ficção
I. Título II. Guimarães, Cláudia

19-0453   CDD 813.6

                    Índice para catálogo sistemático:
                        1. Ficção norte-americana

[2023]
Todos os direitos desta edição reservados à
DarkSide® Entretenimento LTDA.
Rua General Roca, 935/504 — Tijuca
20521-071 — Rio de Janeiro — RJ — Brasil
www.darksidebooks.com

Keith Donohue

A DANÇA DAS MARIONETES

TRADUÇÃO
CLÁUDIA GUIMARÃES

DARKSIDE

Por que você olhou para trás?
Por que você hesitou naquele instante?

— "Eurydice", por H.D.

LIVRO 1

A DANÇA DAS MARIONETES

Keith Donohue

1

la estava apaixonada por uma marionete.

Porque o boneco era lindo, porque era raro, porque não podia ser dela. Todas as vezes em que ela passava pela vitrine empoeirada da minúscula lojinha Quatre Mains, ela procurava por ele. Sustentada por um suporte invisível, a marionete estava sob uma redoma de vidro. Dois buracos pretos como olhos, escavados na mera sugestão de um rosto. Sua cabeça lisa e inexpressiva estava presa por um eixo de madeira ao corpo, talhado a partir de uma única peça de choupo, escurecido pelos séculos, e seus rudimentares membros haviam sido perfurados nas mãos e nos pés. Um simples anel, gasto e rachado, elevava-se do alto de seu crânio. Há muito tempo nenhuma corda passava por aqueles buracos, mas era claramente uma marionete primitiva, talhada por um inuíte nativo tempos atrás, a madeira agora fendida por rachaduras que se abriram ao longo dos veios. Uma fina cicatriz circundava seu peito, como se um dia alguém houvesse sido interrompido no ato de cortá-lo ao meio. Não era maior que as bonecas da sua infância, com pouco mais de trinta centímetros de altura. O homem fora de época aguardava melancolicamente que alguém o resgatasse de sua prisão de vidro. Uma película de pó repousava na curva da redoma, e numa etiqueta de papel amarelado, pregada na borda inferior, estava escrito, em uma caligrafia meio apagada: *poupée ancienne*.

Ele era o mestre de todos os outros brinquedos da vitrine, todos agora íntimos de Kay, como velhos amigos. Seis bonecas ladeavam o homem na redoma, três de cada lado. Pintadas em cores vivas, com sorrisos congelados e bochechas rosadas, seus rostos de biscuit brilhavam ao sol, e elas miravam à frente, o olhar fixo eternamente no mesmo ponto. Ninguém havia brincado com elas por quase um século, relíquias das eras vitoriana e eduardiana, com vestidos de um brocado grosso e casacos de viagem, delicadas cabeleiras encimando suas cabeças. Duas delas seguravam sombrinhas fechadas, as pontas afiadas como lanças. Um ursinho marrom com um fez vermelho e um colete com bordados dourados se equilibrava em um velocípede de ferro, o pelo dos joelhos e cotovelos puído. Havia uma marionete de mão embolada junto ao ursinho, um cão de caça tristonho que ela reconheceu de um antigo programa de TV infantil, as orelhas absurdamente longas balançando sobre a prateleira inferior. Um sinistro casal Punch e Judy, suas caras extravagantes desbotadas pelo sol, sorrisos de escárnio em bocas medonhas. O sr. Punch erguia seu bastão, sempre pronto para bater na esposa. Dependendo do ângulo, ela parecia erguer os braços para se defender. Miudezas estavam espalhadas pelas sombras: uma minúscula tropa de soldadinhos de chumbo com casacos escarlate e chapéus de pele de urso, um par de olhos de vidro com íris de lápis-lazúli, uma pequena trompa com uma adorável pátina verde serpenteando pelas curvas de bronze, e uma cobra de madeira articulada pronta para atacar um calcanhar em um passo em falso na grama. Por trás da mixórdia de quinquilharias, quatro marionetes de cavalos pendiam de cordas grossas, que desapareciam nas vigas do teto. Em um canto da vitrine, uma teia de aranha, pesada de poeira, se estendia da parede ao teto, e sob ela repousavam as carcaças de duas abelhas.

Pelo que parecia, a Quatre Mains estava fechada e abandonada. A vitrine nunca mudava, nem um objeto estava fora do lugar nas semanas que se passaram desde que ela e Theo haviam chegado a Quebec e passado por ali a caminho de seu primeiro ensaio. *Espere! Não é um encanto?*, ela havia dito. Ninguém entrava ou saía da loja. A porta estava sempre trancada. Nenhuma luz brilhava à noite ou naquelas tardes em que as nuvens escuras surgiam cuspindo enormes gotas contra as fachadas ladeando a rua. Embriagado pelo espírito aventureiro dos recém-casados, Theo certa vez propôs que eles simplesmente arrombassem o local para explorar seus recantos ocultos. Por ter mais tempo para vaguear por aí, devido ao seu trabalho solitário, ele havia descoberto que muitas das lojinhas de bricabraques e antiguidades da parte velha da cidade, o distrito de Vieux-Québec, haviam sucumbido aos tempos difíceis e encerrado suas atividades, mas a interpretação lúgubre que ele apresentava da situação não a impedia de sonhar. Ela queria ter aquela marionete em suas mãos. Ela queria pegá-la. Não havia vivalma na rua, então ela se inclinou para olhar mais de perto, apoiando as mãos na vitrine suja. A luz não alcançava muito longe. Ela só conseguia distinguir formas e sombras, a promessa de algo mais. Seu hálito morno deixou uma névoa no vidro, e, ao ver o que tinha feito, Kay puxou a ponta da manga e limpou a marca de condensação. De maneira quase imperceptível, o homem de madeira sob a redoma virou a cabeça para olhá-la, mas ela nunca o viu se movendo, porque havia saído às pressas, atrasada como sempre.

Kay deu a volta por trás da mesa e se debruçou sobre Theo, deslizando seus braços esguios por sobre os ombros dele e entrelaçando os dedos sobre seu coração, apertando com força até que ele segurasse as mãos dela. Ela o beijou de leve na bochecha, seus longos cabelos caindo por sobre os olhos dele, de tal forma que ele se sentia envolto por ela, até o momento em que ele moveu sua mão e ela se endireitou e partiu, sempre atrasada, largando uma fieira de adeuses enquanto deixava a sala, e o ruído seguinte era o estrondo da porta batendo.

O silêncio que se seguiu à saída de Kay o perturbou mais que o barulho que ela fizera ao se preparar para sair. Há uma hora, Theo tentava trabalhar na tradução, revirando em sua mente os problemas abandonados na véspera, ansioso para alcançar as soluções mas à espera, à espera de se ver sozinho no apartamento para poder se concentrar. Ele nunca começava enquanto ela estava lá, ou por não querer perder a oportunidade de trocar algumas palavras com Kay enquanto ela se vestia, ou porque os dois ficavam flertando enquanto comiam os habituais ovos com torrada das três da tarde. A maior parte do tempo, ela mal parecia se dar conta de que ele hesitava por causa dela, de que ele lhe dedicava toda a sua atenção, porque ela estava pensando no seu trabalho, aquecendo-se para os gestos que lhe seriam exigidos durante o espetáculo. Ela alongava pernas e braços, dobrava o corpo, e ele a observava de sua cadeira, fascinado pela simples graciosidade dela, revirando em sua mente uma determinada frase, a *mot juste*, o som e o significado do francês que ele lutava para transformar em inglês. Sua mente em dois lugares ao mesmo tempo, com ela e sem ela.

Assim que chegaram à cidade, eles deram um jeito para passar o máximo de tempo possível juntos, explorando a antiga parte francesa do local. Quase todas as tardes, ele a acompanhava, como um colegial perdidamente apaixonado, deixando o apartamento em Dalhousie e escapulindo até o galpão onde a companhia ensaiava, onde se sentava com um café e o jornal para assistir aos ensaios, semana após semana. Os artistas se encontravam lá todas as tardes para repassar quaisquer mudanças no espetáculo e depois dirigiam-se ao espaço aberto onde ocorreria a performance. Mais tarde, quando a temporada começou, Theo se juntou ao desfile daqueles que iam ao teatro improvisado, instalado, para a temporada de verão, em um terreno baldio embaixo de um viaduto. Era uma maravilha, o palco elevado rodeado de cercas e andaimes, os projetores e *spots*. Cordas pendiam das barreiras laterais do viaduto, e acrobatas excitavam a plateia balançando-se no céu noturno. Pequenos trailers serviam de camarins, e do outro lado da pracinha ficava um centro de controle de efeitos especiais. Quase toda a plateia tinha de ficar de pé durante o espetáculo — como os espectadores pobres no Teatro Globe, de Shakespeare —, mas havia duas arquibancadas portáteis para convidados especiais e uma pequena área nos bastidores, sempre lotada de artistas entrando e saindo de cena. Dali ele ficava assistindo ao espetáculo nas coxias, noite após noite, ansioso enquanto ela estava no palco, até o dia em que ela o isentou dessa obrigação.

"Você tem muito trabalho pela frente", disse-lhe Kay. "Você não precisa fazer essa viagem todo dia. Você vai ficar de saco cheio disso. De saco cheio de mim..."

"Nunca", falou ele, interrompendo-a. Ela enrubesceu e desviou o olhar.

"Você é um doce, mas, francamente. Precisa trabalhar."

Theo ficou pensando se, com isso, ela não queria dizer algo mais, como se, de alguma forma, ela se sentisse satisfeita por se afastar, feliz em ficar longe dele por aquelas poucas horas. Ele destampou a caneta e a pousou em cima de uma página em branco, depois abriu o texto que havia sido contratado para traduzir. O francês fervilhava ante seus olhos como um enxame de milhares de abelhas. *L'Homme en mouvement*, uma estranha história sobre um homem muito estranho, o fotógrafo do século xix, Eadweard Muybridge, o homem que estudava a arte do movimento.

Ele deveria entregar o manuscrito ao editor em onze semanas, no dia 1º de setembro, mas Theo havia traduzido apenas um terço do texto, até o ponto em que Muybridge mata o amante de sua esposa, em um ataque de ciúmes. Muybridge ficara sabendo por seu caseiro que a mulher havia partido para um chalé com o amante, então carregou uma pistola, deixou seu escritório em São Francisco e correu para tomar a última barca para o norte, onde pegou um trem. Ao chegar ao fim da linha, ele alugou uma carroça para ir até o chalé no meio do mato, incitando o pobre condutor a chicotear os cavalos no meio da escuridão. Ele sabia que sua jovem esposa estava lá com Harry Larkyns. Quando o amante de sua esposa abriu a porta, Muybridge deu-lhe um tiro no peito, acertando o coração. *Amour fou*. Theo analisou as possíveis traduções: amor louco, arroubo de paixão, desejo fatal. O que levaria um homem a tal ato extremo? Como o assassinato havia sido planejado, poderia seu comportamento ser realmente classificado de insanidade temporária? Nesse caso, não haveria uma loucura equivalente guiada pelo mesmo sentimento egoísta, o coração nômade, a mente obcecada? Amor louco, decidiu, e, satisfeito com sua escolha, foi isso o que escreveu: "Ele foi instigado por um amor louco por ela. Ele teria feito qualquer coisa".

Theo compreendia bem como o amor podia fazer oscilar a razão. Kay era impetuosa o bastante para ter provocado algumas dúvidas antes de se casarem: sua vida secreta da qual ele nada sabia, seus súbitos arroubos. Mas, no fim, Kay o deixou louco por ela.

O apito de uma embarcação soou no rio Saint Lawrence, junto a sua janela, e ele se aproveitou da distração para levantar-se da mesa e conferir a cena lá fora. Exibindo tanto a bandeira canadense da folha de bordo quanto a da flor-de-lis da província, o barco de excursão se aproximava ruidosamente do cais, certamente voltando de Tadoussac, aonde os viajantes teriam ido em busca das baleias que desciam a costa todos os verões — jubarte e baleia-de-barbatana, minke e até, dizia-se, uma eventual e enorme baleia-azul, para se alimentar dos abundantes cardumes e krill. Ele e Kay haviam feito essa viagem em um raro dia livre, e ela havia ficado extasiada com as belugas, que se moviam como fantasmas dentro d'água. Da janela, ele ficou observando a tripulação saltar e prender a embarcação, para que os passageiros desembarcassem, pequenos bonecos de corda aprendendo a andar enquanto lutavam para chegar ao passadiço. Enquadrados em uma sequência de Muybridge, um estudo do movimento dos marinheiros de água doce. Uma a uma, as pessoas lá embaixo se equilibrava para depois deixarem o enquadramento, até não restar mais ninguém, e ele se sentiu apreensivo como um deus que, do alto, vê seu mundo ser abandonado.

No coração de Vieux-Québec, os sinos da igreja soaram a oração da tarde, e Theo olhou para seu relógio, surpreso ao ver quanto tempo havia se passado desde que escrevera aquelas últimas frases. O trabalho em sua mesa resmungava por atenção, mas ele não conseguia dar a mínima. Talvez depois do jantar, quando desanuviasse sua mente. Ele enfiou seus papéis e livros em sua pasta, pendurando-a no ombro para sair, aproveitar o crepúsculo. Ele amava a solidão do lusco-fusco, quando tudo passava da claridade à escuridão. Ao longo das ruas da parte mais baixa da cidade velha, a Basse-Ville, os carros chispavam a caminho de casa, e o Musée de la Civilisation havia encerrado suas atividades pelo dia. Não havia pedestres nas ruas. Eles estavam procurando um lugar para, quem sabe, jantar, ou indo para um drinque e um espetáculo, e ele invejou o padrão dos dias típicos dessas pessoas, e a rotina de suas horas. Ao tomar um atalho para seu café favorito na rua Saint Paul, Theo seguiu o caminho pelo qual Kay havia acabado de passar, com suas lojas prediletas, e, reduzindo o passo para olhar as vitrines, ele se pôs a pensar no que ela apreciaria, calculando quanto dinheiro teria de ganhar para comprar tais tesouros para ela.

Do outro lado da rua, uma luz se acendeu subitamente na Quatre Mains, projetando um retângulo na calçada. Ele ficou surpreso com o sinal de vida na lojinha de brinquedos. Ajeitando a alça de sua pasta no ombro, Theo atravessou a rua estreita para investigar. As bonecas e os títeres da vitrine sobressaíam à luz artificial, e ele podia distinguir as prateleiras de brinquedos e marionetes penduradas por fios presos ao teto, além de uma miscelânea de fantoches de mão escorados nos ganchos de um cabideiro de parede. Ele aproximou o rosto do vidro, fascinado pelo que havia ficado tanto tempo nas sombras. O ambiente parecia vivo, cheio de promessas, e ele se forçou a deixar a vitrine para tentar a porta, trancada como sempre. Ele bateu com força.

"Olá, olá, tem alguém aí?"

Nenhuma resposta. Ele bateu no vidro e tentou em francês. "*Il y a quelqu'un? Allo.*"

Nada se moveu lá dentro. Ele ficou atento ao ruído de passos, improvisou binóculos com as mãos, pressionadas contra o vidro, mas não viu nada. Talvez houvesse uma porta dos fundos, em um beco transversal. Enquanto decidia se a procuraria ou não, ele sacudiu a maçaneta duas vezes e gritou de novo, a voz ecoando na vitrine, embaraçosamente estranha. Uma família de cinco passou por ele, um casal e três crianças pequenas, que viraram as cabeças em uníssono para ver a confusão que ele estava fazendo. As luzes dentro da loja se apagaram subitamente. Ele se viu no escuro, considerando o que fazer. Deu alguns passos para trás e olhou para o segundo andar do imóvel, mas as janelas estavam nuas e empoeiradas como sempre. Devia haver uma porta dos fundos, concluiu, e, recobrando o bom senso, atravessou a rua de novo, pesaroso por ter perdido a oportunidade de ter comprado um presente para ela. Ao entrar no café, a multidão turbulenta e os aromas sensuais da cozinha fizeram com que ele esquecesse tudo.

* * *

Sarant equilibrou as mãos na esfera e ergueu cuidadosamente seu corpo, repousando seu peso na base dos pulsos e no ângulo formado pelos antebraços. O ar de junho era quente e úmido na praça aberta, onde o circo apresentava seus espetáculos de verão gratuitos, uma maneira de aperfeiçoá-los para a temporada de fim de ano. Uma mariposa rodopiou a poucos centímetros do rosto de Sarant, mas ela não rompeu a concentração de seu giroscópio interno. Um ônibus passou ruidosamente em um viaduto, mas as pessoas nas plataformas e aquelas que estavam de pé, embaixo, só prestavam atenção nos acrobatas, no fraco zumbido das luzes, no crescendo da música tocada pela orquestra oculta. Sarant tomou impulso à frente, arqueando as costas e erguendo e curvando as pernas, então pressionou os braços contra a esfera, alongando e elevando todo o corpo, de maneira que este parecia uma espécie de ponto de interrogação. Dois buracos pretos, seus olhos estavam fixos em um ponto acima de sua testa, onde ela logo pousaria os dedos dos pés, contorcendo-se por completo. Um murmúrio baixo de inquietação percorreu as pessoas mais próximas do palco, à medida que elas se davam conta de que o corpo humano não havia sido feito para se dobrar daquela maneira. Seus músculos se contraíam com a tensão, e ela expirou cuidadosamente, já que uma respiração descuidada poderia perturbar seu equilíbrio e fazê-la tombar. No escuro, os fracos aplausos foram aumentando gradativamente, e Sarant manteve a pose por alguns momentos mais antes de abaixar seu torso, em um único e fluido movimento. Ela, então, balançou as pernas e se pôs a cavalo sobre a bola metálica, para depois dar um salto à frente, aterrissando de forma perfeita. Cravada no chão, como a ginasta que era. De seu lugar entre os coristas, atrás da acrobata, Kay podia ver o suor fazendo uma linha ao longo das costas de Sarant, escurecendo sua roupa como um fio de sangue. Os aplausos foram se extinguindo enquanto ela sorria e fazia uma reverência. Kay queria um estrondo — eles não sabiam o quanto aquilo era difícil? Mas não, a plateia guardava sua admiração para os acrobatas aéreos que agarravam as cordas amarradas às muretas do viaduto, para os aventureiros que saltavam sobre rampas com seus skates e bicicletas, para o mestre de cerimônias com seu monociclo, para os escaladores e os atrevidos. A delicadeza e a graça desse intervalo ficavam apagadas à frente do fantástico movimento que caracterizava o circo.

Absorta em seu desagradável ressentimento, Kay quase perdeu sua deixa. As oito coristas, quatro de cada lado, se erguiam ao mesmo tempo e avançavam, formando um ondulante botão de lótus que tinha em Sarant seu radiante centro, e, ao se fecharem em torno dela, permitiam que ela desaparecesse naquele abraço de pétalas, escapulindo por um alçapão no chão do palco, e não estivesse mais lá quando a flor desabrochava. O truque sempre arrancava um gritinho de aprovação da plateia, principalmente entre as crianças, gratas e maravilhadas. Os projetores se apagavam para que as pétalas escapassem na escuridão, enquanto uma nova luz brilhava sobre o grupo de homens que se equilibrava em suas *mountain bikes* e skates, em uma plataforma que circundava o palco, a 3,5 m acima. Kay tinha catorze minutos para trocar de roupa para o último ato.

Espremidos no trailer que servia de vestiário, os acrobatas e contorcionistas despiam seus collants e apanhavam roupas mais caprichadas, ajeitavam a pintura do rosto, se enfiavam em bustiês e arranjos de cabeça, uma confusão de penas, lantejoulas e pele nua. Reance, o mestre de cerimônias, ziguezagueava por entre as garotas, nos mais variados estágios de nudez, parando para sussurrar uma palavra na delicada orelha de Sarant, um elogio secreto que a fez corar por baixo da maquiagem. Espremendo-se entre duas mulheres seminuas, ele depois foi direto para Kay. Ela olhou a figura vagamente cômica a sua frente, a maquiagem trincada em sua pele, o boné e os óculos de piloto fora de moda que encimavam seus cabelos brancos, dividindo-os em penachos, seu longo casaco de couro ornado com relógios de bolso, bússolas e mostradores pendurados em correntes. Uma releitura modernosa de Cronos, ainda que ela não conseguisse perceber a importância simbólica do personagem. O piloto noturno de todos os sonhos, ou alguma metáfora do gênero. Verdade seja dita, ela não entendia muito bem a dramaturgia do espetáculo, barroco como uma ópera, a trama, uma distorção de um triângulo amoroso, e um menino no centro de tudo, preso no tempo, encerrado dentro de um sonho sobre seu futuro. Para manter a mente concentrada em sua atuação, ela raramente pensava na história. Não passava de uma maneira de exibir acrobatas e equilibristas, fantasias, música, luzes e movimentos deslumbrantes. Reance ficou olhando enquanto Kay abotoava a blusa, depois se aproximou o bastante para que ela sentisse seu hálito de alho.

"Jantar?", perguntou ele, erguendo uma sobrancelha grossa, e ela não conseguiu perceber se ele estava realmente dando em cima dela ou exagerando para ser engraçado. Velho devasso. "É só uma festinha. Sarant já disse que vai, e um seleto grupo. Mas não seria a mesma coisa sem você."

Durante todas as semanas em que estava no circo, Kay havia estado invisível, ou talvez ela não houvesse se dado conta da observação dos outros artistas. Todas as noites, Theo havia esperado por ela no trailer-vestiário, para que ela não voltasse sozinha para casa, e ela apenas se despedia dos outros. Mas agora havia-lhe sido concedido fazer parte da panelinha. Ela puxou os cordões do seu corpete e fingiu procurar os sapatos. "Sim, parece divertido", respondeu, olhando para o chão.

Ele pousou a mão em seu ombro nu, a luva sem dedos assustadora como uma cobra. "Fico muito feliz que você tenha concordado. Agora, não perca mais nenhuma deixa."

A multidão bramia pelo final, um grandioso cortejo de acrobatas em saltos e cambalhotas, transbordando pela plataforma que atravessava o local, todos eles, os acrobatas aéreos, os contorcionistas, os dançarinos e palhaços se espalhando, uma ópera burlesca à guisa de um agradecimento geral, elaborada para agradar a todos. O garotinho, que sonhara todo aquele musical fantástico, pulava dos ombros de Reance. Eles então se davam as mãos e se curvavam; e toda a trupe se curvava, em um imenso coro de bravo! As pessoas do outro lado dos holofotes batiam palmas até as mãos ficarem doendo. Quando a música atingia seu ápice, as luzes se apagavam, e todos os artistas saíam na escuridão ruidosa. Ela fuçou em seu armário e encontrou as roupas que havia separado para uma ocasião especial, colocando rapidamente o vestido amarelo e seus sapatos prediletos, um par azul-piscina, de salto. Depois que toda a maquiagem havia sido retirada, depois que os boás e lantejoulas haviam sido guardados, Kay se juntou aos outros, agrupados no portão de entrada. "Saindo para jantar com a trupe", digitou rapidamente para seu novíssimo marido. "Chegarei tarde. Não me espere."

A DANÇA DAS
MARIONETES
Keith Donohue

2

heo acordou sozinho na cama. As cobertas haviam caído no chão em algum momento durante a noite, e os lençóis retorcidos formavam um nó úmido em torno de seus pés. Por um instante, ele pensou que Kay poderia ter saído da cama mais cedo por causa da agitação dele, mas o travesseiro dela repousava cheio e intocado. Ou talvez ela houvesse chegado muito tarde e, para não perturbá-lo, fora dormir no sofá da sala. Sua cabeça doía. Esfregando a testa com os dedos, ele repassou a noite anterior, as cervejas e o *poutine* ainda pesando em seu estômago. Ele sonhara com Muybridge atravessando São Francisco às pressas para pegar a última barca, a viagem de carroça pelas colinas sinuosas, em plena noite escura, até o chalé aonde sua esposa havia ido com o amante. A última coisa da qual Theo se lembrava de seu sonho era do fotógrafo batendo à porta, a pistola na mão.

"Kay", chamou, sem qualquer resposta. Ele fez um grande esforço para se pôr de pé e deixou o quarto aos tropeções, repetindo o nome dela pelos aposentos vazios. Ela não estava no sofá. Ela não havia voltado para casa na noite passada, ou talvez houvesse acordado cedo e saído para buscar dois cafés bem quentes e aqueles doces que ele adorava na loja da esquina. Com um largo bocejo, ele distraidamente passou os olhos pelo trabalho da noite anterior, metade da sua atenção concentrada na porta de entrada, à espera de um som que indicasse a chegada dela, o ruído do elevador, passos no corredor, o chocalhar das chaves na fechadura. A página em branco não proporcionava qualquer distração real para sua agitação, então ele se levantou, sem escrever uma única palavra. Ele vagou pelos aposentos, abrindo as cortinas para que a luz entrasse, tentando descobrir onde havia largado seu celular. Um rápido telefonema para ela resolveria todo o mistério. Rindo das lembranças da noite anterior, ele finalmente encontrou o aparelho atrás de uma das almofadas do sofá. Ele havia mantido vigília ali, até apagar enquanto assistia a um velho filme preto e branco, e devia ter largado o celular quando finalmente foi, meio dormindo, para o quarto. Certo, ela havia lhe mandado uma mensagem: *Chegarei tarde. Não me espere.* Mas ele havia esperado por ela durante algum tempo, e foi com muita relutância que se arrastou até a cama sem ela, por volta da meia-noite. Ele digitou o número dela.

Quando sua chamada caiu direto na caixa postal, ele desligou sem deixar recado e, então, batucou uma série de mensagens urgentes, uma atrás da outra, logo após cada uma ser enviada:

Onde você está?

Você veio para casa ontem à noite?

Ligue para mim.

Nenhuma resposta. Ele amaldiçoou o smartphone e toda a tecnologia, por não lhe darem uma resposta imediata. Ou ela se esquecera de ligar o celular, ou este estava descarregado em algum lugar. Exatamente como certa vez, quando eles ainda namoravam, em que ela deu o bolo nele, sem qualquer aviso. Ela poderia ter telefonado e explicado, ele entenderia. O temperamento reservado dela quase arruinara tudo, e agora ele sentia um misto de irritação e ansiedade, que pesava como uma pedra em seu estômago. Nada a fazer exceto esperar, tomar um banho, preparar o café da manhã, manter-se ocupado.

Esfregando sua barba que começava a despontar, Theo pensou em Muybridge e suas magníficas suíças grisalhas do século XIX. Sim, ele só havia se casado muito tarde, e sua noiva, apesar de já ter passado por um matrimônio e um divórcio, era bem mais jovem que ele. Ela deveria pensar naquela diferença de idade cada vez que olhava para aquela barba esbranquiçada. Talvez fosse essa a razão de ela haver se extraviado, por estar em busca de um pouco de energia e excitação, que o homem mais velho não podia lhe proporcionar. As mesmas preocupações aborreciam Theo, ainda que a diferença entre ele e Kay fosse de apenas uma década. Ela deveria ser mais responsável, saber que ele ficaria preocupado, mas não, ele podia ouvi-la rir de tudo isso quando chegasse em casa. *Você vai arrumar uma úlcera*, ela diria. *Você se aflige por qualquer coisa. Só fui comprar croissants.*

Mas ela ainda não havia aparecido quando ele terminou de tomar banho e se vestir. Ela não havia retornado quando o café borbulhou na máquina, nem depois de ele comer seu cereal frio. Ele conferia o celular a todo momento, na expectativa de alguma novidade, mas nenhum sinal dela. A manhã ia chegando ao fim no apartamento, sem qualquer esperança. O relógio da cozinha tiquetaqueava como um metrônomo. Nos raios de sol que entravam, a poeira rodopiava como uma tempestade preguiçosa. Pela janela aberta, ele podia sentir o cheiro do escapamento dos carros que passavam na rua, dos navios que passavam no rio. Uma buzina subitamente rompeu seus devaneios. O café havia se tornado frio e azedo. Sobre a mesa, seus livros e papéis ameaçavam levantar voo por vontade própria, e sua caneta lembrava uma faca ensanguentada. Todo o apartamento trazia à mente a cena de um crime. Ele não podia fazer nada além de esperar.

Se algo havia tornado difíceis seus primeiros meses juntos, foram a impaciência dele e a independência dela. Eles haviam tido uma briga por causa disso logo que Kay conseguiu o convite para trabalhar no circo durante o verão.

"Estarei muito ocupada com os ensaios e o espetáculo. Você pode ficar em Nova York e trabalhar na sua tradução, e eu alugo um apartamento com outras pessoas do elenco", ela tinha sugerido.

Essa proposta o deixou bastante chocado, sem palavras só de pensar nisso. Kay sentou-se ao seu lado no sofá e colocou a cabeça em seu ombro. "Claro, você poderia ir até lá nos fins de semana. Sentirei muito a sua falta."

"Não consigo pensar em me afastar de você assim, logo agora que finalmente estamos juntos."

"Seja prático. Eu só estava tentando evitar gastar dinheiro."

Em pânico com a perspectiva da separação, ele fez malabarismo com seu cronograma na universidade em Nova York e usou o adiantamento de sua editora para encontrar aquele lugar em Dalhousie, onde ele poderia ficar trabalhando enquanto ela estivesse se apresentando. O episódio o fez pensar em qual seria a prioridade dela, o casamento ou a carreira.

Pouco depois do meio-dia, ainda sem qualquer notícia de Kay, ele considerou ligar para o gerente de palco no galpão usado para os ensaios, para saber se alguém tinha alguma informação sobre o paradeiro dela. O número, por sorte, estava anotado em um post-it pregado na geladeira, mas, infelizmente, ninguém atendeu. Ainda era cedo para artistas e equipe de palco estarem lá, a fim de se prepararem para o espetáculo daquela noite. Deveriam estar todos dormindo àquela hora, o mundo às avessas do povo do teatro. Ele resolveu sair de casa e procurar por ela, e, arrancando uma folha de sua caderneta, rabiscou um bilhete pedindo que ela ligasse se voltasse para casa antes dele.

O resplandecente sol de junho banhou seu rosto quando ele saiu do prédio, parando um instante para estudar as possibilidades. Ela poderia estar em qualquer lugar, ou em lugar algum. Machucada e caída em uma sarjeta, ou levada às pressas para um hospital. Ou coisa pior. Ele apressou o passo, seguindo o caminho familiar entre o edifício e o galpão, virando na rua Saint-Paul, passando pelos cafés e as lojas de antiguidades, apressando-se até chegar ao mercado de produtores do cais, onde eles costumavam fazer compras quando ela não estava trabalhando. A Cidade Velha se estendia à sua esquerda, o hotel Frontenac se assomava como um castelo no topo de uma montanha. Ele tinha de cruzar várias ruas movimentadas antes de finalmente chegar ao galpão onde a trupe guardava os enormes cenários e equipamentos necessários ao espetáculo ao ar livre, que ocorria a poucas quadras dali. Naquele momento, o local estava praticamente vazio, exceto por alguns adereços gigantescos que não haviam entrado na versão final do espetáculo. As grandes portas de correr na fachada do imóvel estavam fechadas com correntes, então ele deu a volta para chegar até a entrada lateral, que também encontrou fechada. Ele bateu na porta de metal, o eco inútil e melancólico.

Das entranhas do imóvel, avançou um grito, alternado de francês e inglês, pedindo paciência, *s'il vous plaît*. Ouviu-se o clique de uma trava, o tambor de uma fechadura girou, e a porta se abriu lentamente para mostrar um anão de ar sonolento, que fez uma cara feia com a súbita claridade. Os dois se estudaram por alguns instantes, em uma suspeita mútua. O homenzinho coçou a barba por fazer.

"Vá embora", falou. "*Nous sommes fermés*. Volte às 16h." Ele começou a fechar a porta.

"Espere." Theo levantou a voz. "Estou procurando por minha esposa. Ela faz parte do espetáculo."

"Não tem ninguém aqui. A trupe e a equipe chegam às 16h. Os ingressos começam a ser vendidos às 17h. Volte quando a bilheteria abrir."

"Não queria atrapalhar você..."

"Você tem um jeito engraçado de fazer isso. Eu estava dormindo."

"É que ela não voltou para casa depois do espetáculo de ontem à noite." Ele mostrou o celular. "E não responde às minhas mensagens. Eu até tentei ligar, mas nada."

O porteiro sorriu torto. "Bem, ela não estava comigo, seja ela quem for."

"*Pardon?*" Theo olhou para o aposento cavernoso, por sobre a cabeça do homenzinho.

"Não quis insinuar nada. É só uma manhã sem graça, e você me pegou de mau humor."

"Uma das acrobatas do espetáculo", ele explicou. "Kay. Kay Harper. Sou o marido dela, Theo. Achei que ela poderia ter passado a noite aqui, com outras pessoas da equipe."

"Egon Picard", disse o homenzinho. "Auxiliar do gerente de palco e mordomo deste imóvel vazio. Olha, cara, você quer entrar e esperar?" Egon escancarou a porta e, sem lançar um olhar sequer para trás, ele se virou e conduziu Theo pelo corredor escuro até um escritório caindo aos pedaços, enfiado em um canto distante. Um cobertor amarfanhado cobria o pé de uma pequena cama de lona, e no aposento havia ainda uma minúscula pia com bancada, onde repousavam um fogão e uma chaleira elétricos. Do armário embaixo da pia, ele pescou uma garrafa de uísque e dois copos longos, propondo, com um gesto, que tomassem um gole. Theo fez sinal que sim e, como quem não quer nada, examinou o local.

Pregada com fita adesiva às paredes, havia uma galeria de fotos sépia, postais do século xix de mulheres em diferentes estágios de nudez. Na que estava logo acima do travesseiro, um cavalheiro vestido se enfiava por baixo da saia de uma donzela, que parecia desfrutar da experiência. Outra foto mostrava uma mulher com um chicote de montaria repousando sobre suas nádegas desnudas. Balançando-se em um trapézio, uma mulher se inclinava para trás, deixando à mostra toda a sua glória, por sobre um trio de palhaços de circo fora de seu alcance.

"Uma coleção e tanto", disse Theo. Ele caminhou lentamente pelo aposento, parando para observar as poses mais provocantes.

Estendendo um copo para Theo, Egon derrubou seu drinque de uma talagada. "Minha *spécialité*", disse. "Ganhei minha primeira belezura jogando pôquer com um cara de Fargo, Dakota do Norte. Full house. Valetes sobre dois de paus, contra o flush de copas dele. Ele não tinha dinheiro, então... Desse acaso nasce uma obsessão. Essas fotos ofendem você? Deixam você escandalizado?" O homenzinho o provocava, mexendo suas sobrancelhas grossas e lançando olhares maliciosos.

Theo tomou um gole do uísque, o líquido queimando agradavelmente o fundo de sua garganta. "Céus, não. Estava apenas admirando seu gosto eclético."

"Você já parou para pensar no fato de que todas essas mulheres já se foram, mas permanecem vivas nessas fotos, capturadas no auge de sua juventude e beleza?"

"O poder e a arte da fotografia", respondeu Theo. "Parar o tempo. Você conhece o trabalho de Eadweard Muybridge? Quadro a quadro? Ele costumava usar modelos nus para estudar a mecânica do movimento do corpo humano."

Egon serviu-se de mais dois dedos de Bushmills. "Não conheço ninguém chamado Muybridge. Não entendo nada de arte. Falo de beleza, homem. Da juventude e de como ela se extingue, ainda que uma foto dure para sempre."

Essa ideia pairou no ar entre eles, obrigando-os a uma contemplação silenciosa. Egon mandou garganta abaixo outro copo de bebida, e Theo tirou o celular do bolso para ver se havia alguma mensagem perdida. Ele digitou sua senha, e então a imagem de sua esposa preencheu a tela. Com a fantasia e a peruca de um espetáculo já esquecido, Kay olhava para ele por sobre o ombro, um olhar capturado entre a surpresa e a felicidade. Ele mostrou a foto para Egon. "Você tem certeza de que não se lembra dela? Ela está no ato com a contorcionista, é uma das pétalas da flor. E também participa do *tableau*, o final com as acrobacias." Ele aproximou o celular do homenzinho.

Egon chegou perto e deu uma boa olhada. "Kay, Kay, Kay, Kay? Sim, sei quem é. Agora lembro, sim, agora que você me mostrou a foto, claro, sei quem é. Do elenco de apoio. Uma voz no coro." Com um aceno, ele se afastou do celular.

"Então você tem alguma ideia sobre onde ela poderia estar? Com amigos do espetáculo? Ela mandou uma mensagem na noite passada, dizendo que parte do elenco ia esticar depois do show. Que eu não precisava esperar. Mas não voltou para casa."

Esfregando os olhos com as palmas das mãos, Egon fez um esforço de memória. "Eles sempre saem juntos, nessas noites, mas, pensando melhor, ela pode ter estado com uma parte dos atores. Sarant e alguns dos outros, agora me lembro. Podia ser ela a garota de braços dados com Reance. Sabe quem é, o mestre de cerimônias? O bode velho com óculos de aviador?" Ele percebeu a expressão no rosto de Theo. "Não precisa se alarmar. Havia um grupo junto. Atrizes, sabe como é. *Toujours gaie, toujours jolie*. Então ele tenta seduzir cada uma delas, antes que seja tarde, mas, quase sempre, *pfft*, nada acontece."

"Onde posso encontrar esse Reance?"

"Paciência, *monsieur*, eles têm um encontro para o espetáculo desta noite, às quatro da tarde. Ele vai aparecer."

Ela nunca deveria ter aceitado. No início, era lisonjeiro ter sido notada e convidada a participar da noitada, e, no caminho até o bar, era um grupo bem divertido, Sarant e Reance, mais outros quatro da trupe. Mas Kay havia bebido demais, e aquele homem ficara apalpando-a por baixo da mesa. Colocava a mão em sua coxa para marcar uma piada. Esfregando-se contra ela para alcançar a garrafa de vinho. O braço em suas costas, inclinando-se sobre ela para contar uma história. Sempre que ousava falar, Kay podia sentir o olhar dele sobre ela, extasiado, atencioso, lançando uma pergunta sem palavras. Ela tentou ignorá-lo, mudar de assunto, deixar que outra pessoa fosse o centro das atenções, mas ele insistia em dar em cima dela, sem uma única palavra. Os copos vazios pareciam gerar mais copos, e as garrafas se amontoavam sobre a mesa. À volta deles, casais terminavam seus drinques, grupos se despediam e partiam, deixando apenas os atores no lugar. Às duas horas, uma garçonete exausta empurrou a conta sobre a mesa, e eles contaram as estranhas moedas de dólar canadense a fim de dividir o valor. Os festeiros embriagados cambalearam para fora, reunindo-se na calçada, presos entre o desejo de prosseguir com a farra e a exaustão de uma longa noite. Sarant e duas atrizes chamaram um táxi. Os homens, hesitantes, ficaram à espera sob a lua crescente, Reance à espreita a seu lado, como uma ave de rapina.

"Acho que vou a pé", disse Kay. "Não é longe. Vai ajudar a dissipar o álcool."

"Deixe-me acompanhá-la", falou Reance. "Para garantir sua segurança."

"Não precisa", respondeu ela, rapidamente. "Além disso, vou para o outro lado. Nosso apartamento fica em Basse-Ville. Não há ninguém nas ruas, e eu vou a pé sozinha para casa quase todas as noites depois do espetáculo."

"Está muito tarde. Faço questão. Eu não me sentiria bem em deixar você sozinha." Ele estava bancando o cavalheiro, mas, sob a superfície, havia um patife.

"Não, eu insisto. Foi muito divertido. Obrigada por me convidar para a noitada, mas ficarei perfeitamente bem." Com um gesto, ela se despediu.

Com o cérebro embaralhado pelo vinho, Kay partiu na direção contrária, entrando em uma rua estranha antes de perceber seu erro. Em vez de voltar sobre seus passos, arriscando-se a dar de cara com seus amigos de novo, ela deu a volta no quarteirão, passando por lojas fechadas, pequenos hotéis e sobrados entorpecidos onde pessoas dormiam, sentindo-se desesperadamente perdida no emaranhado de ruelas. Ela pensou em ligar para Theo, pedindo que ele fosse resgatá-la, mas não queria acordá-lo àquela hora, então continuou caminhando, o som de seus próprios passos ecoando contra as casas de pedra. A cada passada, ela imaginava que alguém a estava seguindo, um louco, um assassino, então ela parava e escutava, rindo de sua imaginação tola.

Na lua de mel, Kay e Theo haviam alugado um chalé junto ao lago nos bosques do Maine, e certa noite ela foi sozinha até o alpendre para olhar as estrelas. As constelações estavam nítidas e claras, mas os pinheiros escondiam Cassiopeia, então ela foi caminhando pela estradinha a fim de encontrar um ponto melhor de observação. Entre as árvores, ela percebeu um tremor, passos entre as folhas caídas, e a sombra de um alce a deixou apavorada. Ela correu de volta para casa, o mais rapidamente que pôde, e ficou parada junto à porta fechada, com o coração aos pulos e rindo de si mesma. Quando contou a Theo, ele ralhou com ela por ter saído sozinha, e ela ferveu de raiva por cerca de meia hora, pensando em quão dominador ele podia ser às vezes. Mas, ao mesmo tempo, adorável por se preocupar tanto.

Sem entender exatamente como, ela caiu na rua Saint-Paul, perto do Marché du Vieux-Port, um marco em seu caminho de volta para casa. A visão familiar acalmou seus temores. À luz dos postes, o pequeno mercado dos produtores lembrava um conjunto de maquetes de uma estrada de ferro em miniatura, apresentando os mínimos detalhes — a placa na entrada, os carrinhos vazios, as barracas cobertas. Ela tinha a sensação de que, se chegasse mais perto, tudo se mostraria falso, de modo que, sentindo-se perturbada, ela passou rápido por ali, evitando olhar, descendo a Saint-Paul com uma determinação inflexível. Kay, agora, tinha a certeza de ser seguida, seu perseguidor acompanhando seus movimentos em perfeita sincronia. Quando ela parava, ele parava. Retomar o ritmo, desacelerar, andar devagarinho, acelerar de novo. Ele era esperto, pois, sempre que ela se virava para confrontá-lo, não via ninguém. Curiosamente, ela esperava que fosse Reance, não algum bandido atrás de seu dinheiro, de sua vida. Pouco antes, quando estavam deixando o bar, Reance havia pousado a mão na base de sua espinha, expressando seu desejo. Ela podia sentir a mão dele, quente e pegajosa, pelo tecido fino de seu vestido. Ele havia dado em cima dela a noite inteira, e agora estava seguindo-a, só podia ser isso. Ela acelerou o passo, junto a um estacionamento, a rua se estreitando.

Atrás dela, um chiado a assustou, um gato atrás de um rato, uma cobra nas rachaduras da calçada, a respiração de um homem ansioso. Um único poste se acendeu, derramando luz na calçada, um oásis brilhante em um deserto escuro. O chiado e a luz se seguiram, como se um houvesse provocado o outro, assim como riscar um fósforo provoca, simultaneamente, a chama. Seu salto se prendeu em uma rachadura da calçada, partindo-se ao meio.

"Merda", disse ela, surpresa com o quão alta sua voz soou. Depois de tentar prender de novo o pedaço quebrado ao sapato, ela jogou o salto na sarjeta e passou a carregar os dois sapatos na mão, claudicando descalça, e então se deu conta de que a luz vinha de dentro da Quatre Mains. Ela correu para a porta da loja, a fim de escapar de seu perseguidor, e testou a maçaneta da porta da frente, eternamente trancada. Seu coração deu um pulo quando esta girou.

Os sinos pendurados sobre a porta badalaram alegremente quando ela entrou, e, apesar do horário, ela achou que seria recebida na loja pelo dono, provavelmente um senhor gentil: *Posso ajudá-la?* Mas ninguém respondeu aos seus olás. A loja estava abarrotada de brinquedos, e tudo que estava oculto antes se mostrava agora. Ela e Theo nunca haviam visto o que vivia nas sombras. Bem no meio da loja havia um teatro de marionetes, do tamanho ideal para uma criança pequena, o palco decorado por um cenário de floresta, e, por trás, um punhado de dedoches — um porco-espinho, um alce, um castor, um mergulhão, um policial canadense e uma donzela em perigo. Na parede junto à porta havia um longo balcão de madeira, com uma antiga caixa registradora. Ela colocou a bolsa e os sapatos em cima de um mostruário onde se viam bandejas e mais bandejas com peças para bonecas, não apenas roupas e acessórios, mas olhos de vidro, braços, sapatos, luvas e cabelos de todas as cores, de vermelho-fogo a preto carvão. Uma meia dúzia de marionetes pendia do teto em longos fios, rodopiando levemente quando ela passava, João e Maria a caminho da casa da bruxa, Alice e a Rainha de Copas. Na outra parede estavam fileiras de Pinóquios, os Muppets em um cabide de chapéus, bonecos de teatro de sombras da Indonésia, fantoches de mão, macacos de tricô e leões, tigres e ursos de papel machê. Havia bonecos de corda e grupos de jogadores de beisebol das antigas, de ferro, em poses do jogo. Um galo de feltro vermelho com um gorro amarelo. Um macaco mecânico vestindo casaco e gorro verdes de mensageiro. Palhaços cujos braços e pernas pulavam ao se puxar uma cordinha. Todos eles pareciam observá-la enquanto ela vagueava pela loja. Naquele estranho silêncio, ela ficou imaginando onde estariam os donos.

Por trás das mercadorias, em um canto, havia uma escada que ela supôs levar ao apartamento deles. À direita, uma porta com uma cortina de contas lembrava a entrada de um palco. Ela enfiou a cabeça no aposento, mas estava escuro. Na meia-luz que vinha da loja, ela podia distinguir uma longa mesa retangular, ferramentas estranhas, um torno e uma prensa. Pousados em prateleiras e bancos, brinquedos em vários estágios de abandono. Mas nenhum ser humano. Nada que indicasse que os donos estavam vivos e por perto. Onde haviam estado durante todas aquelas semanas, e por que a loja abandonada estava subitamente aberta e vazia no meio da madrugada? E, assim como ela havia visto as luzes na vitrine, provavelmente o homem que a estava seguindo vira também.

Ao dirigir-se à porta para trancá-la, Kay se lembrou da marionete que adorava, o antigo homem de madeira embaixo da redoma de vidro. Ela foi furtivamente até a vitrine, em uma ânsia apaixonada, e o encontrou esperando por ela, como sempre. Ela prendeu a respiração por estar tão perto dele. Antigo e belo, ele parecia conter uma vida secreta. Segurando a alça de vidro no topo da redoma, ela puxou, e, no momento em que se rompeu o lacre entre o frasco e a superfície de madeira, as luzes se apagaram e ela se viu na escuridão.

A DANÇA DAS MARIONETES

Keith Donohue

3

la era feita de mola sob a pele, seus membros completamente retesados, como se um simples toque pudesse fazer explodir a energia tensa de seu corpo. Até seus longos cabelos pretos haviam sido puxados para trás, contra o couro cabeludo, contidos a custo. Apenas seu rosto parecia tranquilo, sem qualquer expressão, os olhos imóveis e escuros como os de uma boneca. Enquanto ele falava, ela batia o pé e rodava os pulsos em ondulações complexas. Egon a havia interceptado quando ela chegava ao galpão, apresentando-a como Sarant, o Nó Tibetano.

"Estou preocupado", disse Theo. "Não tive notícia dela hoje, e Kay não é disso. Pensei que você talvez pudesse me ajudar a entender o que aconteceu na noite passada."

Sarant falou com o desdém de uma verdadeira estrela. "Saímos para jantar depois do espetáculo, só isso. Não me pergunte onde. Não consigo guardar os nomes direito nesse labirinto de ruas. Éramos sete. Bebemos um pouco. Fechamos o lugar, para falar a verdade, depois foi cada um para o seu lado."

"Mas para onde foi Kay? Ela não retornou ao apartamento."

Mordiscando o lábio inferior, Sarant parecia ansiosa para cair fora. "Veja bem — Theo, certo? Não sei o que aconteceu com sua esposa. As pessoas que não moram em Basse-Ville chamaram um táxi, e, enquanto esperávamos por ele, ela disse que queria ir a pé para casa. Então ela foi."

"Ninguém a levou até em casa?"

"Ela é crescida e disse que não era longe."

"Sozinha?"

"No início, sim, mas Reance ficou preocupado com ela andando sozinha no meio da madrugada, então partiu atrás dela. Para alcançá-la."

Pulando no meio deles, Egon esfregou as mãos. "Bem, seu mistério está resolvido, *monsieur*, uma história tão velha quanto o neandertal arrastando uma garota pelos cabelos..."

A mola saltou, e Sarant deu um tapa no alto da cabeça dele. "*Va chier*. Não ligue para o que o homenzinho diz, Theo. Ele é *osti d'épais*[*] e não sabe de nada. Nenhum de nós sabe de nada. Tenho certeza de que tudo vai se esclarecer quando eles aparecerem. Haverá uma explicação lógica."

Antes que conseguisse se afastar, ela sentiu a mão de Theo segurando seu braço. "Mas você não desconfia", perguntou ele, "você não vê qualquer motivo para achar que houvesse algo entre eles?"

Com um movimento mínimo do pulso, Sarant soltou seu braço. Um estranho sorriso vincou seu rosto, como se ela se recordasse de uma conversa ocorrida há muito tempo. "Na história de homens e mulheres, tudo é possível, como você certamente sabe. Mas, isto posto, não me lembro de ver sua mulher babando por Reance, se é isso que você quis dizer. Embora ele seja um notório libertino e galanteador, e ela houvesse tomado uns copos a mais. Talvez ela tenha ido curar a bebedeira em algum lugar, passando o dia alimentando a ressaca. Você vai ter de perguntar a ele. Ou, melhor ainda, a ela." Uma colega acrobata apareceu a seu lado e a resgatou, e elas se retiraram, sussurrando e dando risadinhas, como duas amigas de escola.

Egon puxou Theo pela manga. Um charuto apagado pendurado na boca. "Venha, vamos armar uma emboscada para o namorador."

Na rua em frente ao galpão, junto com os fumantes, eles ficaram observando o resto da trupe chegar, vindo de todas as direções. Dando umas baforadas em seu pequeno charuto, Egon cumprimentava os atores e os técnicos, enquanto Theo examinava os rostos na multidão. Todos eles, sem exceção, transmitiam alegria e brilho, como se houvessem sido pintados pela mesma pessoa. Theo esperava que Kay aparecesse e o cobrisse de explicações, mas não ligava para onde ela pudesse ter estado. Ele só queria vê-la de novo, sã e salva. *Onde está você? Você volta para casa?*

Exausto pela longa viagem, Muybridge se acalmou, caminhou até a porta dos fundos e bateu à porta. Ele disse: "Tenho uma mensagem da minha esposa para você", e, então, matou o homem no instante em que este abriu a boca. Theo desejou ter uma pistola na cintura. Ele visualizou

---

[*] "*Va chier*": vá à merda. "*Osti d'épais*": imbecil completo. Expressão comum no Quebec. [As notas são da tradutora]

Kay e Reance se aproximando de maneira inocente, conversando intimamente sobre a noite anterior, sem imaginarem nada, e ele sacaria a arma e diria: "Tenho uma mensagem da minha esposa para você", metendo uma bala no coração cruel do bastardo.

Theo interpelou as poucas pessoas que reconheceu como amigas de Kay, perguntando-lhes se a haviam visto ou falado com ela, mas todas se mostraram confusas com a pergunta. Seu camarada Egon insistiu, perguntando se elas haviam visto Reance, teria ele comentado algo sobre chegar mais tarde? Já eram mais de 16h, e nenhum dos dois havia aparecido. Egon acendeu outro charuto e se sentou na entrada. Pouco depois, cansado de dar voltas na calçada, Theo se juntou a ele.

"Mulheres", disse Egon, balançando a cabeça. "Não estou certo? Eu queria ter uma mulher que me ajudasse a cuidar das mulheres da minha vida. Uma mulher que entendesse as mulheres, uma mulher que me explicasse as mulheres."

"Mas quem ajudaria a entender essa mulher?"

Tirando o charuto da boca, Egon estudou a cinza e a ponta úmida. "Começo a ter sérias dúvidas sobre o meu plano."

"Você acha mesmo que ela passou a noite com Reance?"

Um corpo projetou sua sombra no local onde eles estavam sentados. "E com quem eu supostamente dormi dessa vez?"

Apertando os olhos contra a luz do sol, Theo viu um homem alto pairando sobre eles, elegantemente vestido, de colete e casaco de tweed, uma corrente de relógio desaparecendo em um bolso pequeno. Theo se contorceu, ficando de pé para confrontá-lo. "Reance?"

"A seu dispor." Ele bateu os calcanhares como um soldado e curvou-se ligeiramente. Seu rosto ficou rosado quando ele se ergueu. Seus finos cabelos brancos estavam puxados para a parte de trás da cabeça, e ele portava um estranho bigode, ao qual se juntavam duas espalhafatosas suíças, o que lhe dava uma imagem de refugiado da era vitoriana, um rajá do auge da Índia Britânica.

De pé, Egon falou por seu colega emudecido. "Este homem está buscando informações sobre um membro da companhia. Madame Harper, Kay Harper. E temos motivos para acreditar que você esteve com ela na noite passada."

Por trás da cobra branca que cobria seu rosto, Reance sorriu ironicamente. "Depende do que *com ela* signifique."

"O que eu gostaria que você nos dissesse", retrucou Theo, "é se você sabe onde ela está agora."

"Céus, como eu poderia saber? Acabei de chegar."

"Você está atrasado", disse Egon. "E não precisa fingir. Temos várias testemunhas que juram que vocês dois estavam juntos no jantar, e que você a seguiu até em casa ontem à noite."

Dobrando seu corpo, Reance se abaixou lentamente, de modo a ficar cara a cara com o homenzinho. "Quem, posso perguntar, deseja saber? Ele é um detetive?"

"Kay é minha esposa", irrompeu Theo. "Eu apenas quero saber onde ela está."

"Caro senhor, gentil senhor, não sei absolutamente nada sobre o paradeiro de Kay. É verdade, ela estava com um pequeno grupo de moças adoráveis que jantaram comigo na noite passada, mas posso assegurá-lo de que não ocorreu nada de inadequado, nem um tiquinho. Você pode perguntar a Sarant ou a qualquer uma das outras meninas. Apenas um agrado para os diligentes e não celebrados membros da companhia. E também é verdade que nossas libações se estenderam até altas horas da madrugada, mas, infelizmente, não houve um só momento em que eu ficasse sozinho com qualquer membro do belo sexo. Depois que a festa acabou, as mulheres tomaram um táxi, e sua esposa, teimosamente e contra meus conselhos, decidiu voltar para casa a pé, já que a noite estava agradável e sem chuva. Ela nos deixou, e o fato de eu ter sido criado como um cavalheiro — pode me chamar de antiquado — persuadiu-me do contrário. Ou seja, de que ela não deveria ficar desacompanhada a tal hora. Infelizmente, no entanto, demorei demais a acompanhá-la. Ela havia mencionado um apartamento em Dalhousie, e lá fui eu, mas não pude encontrá-la. Ela simplesmente desapareceu. E eu não a vi nem falei com ela desde então."

Sua explicação meticulosa deixou os dois sem palavras. Ele era muito bom como ator.

"Além disso, eu vagueei um bom tempo por Basse-Ville à procura de Kay, quase me perdi, mas então decidi dar a noite por encerrada e voltar para casa. Sozinho. Meu gato pode comprovar. E, por estar muito preocupado, não consegui pregar o olho até o dia amanhecer, daí acordei tarde e agora estou atrasado para repassar as mudanças no espetáculo desta noite, e o diretor vai me comer vivo. Sinto muito, sr. Harper, por sua esposa, e espero que você depois me conte o que aconteceu, ou ela, quando ela aparecer, mas realmente tenho de ir. Quanto a você, Egon, meu caro amigo, discutiremos sua impertinência em um *tête-à-tête*."

Por um instante, Theo desejou que Kay houvesse passado a noite com Reance, de modo que ela pudesse, ao menos, estar situada em um ponto específico do planeta, mas agora ela estava mais uma vez à deriva, perdida na noite. Ele conferiu seu celular pela centésima vez naquela tarde. Ele telefonou para a mãe dela, em Vermont, e deixou uma mensagem pedindo que ela ligasse se tivesse alguma notícia de Kay, não precisava se preocupar, era só um problema de comunicação. E depois mandou uma mensagem coletiva para os amigos em comum em Nova York.

"Tenho de ir", disse Egon. "O show."

"Você acredita nele?"

"Ele é um ator." Egon deu de ombros e ergueu as mãos. "Isto posto, não estamos mais próximos de encontrar sua mulher do que quando você chegou. Talvez você devesse considerar a hipótese de ir à polícia."

Primeiro, eles removeram sua cabeça. A mulher grandalhona a colocou sobre a mesa, onde ela rolou e oscilou antes de ficar totalmente imóvel. Kay podia ver o resto do seu corpo, arrumado como um cadáver em um caixão, suas mãos delgadas ordenadamente cruzadas sobre o peito. Ela estava surpresa com o quão pequena havia se tornado. O grandalhão curvou-se sobre ela, pegou uma ferramenta semelhante a uma agulha de crochê e a fincou no buraco na base de seu crânio, mas ela não sentiu dor, apenas uma sensação de desconforto, parecida com a de um tratamento de canal. Mas, em vez de um dente, era toda a sua cabeça. Ele emitiu um queixume baixinho enquanto segurava com força e dava puxões, tirando um chumaço de algodão, e ela sentiu-se subitamente tomada pelo vazio, um vácuo onde antes estava seu cérebro. Pegando um bocado de serragem com a mão direita, ele segurou seu crânio vazio de ponta-cabeça com a esquerda e preencheu o espaço oco, até a borda. O gigante depois pegou tesouras de cozinha e abriu seu tronco longitudinalmente, do pescoço ao umbigo, e, usando um fórceps, removeu suas entranhas. Ele cortou seus braços na altura dos ombros, as pernas na altura dos quadris, partiu-os também longitudinalmente e tirou o que havia dentro. Assim esvaziada, ela pensou na estrutura de seu corpo como um conjunto de roupas vazias, seus braços e pernas achatados como fronhas. Não doía, mas era estranhamente fascinante. Por meio de um pequeno funil metálico, ele despejou serragem nos pés e nas mãos dela, e recheou seu torso com flocos de algodão, apertando bem nos cantos e nas curvas. Então, subitamente, ele partiu, interrompendo o serviço no meio. As luzes da oficina se apagaram, e ela ficou sozinha, em cinco pedaços, a cabeça de lado.

O tempo normal não tinha qualquer significado no estado em que ela se encontrava. Passaram-se horas, dias, talvez mais, ela não sabia dizer. O aposento continuava às escuras. As mãos gigantes não voltavam. Desmontada, ela tinha tempo para pensar. O fato de ela ter sumido do trabalho e de casa não trazia ansiedade, ainda que, em sua ociosidade, ela pensasse em seu marido, em sua pobre mãe. Sim, eles realmente ocupavam sua mente por longos períodos, mas, em vez de se preocupar com eles ou imaginar o que eles pensariam de sua ausência, ela se ateve às lembranças agradáveis. Sem nada melhor para fazer, sem absolutamente nada para fazer, Kay folheou suas memórias, como se fossem um álbum de fotografias. A mãe lhe ensinando a dar cambalhotas. A mãe, pela manhã, voltando de ordenhar as vacas, o cheiro doce de feno e estrume impregnado em suas roupas, o leite ainda morno do úbere. O acidente que deixou sua mãe na cadeira de rodas. Seu pai sempre com um cachimbo nas mãos, nas parcas horas entre a ceia e a hora de dormir. Depois seu pai partindo para sempre, um túmulo, uma lápide com seu nome. Um garoto que ela conheceu em Vermont, cabelos cor de cobre, que lhe mostrou como se esconder atrás de uma cachoeira e tentou beijá-la, mas ela não teve nada com ele. Depois um homem atraente — seu marido? —, tentando ensinar a conjugação de verbos irregulares em francês, quando a única coisa que ela queria era ir para a cama com ele e lá ficar. Ela não sentia saudade dessas coisas. Pensar nelas não a entristecia. Eram simplesmente páginas em um livro que ajudavam a passar o tempo, ou seja lá o que fizesse seu mundo girar.

Quando os gigantes finalmente voltaram, foi um alívio bem-vindo. Tivesse ela pálpebras, teria piscado, como de costume, com a claridade, mas a luz trazia uma sensação boa e morna. A mulher grandalhona pegou sua cabeça, encaixando-a frouxamente ao tronco, ajustando o tecido no pescoço de Kay. Então, pegando uma agulha grossa e uma mecha de fios, ela começou a costurar os pedaços. Ao terminar com os braços e as pernas, vestindo-a com uma blusa branca e um avental simples, a mulher pegou dois pinos de madeira, que prendeu com tiras de velcro aos pulsos de Kay. A giganta a segurou, a mão dando a volta completa em sua cintura, e a colocou ereta, seus pés descalços mal tocando a mesa. Há tempos Kay não ficava de pé, e a mudança de perspectiva a deixou um pouco tonta e apreensiva. Usando os pinos, a mulher fez os braços de Kay se moverem para cima e para baixo, para frente e para trás, depois balançou seus quadris de modo que ela andasse, dançasse, pulasse de alegria. Do outro lado do aposento, o gigante ria e batia palmas prazerosamente, mas sua voz ressoava como um trovão, alta demais para que ela compreendesse. Tanto o homem quanto a mulher eram grandes demais para que ela tivesse uma visão completa deles. Era como estar perto demais de uma montanha. Apenas suas mãos, maiores que ela, raiadas como mapas estelares, dedos grandes como árvores, unhas duras como galhadas e chifres. Eles brincaram assim por alguns minutos, e Kay sentiu uma euforia tão incontrolável que queria rir, gritar, cantar, mas estava muda como uma pedra. A giganta a pousou delicadamente sobre outra mesa, menor, e pouco depois as luzes se apagaram, e Kay ficou à espera. Dessa vez, com menos paciência e maior expectativa pelo retorno deles.

Agora que ela estava, de certa forma, novamente inteira, Kay começou a se sentir mais como seu antigo eu. Antigo eu em um novo corpo. Ela calculou seu tamanho em relação ao que a cercava. Estimava que sua altura não devia passar de uns 30 cm, e seu peso não devia ser grande coisa, talvez 200 g. No início, seu tamaninho a surpreendeu, mas, como em todas as mudanças, ela se acostumou. Sua cabeça era feita de madeira, e o resto do seu corpo, de pano recheado. Seus sentidos pareciam intactos, e ela podia ouvir suas próprias palavras em sua mente, não apenas seus pensamentos, mas o som de frases e parágrafos, a música da linguagem, canções e poemas na memória, a percussão surpreendente do riso. Mas ela não podia falar. Sua boca não passava de um risco de tinta.

Naquele aposento, havia outros como ela. Depois de algum tempo, ela se habituou com a escuridão e conseguia ver as formas que a cercavam. Um par de pés, o globo perfeito da cabeça de alguém. De tempos em tempos, um som extraviado quebrava o silêncio, nada além do suspiro de alguém angustiado em seu sono, o tamborilar de dedos entediados, o ranger de uma junta de madeira endurecida. A intervalos regulares, ela sentia cheiro de comida, inferindo a rotina dos dias pelos aromas. Café e ovos significavam manhã. Sopa e queijo ao meio-dia, a riqueza de jantares completos.

Ela nunca sentia a ínfima fome, e essa falta de apetite a deixava feliz. A uniformidade dos dias, no entanto, a enchia de tédio. Ela ansiava por companhia, pelos gigantes, não porque se sentisse só, mas porque queria a chance de brincar de novo, de sentir a alegria do movimento. Ela havia sido feita para se mexer, e a imobilidade era a parte mais difícil enquanto esperava que sua vida fosse retomada.

Quando a luz sobre sua cabeça se acendia no meio da noite, subitamente, sem aviso, ela sentia a alegria saltando onde costumava ficar seu coração.

Keith Donohue

4

ormulários, sempre havia muitos formulários para essas situações. A funcionária ajudou com a *Fiche descriptive outil profil*, fazendo as perguntas a Theo e preenchendo as respostas. Depois das questões preliminares e da descrição geral da pessoa desaparecida, ela prosseguiu com o restante do formulário.

"Estado de saúde? Algum problema médico crônico?"

"Ela está bem. Não há nada de errado com ela. Que pergunta estranha."

"O senhor ficaria surpreso. Muitos casos de pessoas desaparecidas entre os mais velhos. Alzheimer, demência, eles saem de casa e rapidamente ficam desorientados, não há qualquer trilha de migalhas de pão para seguirem. As pobres famílias descobrem, ou os vizinhos ouvem o gato choramingando a noite toda, eles vêm até nós para ajudar a encontrá-los. É muito duro." A sargento olhou o formulário e traduziu a pergunta seguinte. "Ela frequentava algum especialista ou fazia algum tratamento regular? Terapia?"

"Não", respondeu Theo. "Quantas pessoas desaparecidas vocês têm?"

"Sei de cerca de uma dezena ainda pendente; mas, como disse, a maioria dos que se perdem são os mais velhos. Ou são fugitivos. Coisas ruins em casa. Agressões. Às vezes, drogas. Ela usa drogas?"

Theo fez que não com a cabeça. Há muito tempo, ela admitiu ter experimentado com um antigo namorado, mas eram águas passadas.

"Quando há crianças envolvidas, examinamos os pais. Às vezes há uma briga, e mãe ou pai sequestram a criança. Claro, ela não é uma criança, mas talvez algum amigo tenha tido notícias dela? O senhor pode me dar uma lista dos contatos dela?"

Pegando o celular, ele vasculhou seus contatos em busca de amigos em comum, sabendo que os dela eram diferentes — e estavam no aparelho dela, onde quer que ele estivesse. Enquanto anotava os números, ele perguntou se as pessoas desaparecidas costumavam ser encontradas.

"Em muitos casos, os desaparecidos não desapareceram, apenas sumiram por algum tempo. Fugiram com um amante para um fim de semana. Uma bebedeira. Jogatina. Velhos que se perderam. Mas, a não ser que aconteça alguma coisa com eles, costumam aparecer bem rápido."

"É por isso que a polícia só começa as buscas depois de passadas 24h?" Ela riu.

"Sr. Harper, o senhor tem visto muitos seriados policiais norte-americanos. Não, decidimos como agir de acordo com cada caso. Se parece ser uma emergência médica, uma questão de vida ou morte, começamos imediatamente. Se um menor de idade está envolvido, claro, entramos em ação na mesma hora. Um provável *affaire de coeur*, talvez esperemos um pouco. O senhor acha que sua esposa estaria tendo um caso?"

Ele hesitou em responder, sem saber se compartilhava ou não suas suspeitas com relação a Reance. Era apenas isso, apenas uma suspeita, sem estar baseada em qualquer prova. Na verdade, até aquela tarde ele mal havia ouvido falar do homem. E Kay era a mesma de sempre, pelo menos desde que eles haviam chegado a Quebec. Ele não tinha qualquer motivo para duvidar dela. "Não", disse ele por fim.

"O senhor tem certeza? Poderia fazer uma lista dos lugares que ela frequenta?"

"Apenas a casa e o teatro, geralmente. Algumas vezes comemos qualquer coisa na Cidade Velha, ou ficamos olhando as lojas, mas ela não costuma frequentar nenhum lugar específico. Uma corrida à beira do rio. Mas nada frequente, a não ser algumas lojas em frente às quais ela sempre para quando passamos."

"Vamos pular para a última parte, então. Onde ela esteve por último, antes de desaparecer, e em que circunstâncias."

Theo contou o que lhe haviam dito. O restaurante depois do circo, drinques até as 2h, Kay voltando para casa sozinha depois de se despedir do grupo. Antes disso, ela havia participado do espetáculo, claro — havia centenas de testemunhas — e, antes disso, eles ficaram sozinhos no apartamento.

"E essa foi a última vez que o senhor a viu, sr. Harper?"

"A última vez."

Ela não perdeu um único detalhe, talvez porque não estivesse olhando para o rosto dele. "E vamos precisar de uma fotografia dela. Recente."

"Não tenho uma fotografia. Só a que está no meu celular."

"O senhor pode me mandar por e-mail ou mensagem, sr. Harper. É até melhor, já que posso repassá-la para os policiais ficarem de olho. Enquanto isso, o senhor deveria ir ao consulado dos Estados Unidos, se possível amanhã. Vamos compartilhar essas informações com a QPP, a polícia da província do Quebec. É claro que vamos avisá-lo assim que soubermos de algo. Por enquanto, isso é tudo, a não ser que o senhor tenha mais alguma pergunta a fazer."

De pé para ir embora, ele não conseguiu resistir ao medo em seu coração. "E sobre os outros desaparecidos? Quantos nunca são encontrados?"

Ela ergueu o rosto do formulário, mirando-o diretamente nos olhos. "Aqui é o Canadá, sr. Harper, não os Estados Unidos. Há cerca de quinhentos ou seiscentos homicídios por ano em todo o país. Claro, há acidentes e coisas assim, mas não há qualquer razão para desconfiar de um crime, ou qualquer motivo para se preocupar com um assassinato."

Ele titubeou ao ouvir a palavra. Gotas de suor brotaram em sua testa, e ele ficou imaginando como a delegacia havia ficado tão quente assim de repente. "O que faço agora?"

"Vá para casa. Coma alguma coisa. Talvez o senhor possa pedir a um amigo para lhe fazer companhia. Entraremos em contato."

Um amigo. Ele não tinha amigos em Quebec. Tudo o que eles tinham era um ao outro. Ele raramente saía do apartamento, a não ser para refeições ou para, ocasionalmente, vê-la nos ensaios. Às vezes, ele ia até a biblioteca da Sociedade Literária & Histórica, e havia uma jovem simpática na seção de informações, mas ele sequer sabia o nome dela.

Ele conferiu o celular mais uma vez, nenhuma novidade. Eram quase 20h, então ele correu para o circo e encontrou Egon parado junto à bilheteria, perguntou se poderia ver o espetáculo com ele, matar o tempo. Eles se sentaram longe das vistas do resto da multidão. O local vinha lotando todas as noites, já que a entrada era gratuita, parte de uma estratégia do governo local para atrair mais turistas para a Cidade Velha. Para Theo, a história, como o enredo de uma ópera, era impossível de seguir. Tratava de um garoto preso a sua cama, que via TV, ouvia rádio, cercado por telas de computador, tablets e smartphones, algo sobre a mediação da imaginação na era moderna, mas, na verdade, a estrutura era simplesmente o suporte dos sonhos e delírios eletrizantes, dos funâmbulos, dos acrobatas, dos ciclistas radicais e dos contorcionistas. No lugar de Kay, uma substituta fazia o papel da segunda flor, da dançarina boêmia no *tableau vivant*, da quinta pessoa a fazer acrobacias e dar saltos mortais por entre as fileiras da plateia no *grand finale*. Ele mantinha os olhos fixos na garota, na expectativa de que ela magicamente se transformasse em sua esposa perdida, e, quando ela não estava no palco, ele observava o mestre de cerimônias, Reance, projetar símbolos mágicos no céu para guiar o garoto, enquanto fazia macaquices e caretas para a plateia. Durante todo esse tempo, Theo ficava imaginando o que o bastardo teria feito com sua mulher.

Depois do bis, a multidão se dispersou pela noite. O chão estava cheio de pedaços de papel e baganas de cigarros ilegais, e as luzes brilhavam sobre os assentos vazios. Sempre a parte mais triste do espetáculo, sua consequência sombria e melancólica, depois que a festa termina, depois que a dança para. O truque e o glamour acabam.

"O que a polícia tinha a lhe dizer?", perguntou Egon. Ele tirou um frasco do bolso de trás da calça, abriu e ofereceu a Theo o primeiro gole.

"A burocracia de sempre", respondeu Theo. "O que era de se esperar, preencher formulários, até que no final a sargento aventou a hipótese de assassinato."

"Assassinato?" Egon tomou um trago. "Eles certamente não podem pensar nisso agora. Ela só está sumida há um dia, e não há nenhum cadáver."

"Nenhum cadáver", repetiu Theo suavemente. Todos estavam deixando o local. Os colegiais haviam terminado a limpeza, a equipe dava uma última conferida na segurança dos aparelhos aéreos, da gaiola metálica das bicicletas, dos arames, das cordas e do resto do equipamento, e uma a uma as fileiras das luzes do palco se apagaram, e era hora de ir para casa.

Um rosto novo a encarava, inclinando a cabeça para melhor vê-la. Com formato de pera, a cabeça de madeira terminava em uma ponta sobre a qual repousava um barrete azul e branco. Ele tinha orelhas de abano, um nariz completamente redondo e dois olhos de vidro azul-cobalto. Uma fenda dividia seu rosto ao meio, uma boca rudimentar. Ele tinha mais ou menos seu tamanho, talvez uns dois ou três centímetros a mais, e com uma barriga muito maior. Usando pijamas largos, da mesma cor do gorro, seus sapatos eram uns três números maiores. Algum tipo de palhaço, um boneco que podia se mover sozinho. Ele cutucou-a nas costelas. "Você é de verdade?", perguntou.

Kay tentou responder, mas não tinha boca. Ela ficou surpresa ao notar que podia mover o braço de maneira independente e apontar para o risco de tinta que representava seus lábios.

"*Zut alors!*", exclamou o palhaço. "Não se mexa." Ele passou em frente a ela e apanhou um objeto, que ocultou atrás de si, posicionando-se ao lado dela. "Confie em mim. Isso não vai doer nem um pouquinho."

Com uma das mãos, ele rapidamente prendeu a cabeça dela na mesa. Com a outra, ele segurava uma pequena serra, com dentes afiados como os de um tigre. Ela queria gritar, mas não conseguia produzir um som sequer. Debater-se para escapar apenas fez com que ele a apertasse ainda mais. "Eu lhe asseguro, *mademoiselle*, isso só vai levar um minuto."

O corte em si não doeu, houve apenas uma vibração em sua cabeça de madeira, e quase instantaneamente ela sentiu uma necessidade premente de respirar, como se estivesse sufocando e arquejasse pelos primeiros goles de ar. Depois de alguns golpes, ele parou de serrar e vagarosamente ergueu a mão, afastando-se para admirar seu trabalho. Ela bateu os lábios ásperos um contra o outro, abrindo e fechando sua nova boca.

"*Voilà!* Depois passamos uma lixa para suavizar as bordas, mas, por enquanto, *bienvenue!*"

"Onde estou?" O som da sua voz a deixou surpresa, depois de passar tanto tempo preso em sua garganta.

"Você está no Quarto dos Fundos", respondeu o palhaço, fazendo um floreio com o braço para mostrar o local. Ela sentou-se para olhar melhor, mas imediatamente se arrependeu. Cores e formas se misturavam e giravam antes de, lentamente, se acomodarem em seu campo de visão. O espaço era surpreendentemente pequeno. No meio, havia uma mesa retangular, lotada de ferramentas — martelos e serras — e com um torno em miniatura, com o que parecia ser uma perna de madeira presa ali, do topo da coxa à ponta do pé. Havia um saco do qual transbordavam flocos de algodão, ao lado de um jarro de vidro cheio de serragem. Cortinas de contas iam do teto ao chão a sua esquerda, ocultando o que ela lembrava ser a entrada da loja de brinquedos. Do lado oposto à cortina, havia uma parede de blocos de concreto, interrompida em um canto por uma porta de madeira que dava para o exterior, com uma janelinha coberta por papelão e trancada por dentro por uma trava e uma grossa corrente. Ao longo das duas outras paredes, erguiam-se prateleiras de metal, sobre as quais repousava uma variedade de bonecos. Imóvel como uma estátua, o palhaço mantinha o braço erguido no ar enquanto Kay recompunha suas faculdades mentais.

"O que é o Quarto dos Fundos?"

"É onde eles fazem as marionetes."

"Você é uma marionete?"

"Meu nome é Nix. Ao seu dispor." Ele abaixou o braço e curvou-se profundamente.

"Eu sou uma marionete?"

Havia um olhar malicioso em seu rosto quando ele se ergueu. "Com certeza."

Nas prateleiras, todas as outras marionetes se contorceram e se moveram, irrompendo em aplausos. Elas batiam palmas e assobiavam, balançando braços e pernas, pulando de alegria. Suas vozes eram estranhas, desafinadas para adultos, mas não infantis, um tom entre um e outro. Ela teve medo do entusiasmo dos bonecos, mas não da revelação de Nix. Há algum tempo, já havia compreendido a situação. Ela entendia que, de alguma maneira, havia sido transformada em uma marionete, e sentiu alívio ao ouvir a confirmação disso.

Um fantoche gordo, do dobro do tamanho de Nix, com uma barriga redonda e um enorme bigode de morsa, jogou-se da prateleira, deixando para trás suas cordas e hastes, e foi bamboleando até onde ela estava, colocando-se a seu lado com um salto. Ele era surpreendentemente ágil, como ocorre com alguns homens gordos. Estendendo a mão, ele a ajudou a se levantar. Nix a pegou pela outra mão, e os dois a auxiliaram a se firmar enquanto ela balançava sobre suas pernas finas, os joelhos cedendo algumas vezes. Seu olhar ia de um lado para o outro do aposento, enquanto aquelas estranhas criaturas assumiam vida. Algumas se sentavam em grupos de dois ou três, os pés balançando para fora das prateleiras, observando-a atentamente. Outros estavam de pé, apoiados nos suportes de metal que sustentavam as prateleiras, fingindo indiferença. Ela contou doze no total, mais os dois homens que a ladeavam. Ela sacudiu os dedos, e eles a soltaram.

"Cuidado", disse Nix. "O primeiro passo é o mais difícil."

Ela oscilou como uma criança que aprende a andar, quase caindo de cara. Nos passos seguintes, arrastou os pés antes de ousar erguê-los de novo.

"Bravo, muito bem", disse o homem-morsa. "Sou o sr. Firkin."

"Prazer em conhecê-lo, sr. Firkin. Como funcionam as coisas aqui?"

"Assumimos vida de livre e espontânea vontade. Nós, sortudos, podemos andar por aí quando as pessoas não estão vendo. Da meia-noite à primeira luz da manhã, somos livres. Bem, uma liberdade relativa, claro. Livres dentro dos limites do Quarto dos Fundos. Livres para andar, conversar uns com os outros, rever velhos amigos e conhecer novos. Como você."

Ela se lembrou de que havia pessoas que estariam imaginando qual seria seu paradeiro. "E nós não podemos sair do Quarto dos Fundos?"

"Por que alguém iria querer sair?" Nix riu.

"Não por nossa própria vontade", disse o sr. Firkin. "O que pensariam as pessoas se, de repente, marionetes pudessem se mover como pessoas comuns?"

Um a um, como gotas de chuva escorrendo por uma vidraça, os outros deslizaram de seus lugares nas prateleiras e foram para a mesa. As marionetes e os títeres caminharam na direção dela. Os fantoches de mão pareciam deslizar, apoiados nas bainhas de seus corpos de tecido, silenciosos como fantasmas. Alguns deles pularam do chão, como o sr. Firkin havia feito. Outros subiram pelas pernas da mesa para se juntar àqueles que a rodeavam, curiosos, tentados, mas hesitantes. Três das criaturas, grandes marionetes em roupas do século XIX, de cores escuras e formais, ficaram um pouco atrás, sussurrando entre si, como irmãs. Ela contabilizou ainda um diabo, uma fada e uma bruxa. Um homem negro de cabelos brancos, com uma toga branca de juiz, e um homem branco de cabelos pretos, com uma toga escura de juiz. Um títere ousou tocar o cabelo de Kay, mas rapidamente recolheu seu dedo. Um fantoche de mão, de orelhas longas, grandes olhos escuros e focinho fino, farejou seus pés, com seu nariz de borracha.

"Ele lembra o Pluto." Ela riu.

"Bem, não é ele", disse Nix. "É só um cachorro velho que não faz nada além de latir e se meter em encrenca." Ao ouvir a deixa, o cão latiu duas vezes e sentou-se sobre a bainha de seu corpo, balançando uma fina cauda de couro, que se enrolava na ponta.

"Estes são os atores", disse o sr. Firkin com um floreio. "Nossa trupe."

"E quem são os gigantes? Para onde eles foram?"

Ninguém queria ser o primeiro a falar, como se eles estivessem sob um pacto de silêncio. Nix deu de ombros, e o sr. Firkin olhou para o outro lado quando Kay o encarou. De onde estavam, atrás do grupo, as Três Irmãs não resistiram. "Eles são os titereiros", disseram elas em uníssono.

"Os que fazem e desfazem", falou a fadinha de madeira. "A serviço do homem na redoma de vidro."

"Basta", exclamou o sr. Firkin. Levando um dedo aos lábios, ele mandou que ela se calasse. "Chega da sua filosofia. O homem se chama Quatre Mains, a mulher é Deux Mains. Eles decidem quando você vai permanecer no Quarto dos Fundos e quando você vai fazer parte de um espetáculo. Eles decidem quem se exibe e quem deve aguardar."

"E se eu não quiser esperar?", disse Kay. "E se eu quiser voltar para casa?"

A mais alta das Três Irmãs caminhou lentamente até seu lado e pousou um braço magro sobre os ombros de Kay. Em seu perspicaz rosto anguloso, ela exibia uma expressão melancólica, um olhar de prolongado sofrimento e desgosto com o absurdo da vida. "Você não volta para casa, *querrida*. Não por sua vontade, de qualquer jeito. Você fica aqui pelo tempo que viver."

Keith Donohue

5

a ruela que ficava atrás do Quarto dos Fundos, um sabiá cantava, ensaiando alguns trechos de uma dezena de melodias diferentes, na tentativa de impressionar alguma fêmea em potencial que estivesse pela área. Como era estranho, pensou Kay, que aquele pássaro estivesse tão ao norte, fora de seu habitat. Talvez estivesse repetindo essas mesmas canções há muito, muito tempo. O pássaro a fazia pensar em seu marido, em quanto tempo e quão ardentemente ele a cortejara, e no tempo todo em que ela resistira. Pela primeira vez desde sua transformação, Kay sentia falta dele. Não da maneira como ela sentia saudades depois de alguns dias longe, mas de uma maneira mais profunda, um sentimento que ela nunca havia experimentado, a compreensão de que seus destinos haviam mudado, talvez inexoravelmente. A ideia de que ele também poderia estar se sentindo sozinho a deixou perturbada, ainda que ela soubesse que nada poderia ser feito.

O pássaro cantou no fim da noite. O sr. Firkin estava de pé junto à porta, prevenindo-se contra possíveis transgressões, ainda que ele parecesse mais ansioso com um possível visitante de fora do que com uma fuga interna. Talvez fosse apenas jogo de cena. Depois de a haverem examinado, a maior parte das marionetes retornara a seus afazeres. Nix praticava malabarismo com três pequenas cabeças tiradas de um cesto de peças de reposição. Parecia que ele recém-aprendera o truque, porque com frequência deixava uma das bolas de madeira cair, e a cabeça rolava pelo assoalho, com o palhaço indo atrás. As Irmãs Russas — elas haviam se apresentado, comprovando seu pressentimento

— descansavam indolentemente ali perto, em móveis improvisados, suspirando quando a melancolia as atacava e pressionando dramaticamente as mãos contra a testa, como se estivessem com enxaqueca ou alguma angústia existencial.

Lindamente esculpidas, as Irmãs eram altas e esbeltas, exibindo longos e elegantes vestidos de veludo amassado, em tons escuros de malva, berinjela e azul-marinho, com golas de renda, e seus pés exibiam botas longas. Seus cabelos compridos estavam penteados e presos em um estilo recatado, que ameaçava se desenrolar, e seus belos rostos eram enfeitados com adequados narizes aquilinos. Irina mexia com uma fieira de pérolas em seu pescoço, e Masha girava uma sombrinha ao ritmo de uma canção que só ela podia ouvir. Elas amavam ser observadas, e, depois de algum tempo sob um exame minucioso, Olya fez um sinal a Kay, um lânguido gesto com sua mão, para que se juntasse a elas.

"Sente-se, *lapochka*,* e conte-nos sobre o mundo lá fora. Quais são as notícias dos mortais?" Sua voz pingou, baixa e suave, no ar.

"Há quanto tempo vocês estão aqui no Quarto dos Fundos?"

"Para sempre e um dia", respondeu Masha.

"Não sei", disse Irina. "Quanto dura a eternidade?"

Olya lhes dirigiu um olhar mostrando que elas haviam falado demais. "Não dê atenção a essas palermas. Elas têm memória curta. As coisas nem sempre foram assim."

"É junho. Ou, pelo menos, era quando cheguei aqui. É difícil estimar a passagem do tempo quando se está confinado. Nós havíamos nos casado, eu e meu marido, em abril, e viemos para cá a trabalho."

"Essa maravilha tem um nome?", perguntou Olya.

Sem saber o que responder, Kay hesitou. "Agora não me lembro, mas ele dá aulas de literatura francesa e é tradutor, enquanto eu sou uma acrobata. Uma ginasta, na verdade, mas achei que seria divertido passar o verão em Quebec com o circo."

Irina sufocou uma risada. "Desculpe. As expectativas são sempre frustradas por ínfimos incidentes."

"Uma acrobata?" Masha sorriu. "Isso será útil para você, querida, quando houver o próximo espetáculo de marionetes. A Deux Mains adora uma boneca ágil. Mas, quanto a seu marido, ora! Como foi negligente ao largar você, deixar que você vagasse por aqui. Nunca entre em uma loja de brinquedos depois da meia-noite."

Kay pensou em como ela havia entrado ali, lembrando-se de como ficara do lado de fora da loja, olhando a vitrine. A sensação de estar sendo seguida. As luzes acesas, pela primeira vez, e tão tarde. Uma pontada em sua mão a fez recordar-se de ter girado a maçaneta e entrado na loja, de pés descalços. Onde estavam seus sapatos? Ela deveria tê-los retirado para enganar quem a seguia, para apagar suas pistas. Finalmente, ela estava bem próxima do homem sob a redoma de vidro. A total escuridão no momento em que ela ergueu a redoma. Ela fechou os olhos, para depois acordar e encontrar sua vida aos pedaços. Memória, que coisa estranha, não ligada a um episódio no tempo, mas a um lugar. Em um pequeno aposento, sozinha com aquelas criaturas estranhas. As russas sorriam para ela. Ela ficou imaginando se o Quatre Mains e a Deux Mains estariam por perto, em outro aposento daquele imóvel, talvez adormecidos em um quarto no andar de cima. Ou consertando alguma coisa no porão. Ou talvez não estivessem lá.

"Fale-me dos outros", disse Kay por fim, rompendo o encantamento em que se encontrava.

"Os veteranos", disse Masha. "Alguns estão aqui há tanto tempo que nem têm mais um nome. Por exemplo, os juízes." Ela gesticulou na direção dos dois grandes bonecos que disputavam uma partida de xadrez. Das poucas peças que restavam no tabuleiro, era impossível saber quem jogava com as brancas e quem jogava com as pretas. "Eles são apenas o Juiz Negro e o Juiz Branco, mas eu não sei mais quem é quem. Você sabe, Irina?"

"Eles estavam juntos em alguma peça cômica, tempos atrás, e não sei ao certo se eles mesmos conhecem seus próprios nomes. O que importa? Eles foram feitos para jogar uma partida." Enrolando os dedos em seu colar de pérolas, ela apontou para outra dupla. Na prateleira inferior, um títere primorosamente enfeitado com chifres de carneiro e uma horrível barbicha escura de bode, seu corpo carmesim filigranado com espirais de folhas de ouro incrustadas em teca da melhor qualidade, brincava de esconde-esconde com algo que lembrava um monte de varetas em uma blusa de gaze na qual fora costurado um par de asas feitas com arame e renda. "O Diabo busca o que lhe pertence", ela disse. "Ele é um estrangeiro, um *wayang* da Indonésia, uma divindade menor com algum objetivo lascivo, mas nós o chamamos apenas de Diabo."

Masha gritou para a garota que se escondia atrás de um carretel de fio: "Ei, menina, do que chamamos você atualmente? Flor de Ervilha? Teia de Aranha? Dente-de-Leão? Talvez fosse melhor chamar você de Palito."

"Pare com isso", exclamou a garota, irritada por terem revelado seu esconderijo. Sua voz emergiu de um feixe de varetas unidas no formato de um rosto, e seus olhos brilhavam como brasas. "Sou a Fada Boa, vocês sabem muito bem disso." O Diabo riu e pulou imediatamente sobre ela, que deu uma risadinha fingindo medo, as varetas raspando o chão de madeira.

Quando o Diabo passou por ele, o Cão latiu, o movimento súbito assustando uma velha que se balançava na beirada do balcão, suas pernas curtas penduradas no ar. Ao seu lado estava a menina que mostrara tanto interesse no cabelo de Kay, simples criança abandonada vestida de trapos, cabelos amarelos quebradiços no topo da cabeça, olhando para eles. "A vovó é a Bruxa Velha", disse Olya. "Não se preocupe em magoá-la chamando-a desse jeito. Surda como uma porta." Ela passou a sussurrar e se agachou, ficando bem próxima a Kay. "E a pequena é Noë. Cuidado, *querrida*, ela é louca de dar nó. Vou lhe contar um segredo. Noë tentou escapar muitas, muitas vezes, é por isso que o velho Firkin fica na porta. Não podemos deixar tanta loucura se perder no mundo."

"E por que ela quer partir?", perguntou Kay.

As irmãs ficaram tensas, erguendo-se de suas posições reclinadas, sentando-se como damas respeitáveis. Elas trocaram olhares significativos, sinal de um acordo tácito para deixar a verdade em paz. Masha disse: "Quem sabe o porquê de alguém enlouquecer? A mente cria seus próprios tormentos. Já eu, prefiro ser um modelo de felicidade. E aconselho você a fazer o mesmo".

Kay não conseguia tirar os olhos da menina com cabelos de palha. De início, ela parecia apenas quieta e tranquila, mas logo seus encantos secretos começaram a vir à tona. Noë torcia os dedos, emaranhando-os, para depois separá-los. Através da blusa fina, era possível ver seu coração mecânico bater como o de uma pomba. Em um intervalo das conversas no aposento, podia-se ouvi-la cantarolando para si própria, um pouco como o pássaro no mundo lá fora.

"Venha, *zaichik*",* disse Olya. "Venha conhecer a Rainha antes que a noite acabe."

Segurando a mão da outra, ela saltou, flutuando até aterrissar suavemente. Ainda desacostumada a caminhar depois de tanto tempo, Kay tinha de se apoiar no braço da russa. Sentada junto às cortinas que separavam o Quarto dos Fundos da loja de brinquedos, em um

---

* "Coelhinho", em russo.

trono feito com caixas de cereal, a Rainha tinha a aparência mais natural, era a mais bela de todas. Esculpida em bordo, cujos veios corriam da sobrancelha ao queixo, seu rosto e seus traços clássicos eram realçados por uma coroa de cabelos cor de azeviche, caindo em cascata até os ombros. Suas roupas eram tingidas com a cor da romã, e em uma das mãos ela segurava um cetro destramente pintado em tons de dourado. Aos seus pés havia uma horrenda criatura, um boneco de espuma verde, sua cabeça disforme dominada por um grande par de olhos de plástico esbugalhados, uma mixórdia inspirada em Picasso, o rosto mais triste que Kay jamais vira. Ele miou como um gatinho quando ela se aproximou, agachando-se sob a barra da saia de sua dona.

"Não dê atenção a este Verme", disse Olya. "Seu nome é apenas esse, e ele inspira mais piedade que medo." A cinco passos de distância, ela deu um chute no ar, e o boneco entrou mais ainda embaixo das saias da Rainha, tremendo e murmurando queixas. Elas pararam em frente à Rainha e fizeram uma reverência.

"Majestade, permita-me apresentar... ah, meu anjinho, esqueci seu nome, se é que algum dia o soube."

"Kay", respondeu ela, erguendo-se para encarar a Rainha. "Kay Harper."

A Rainha inclinou o queixo, à guisa de cumprimento.

Olya curvou-se antes de retomar sua narrativa. "Ela é a última a ser mandada pelo Original, no Quarto da Frente. Montada e costurada pelos próprios Quatre Mains e Deux Mains, na lua passada. Kay Harper vem do outro mundo. Ela é uma acrobata, Majestade. Um saltimbanco."

"Você já esteve no palco?"

"Sim", respondeu ela. "Há bem pouco tempo, no circo; mas, por alguns anos antes, tanto em competições como em espetáculos."

"Isso lhe será muito útil, quando chegar a hora."

"Foi o que me disseram."

"Se você for escolhida." A Rainha se corrigiu com um sorriso beatífico. "Mantenha seu treinamento em mente e você terá vários momentos felizes com os titereiros. Temo que alguns de nós tenham se esquecido de como se comportar." Com a ponta do pé, ela cutucou o Verme, que se contorcia sob o trono. "Você vai gostar de ter uma oportunidade de vez em quando, de interpretar um novo papel. Mudança é tudo neste lugar."

"Sim, Vossa Majestade."

Inclinando-se, a Rainha chegou mais perto e mirou Kay nos olhos. "Se você seguir algumas regras simples, dará tudo certo. Somos livres para circular entre a meia-noite e a primeira luz do dia, desde que estejamos sozinhos. Não saímos do Quarto dos Fundos e, definitivamente, nunca nos arriscamos no Quarto da Frente. Você não deve amolar os brinquedos que estão do outro lado. Viva de maneira simples e conheça seu lugar."

Uma sineta tocou. Junto à cortina de contas, Firkin sacudia vigorosamente uma antiga sineta escolar, anunciando em uma voz tonitruante: "Está na hora, damas e cavalheiros. Aos seus lugares, por favor. A rósea aurora está cutucando nossos olhos. Aos seus lugares. Está na hora".

A Rainha suspirou e desceu de seu trono de cartolina, e o Verme se afastou deslizando, veloz como uma cobra-d'água. Todas as marionetes estavam em plena agitação, guardando seus jogos e bugigangas, apressando-se para recolocar as coisas em seus devidos lugares. Noë gritou a notícia para a Bruxa Velha, e o Cão correu aos saltos pela prateleira, queimando o excesso de energia que lhe restava. Auxiliando a Rainha, os Juízes ajeitaram os fios aos pulsos e tornozelos dela e, com grande esforço, colocaram-na no cabideiro de parede, no qual ela vivia pendurada, a vida se esvaindo de seu rosto depois de um pálido sorriso na direção de Kay. Os demais voltaram para seus lugares, suas expressões também se transmudando em sorrisos congelados ou carrancas. Olya puxou sua mão. "*Querrida*, precisamos encontrar o lugar onde eles a deixaram e colocá-la lá. Você se lembra de onde era? O dia está nascendo. Rápido, rápido."

Depois de três dias, ele já nem sentia os pés. Theo havia percorrido toda a extensão da Cidade Velha, desde a primeira luz do amanhecer até altas horas da noite, procurando por ela. As manhãs começavam em Dalhousie, e ele percorria com afinco as ruas estreitas, espiando todos os pequenos cafés e lojinhas que costumavam frequentar, depois tomava o funicular para a cidade logo acima, unindo-se às multidões de turistas que lotavam as praças, enfiando-se em igrejas antigas e galerias de arte, fazendo fila para a troca da guarda na Citadelle, ou descendo até os museus a céu aberto das ruazinhas escondidas perto do Castelo Frontenac, que tudo dominava. O ar estava lotado de sotaques americanos, a toda hora a voz de uma mulher fazia com que ele virasse a cabeça. Ele a via o tempo todo, aos pedaços, o ondular de seus cabelos, a silhueta de uma moça em uma carruagem conduzida por cavalos, um par de sapatos espiando por sob a mesa de um café na calçada. Está ali, não está ali. Os lojistas e os artistas que recriavam cenas históricas na praça — comerciantes com seus chapéus tricornes, donzelas de touca — já o reconheciam, em sua presença constante, e balançavam tristemente a cabeça em resposta à pergunta em seus olhos. Ele lhes mostrava a foto dela em seu celular, repetidas vezes, "Você viu essa mulher?". A conselho do departamento de polícia, ele foi ao consulado dos Estados Unidos, no pavilhão histórico Terrasse Dufferin, levando o passaporte e a história dela, e o jovem burocrata atrás da mesa o assegurou da preocupação e apoio do órgão. Eles lhe ofereceram uma xícara de chá e prometeram fazer todo o possível. Mas nenhuma dessas promessas o convenceu de que havia alguém procurando por Kay.

Ela havia sumido. Ele não podia comer, quase não dormia, falava sozinho quase o tempo todo.

Completamente exausto, ele se recolheu ao apartamento no fim da tarde, para conseguir algumas horas de descanso. Meia dúzia de recados piscavam na secretária eletrônica, todas de sua sogra, Dolores: "Alguma novidade? Você está na rua procurando por ela? Onde você procurou?". E, mais ameaçadora: "Vocês dois brigaram? O que você fez?". O simples som da voz dela o deixava trêmulo, e ele desejou poder fazer algo para tranquilizá-la, alguma maneira de levá-la, de cadeira de rodas e tudo, até as íngremes ruas de paralelepípedo, para que ela soubesse que ele também estava enlouquecendo com o sumiço de Kay. *O que você fez?* O que Dolores pensava que ele havia feito?

Seus livros e papéis estavam largados sobre a mesa, o dicionário Francês-Inglês aberto em *M* de *meurtre*. Muybridge podia esperar. Junto ao manuscrito havia uma pilha de contas e algumas cartas que Kay lhe havia pedido para pôr no correio, incluindo um cartão de feliz aniversário para a mãe dela e um cartão-postal para uma amiga da escola. O prato e a caneca de café dela estavam dentro da pia. Uma das camisetas velhas dele, que ela gostava de usar para dormir, espreitava por sob o travesseiro dela. Um livro na mesinha de cabeceira dela, virado e aberto na página onde ela havia parado a leitura. Ele o fechou, para não estragar a lombada. Um armário com roupas e sapatos, uma gaveta da cômoda lotada de lingeries e meias, ainda que a maior parte de suas coisas estivesse na casa deles, em Nova York. No banheiro, a escova de cabelos dela permanecia na beirada da janela, sua maquiagem, seu batom e sua escova de dentes estava no mesmo lugar onde ela os deixara, no armário sobre a pia. Provas insignificantes de que ela havia estado lá. Ele tirou as roupas amarrotadas e entrou no chuveiro, um bom tempo sob um jato de água quente, tentando não pensar. Depois, no vapor que dominava o banheiro, ele enrolou uma toalha grossa em sua cabeça, como um capuz, e sentou-se na borda da banheira, abrigando-se no calor. Embrulhado em um casulo, por pouco ele não ouviu as batidas na porta da frente.

"Um minuto", gritou, enquanto vestia um roupão de banho e corria para a porta da frente, aos prantos, "Não vá embora, não vá embora."

Quando viu os dois homens de pé na entrada, a primeira coisa que passou por sua cabeça foi que eles traziam as piores notícias possíveis. De ternos e gravatas escuros, eles tinham o inconfundível ar de policiais, e por que iriam eles ao apartamento, senão para lhe dar a notícia pessoalmente? O mais velho dos dois tinha um rosto exaurido, encimado por cabelos grisalhos. O mais jovem ainda iria se encarquilhar. Fresco e animado como um soldado, era um dos poucos negros que ele havia visto em Quebec. Pingava água da testa de Theo, e ele enxugou o rosto com a ponta da toalha.

"Theo Harper? Desculpe por perturbá-lo, somos da Sûreté du Québec. Permita que eu me apresente. Sou o inspetor Thompson, e este é meu parceiro, sargento Foucault. Podemos entrar?"

"É sobre a minha esposa? Vocês a encontraram?"

Ao entrar no apartamento, Thompson disse: "Não, não. Viemos fazer algumas perguntas, se o senhor não se importa".

"É um alívio, acho, se vocês não encontraram o corpo dela, ainda há esperança." Theo os conduziu para dentro e fechou a porta. "Posso colocar uma roupa? Vocês podem preparar um chá, se quiserem, a chaleira está na cozinha."

"Por favor, fique à vontade. Foucault, pode fazer as honras? Também quer uma xícara, sr. Harper?"

Ele estava a meio caminho do quarto e voltou-se, fazendo que sim com a cabeça. Atrás da porta, enquanto se vestia, ele ficou escutando os dois policiais conversarem em francês.

"Primeiras impressões?"

"Ele parece nervoso", disse Foucault, na cozinha. "*A l'air coupable*."

"*Il a tué sa femme?*"

"É sempre o marido. Ou o namorado." Foucault estava preparando a terceira xícara quando Theo apareceu, e eles se sentaram à mesa de jantar, atravancada de papéis.

"Desculpem a bagunça", disse Theo.

"É escritor, sr. Harper?", perguntou Thompson.

"Tradutor." Ele ficou observando os rostos deles, em busca de algum sinal de constrangimento, mas eles pareciam de pedra. "Estou trabalhando em uma tradução do francês para o inglês sobre a vida de Eadweard Muybridge. Vocês já ouviram falar?"

"Não", disse Thompson. "Mas você está aqui para traduzir um livro? Achei que você era norte-americano."

"*Oui, je sais parler français.* Meu editor fica aqui na cidade, mas posso trabalhar em qualquer lugar. Vivemos em Nova York, dou aulas em uma universidade lá, mas minha esposa teve a sorte de conseguir um papel no circo pelo verão; ela é uma acrobata, uma artista."

Foucault o examinava minuciosamente enquanto Thompson fazia as perguntas. Ele começou a se sentir como um homem sob interrogatório. Thompson colocou um cubo de açúcar em seu chá, mexendo com a colher com um ar casual. "E o que achou de Quebec?"

"Adoramos o lugar. Até que ela desapareceu."

"Vocês estavam tendo algum tipo de problema? Entre vocês dois? Deve ser desafiador ter uma esposa no teatro, sempre sendo vista, admirada."

"Inspetor", disse Theo, "eu sei que isso é rotina, mas posso assegurar que nós estamos bem. Disse tudo isso à funcionária quando informei o desaparecimento dela."

"E a família dela? Por que ninguém veio para ajudar nas buscas?"

"Ela só tem a mãe, que vive em Vermont", explicou Theo. "E Dolores está há cinco anos em uma cadeira de rodas. Não se desloca com facilidade. Mas nós nos falamos pelo telefone todos os dias."

"Quente demais." Thompson soprou seu chá. Ele colocou a xícara na mesa e esticou as duas mãos para interromper as objeções de Theo. "Não quis ofender, sr. Harper. Apenas alguns detalhes, pequenas coisas a esclarecer, a fim de nos ajudar com a investigação." Ele acenou com a cabeça para o parceiro.

Foucault pegou um pequeno bloco de notas, folheando-o até chegar à página desejada. "Conte-me do que você se lembra sobre a última vez em que viu sua esposa. Alguma coisa que você tenha se esquecido de mencionar à secretária, da qual você se lembra agora?"

"Era de tarde, certo? Um dia igual aos outros. Havíamos dormido, e ela foi até o galpão onde eles se preparam para o espetáculo. Mas este ocorre ao ar livre, a algumas quadras dali. Ela se foi, e eu me acomodei para trabalhar um pouco."

"Vocês não haviam discutido? Brigado?"

"Claro que não. O que o faz pensar isso?"

"Você pode me dizer o que ela estava vestindo quando saiu do apartamento?" Ele se forçou a ser cortês de novo.

"Calças jeans. Sapatos de lona cinza? Uma blusa simples, branca, eu acho. Não tenho muita certeza. O que ela sempre usava para ir para o espetáculo."

"O espetáculo." Foucault fechou a cara. "E você informou no formulário que ela havia saído para jantar com outros artistas do elenco? Ela voltou ao apartamento para trocar de roupa?"

"Não, eu a teria visto."

"Você ficou aqui o tempo todo?"

"Não, saí para comer. No Brigands, na rua Saint-Paul, tenho certeza de que eles vão se lembrar de mim, dar-me um álibi."

Ruidosamente, Thompson colocou a xícara sobre o pires. "Álibi? Não há a menor necessidade de se falar em álibis. Você saiu para comer, você voltou para casa. Ok. Ela mantém algumas roupas lá no teatro? Talvez uma muda, com algo melhor para sair. Um vestido de verão, talvez?"

"Eu imagino..."

"Você imagina", disse Foucault. "Nós fomos até lá e verificamos, *monsieur*, e era exatamente como imaginávamos. Os jeans e os sapatos ainda estavam no armário dela, então, se ela saiu, ou foi com a roupa do espetáculo no circo, ou ela tinha uma muda de roupas."

"Certo, então ela trocou de roupa antes de sair para jantar. Que diferença isso faz?"

Foucault insistiu mais. "Então você não tem ideia de como ela estava vestida na noite em que desapareceu?"

Seu rosto ficou vermelho. "Como poderia?"

Thompson empurrou a cadeira para trás e se pôs de pé, diminuindo a tensão por um momento. "Peço desculpas, sr. Harper. Como disse, temos de fazer essas perguntas primeiro, e o fato é que, sinto muito em dizer, podemos ter algumas más notícias. Há um corpo, uma mulher afogada, que apareceu nas margens do Saint Lawrence, e não temos como identificá-la neste momento. Ela é jovem, cabe na descrição geral de sua esposa..."

"Kay?" Theo cobriu a boca com as mãos, tentando não gritar.

"Mas", Thompson ergueu a mão, "ela usava um vestido e não tinha sapatos, e pensamos que não poderia ser ela. Até que fomos ao galpão e encontramos o zelador."

"Egon Picard", completou Foucault.

"*Monsieur* Picard nos contou que os atores costumam deixar roupas em seus armários, então pensamos em conversar com você para ver se você se lembrava de algo. Era um simples vestido de verão, amarelo. Talvez você pudesse nos acompanhar até o legista, por gentileza, e daríamos uma olhada."

"Para ver se é ela?"

Os dois policiais se entreolharam, depois se voltaram para Theo. "*Oui*", respondeu Foucault, que, tocando no ombro de Theo, ajudou-o a se levantar.

Eles foram em silêncio até o necrotério, Foucault na direção, Thompson fazendo companhia a Theo no banco de trás. Uma gaivota pairou no céu azul de verão, como se os seguisse. Ao pararem no estacionamento, Theo não conseguiu mais suportar a tensão.

"Sou um suspeito? Vocês realmente acham que eu faria algo com minha esposa?"

"Você não está detido, sr. Harper. Não há crime, como tal, que tenha sido cometido. Nem sabemos se se trata de sua esposa. Mas você deve se preparar mentalmente, por via das dúvidas. Um corpo retirado da água depois de algum tempo não é algo bom de se ver."

Quando o assistente puxou o lençol, o corpo estava tão deplorável e pavoroso como Thompson havia alertado. Theo, involuntariamente, deixou escapar um grito, desviando rapidamente o olhar do corpo sobre a mesa. Pela primeira vez desde que Kay havia desaparecido, ele irrompeu em lágrimas, chorando sem parar. A criatura destroçada não era sua esposa, mas alguma outra pobre alma que havia partido deste mundo. Perguntado se tinha certeza, se poderia dar mais uma olhada, Theo sacudiu a cabeça, dizendo: "Não, não, não é ela".

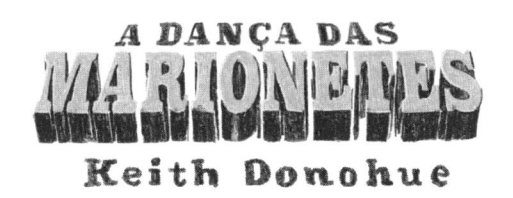

A DANÇA DAS MARIONETES
Keith Donohue

6

 garota afogada o acompanhou até o circo. Depois do turbilhão emocional do interrogatório por Thompson e Foucault e da ida ao necrotério, Theo não queria ficar sozinho, mas não tinha qualquer lugar para ir, então, dessa forma, ele se dirigiu à praça onde tinha lugar o espetáculo gratuito. A garota morta que caminhava ao lado dele era o retrato escrito e escarrado de sua esposa; ele podia entender por que haviam pensado que aquele era o cadáver de Kay. A água pingava de seu corpo, e seus passos se esborrachavam ruidosamente no chão. Azul nas extremidades, a pele do rosto completamente solta, ela não mais se parecia com uma mulher de vinte e poucos anos, mas algo desesperadamente horrível.

"Onde você estava?", perguntou ela. Agora a voz, idêntica à de sua esposa, e ele ficou surpreso ao ouvi-la. "Por que você não foi me salvar?"

Ele não sabia como responder a ela, então não disse nada, ademais ele não queria que os transeuntes o considerassem louco por falar com um fantasma, mas ninguém parecia percebê-la na rua, apesar de ela não usar nada além do lençol branco do necrotério e de cheirar a peixe e as águas salobras do Saint Lawrence. Ele queria que ela partisse e o deixasse em paz.

No terreno que conduzia ao palco, a equipe técnica e os atores, sempre em movimento, também não pareciam notá-la, ainda que as pessoas que o reconhecessem tivessem uma palavra gentil ou um gesto de simpatia para com seus problemas. Ele viu Sarant dobrando e esticando a coluna. Ela pareceu envergonhada quando ele se aproximou. "Alguma novidade?"

Theo fez que não com a cabeça. "Mas a polícia foi me interrogar, imagine só, por causa das roupas dela. Dois detetives, Thompson e Foucault."

"Sim, eles também estiveram aqui", disse Sarant. "Sem um propósito específico, apenas mais perguntas. O que ela estava vestindo, coisas do tipo. Eu realmente não tinha mais nada para dizer." Ela estava nervosa com os olhares de soslaio de Theo e ficava tentando descobrir para o que ele estava olhando, ou o que ele poderia estar tentando comunicar. Por fim, ela o tocou de leve no ombro e saiu às pressas para o camarim. A mulher afogada ficou olhando Sarant ir embora com um ar desamparado. Theo vagueou pela multidão, em busca de um rosto familiar, observando Reance andar de um lado para outro do palco, mas sem conseguir captar a atenção do mestre de cerimônias. O crepúsculo se esgueirava sobre eles, e, quando os primeiros espectadores começaram a chegar, Theo encontrou Egon em um canto perto da entrada principal.

"Duas, por favor", brincou.

Egon sorriu para ele. "Você veio para o espetáculo?"

"Pensei que poderíamos ver juntos, se você estiver livre."

Egon arrumou dois engradados para eles nos bastidores. Ele ofereceu um trago de sua garrafinha, e Theo tomou um gole discreto. A garota morta estava entre eles dois, observando distraidamente os últimos espectadores se acomodarem, então, de repente, ela partiu, abrindo caminho por entre a aglomeração de pessoas que se moviam confusamente, ainda que nenhuma alma reagisse àquela presença sepulcral. Theo finalmente a perdeu de vista, o que o deixou bastante aliviado. Em meio à audiência, Reance fazia sua exibição pré-espetáculo, dando às pessoas uma prévia, bem de perto, antes que tudo começasse.

"A polícia esteve aqui hoje", disse Egon. "Fazendo um monte de perguntas. Você iria gostar dos caras, Thompson e Foucault, uma dupla tipo saleiro e pimenteiro."

"Nós nos encontramos. Eles foram até meu apartamento. Parece que sou suspeito."

Um gongo soou. A abertura acabou com qualquer possibilidade de continuar conversando. As luzes da plateia se apagaram, as do palco se acenderam, e, ao baixar, em uma plataforma, a cama da terra da fantasia com o menino adormecido, a fantasmagoria dos sonhos começava mais uma vez. Theo quase rompeu em lágrimas quando Sarant e as flores surgiram, imaginando Kay em vez de sua substituta. Enquanto acompanhavam Sarant se equilibrando em cima da bola prateada, contorcendo seu corpo em um arco, ele cutucou Egon nas costelas e perguntou, em um sussurro rouco: "Por que eles pensariam que eu tenho algo a ver com o sumiço dela?".

"É sempre o marido." O homenzinho deu de ombros. "Eles queriam saber se eu havia visto você aquela noite. Mas como eu poderia reconhecer você? Ainda não nos conhecíamos."

"Mas eu não estive aqui. Fiquei trabalhando aquela noite e só saí para jantar."

Iluminada pela ribalta, Sarant cambaleou, ameaçando cair, e um murmúrio preocupado correu pela multidão. Theo ficou imaginando se a contorcionista não haveria sido distraída pela presença de um cadáver espiando em meio à escuridão, mas ela se reequilibrou e lentamente desenrolou o corpo e voltou para o palco, sob calorosos aplausos. Enquanto o espetáculo prosseguia, ele ficou tentando encontrar a mulher fantasma, mas ela era esquiva, misturando-se aos espectadores que circundavam o palco. Theo e Egon ficaram em silêncio durante os entreatos e o *grand finale* acrobático. Ele não conseguia resistir à tentação de ficar esperando por Kay, apesar de saber que ela não apareceria.

Terminado o espetáculo, eles retornaram pelas ruas silenciosas para o quarto de Egon no galpão. Os turistas iam um pouco à frente, dispersando-se na direção de seus carros, estacionados ao longo das ruas transversais, ou dirigindo-se a pé para a Cidade Velha, através de uma neblina que obscurecia o caminho.

"Entre um minutinho", disse Egon quando chegaram à porta. "Sua cara está horrível, talvez fosse bom tomar outro drinque."

Ele seguiu Egon até os aposentos dele e aceitou uma dose de uísque. As mulheres das paredes os olharam com desprezo, e o galpão vazio estava silencioso como uma catedral.

"Talvez eu não devesse dizer isso, mas confio em você e acho que está falando a verdade. Um dos detetives deixou escapar uma pequena pista do que eles estão pensando. Ele disse que, quando você foi comunicar o sumiço dela, comentou algo sobre um assassinato para a funcionária que colheu as informações."

"Assassinato? Não falei nada do gênero. Foi a sargento que comentou sobre o que acontece com as pessoas que desaparecem. Eles pensam que Kay foi assassinada?"

"Como eu disse, um *faux pas*. Loucura."

"Um corpo apareceu boiando", contou Theo. "Uma fulana que se afogou no Saint Lawrence semana passada. Eles não tinham a menor ideia de quem ela fosse. Naturalmente, quando não conseguiram identificá-la, pensaram que poderia ser Kay. Eles me levaram ao necrotério."

Egon engasgou com o uísque e tossiu até recobrar o fôlego.

"Ainda estou em choque. Foi horrível. Não era Kay, claro, mas era bem parecida. Ela estava toda roxa e inchada, por causa da água."

"E você tem certeza?"

"Absoluta, não era Kay. Havia uma semelhança, posso entender por que me levaram até lá." Ele tentava não chorar. "Mas foi demais para mim."

"Beba mais um pouco. Que provação."

A bebida, ao descer, aqueceu seu corpo. Ele ficou ali, imerso em seus pensamentos, em um debate interno sobre se devia ou não confessar seus temores. "Estou ficando louco de preocupação. Não durmo, não como. Todos os dias, a primeira coisa que faço pela manhã é sair em busca dela. Eu a vejo por toda parte, mas, quando chego perto, ela se metamorfoseou em outra mulher."

Egon lhe passou a garrafa. "Amanhã vou ajudá-lo a procurar. Agora vá para casa, descanse um pouco. Leve o uísque com você e beba até apagar. Não desanime, *mon ami*. Ela está por aí em algum lugar."

Enquanto isso, a névoa havia se adensado, uma tempestade de verão se aproximava. Trovões rugiam sobre o Saint Lawrence, e relâmpagos iluminavam o Frontenac. A chuva começou a desabar, e ele não estava nem na metade do caminho. O cheiro da água fria nos paralelepípedos quentes. Gotas pesadas, riachos correndo junto ao meio-fio, poças nos cruzamentos. Suas roupas molhadas estavam coladas no corpo, e seus sapatos cheios d'água borbulhavam a cada passo. Encharcado e exausto, inundado de álcool, ele entrou no apartamento caminhando pesadamente, deixando uma trilha de pegadas úmidas no carpete. Ele guardou a garrafa de uísque, tirou a roupa e se secou. Kay teria apreciado ser pega de surpresa pela tempestade, ela teria aberto os braços e oferecido o rosto à chuva que caía. Ela teria amado tudo, enquanto ele ficaria com medo de que ela pegasse uma gripe. Theo desabou na cama, com a certeza de que, se conseguisse dormir, apenas dormir, estaria melhor pela manhã. No meio da noite, ele acordou com a sensação de chuva. Gotas d'água no seu peito desnudo e no rosto, e, meio letárgico, ele pensou que deveria ter chorado em seu sono. Nas sombras do quarto, porém, ele percebeu que a mulher afogada estava sobre ele, montada sobre seu corpo, e quando sua visão se ajustou à meia-luz, ele pôde ver o olhar suplicante nos olhos dela, que, mais uma vez, murmurou: "Como você pôde se esquecer de mim?".

Os outros ensinaram a Kay o movimento das marionetes.

Noë pegou um conjunto de hastes de um cesto e prendeu um par nos pulsos de Kay e outro em seus tornozelos. As varetas de madeira estalavam no piso enquanto ela caminhava até o centro do Quarto dos Fundos, e uma vez ela quase tropeçou quando as cordas se embaraçaram. Os bonecos se reuniram em um semicírculo, e Kay imaginou que estava de volta aos palcos, no centro dos holofotes. O sr. Firkin se apresentou como o mestre de cerimônias.

"O truque é só se mover depois de sentir a pressão das mãos do titereiro. Normalmente, quando se é manipulado por humanos, são necessárias duas pessoas para uma marionete como você, uma para mover seus braços, e outra para controlar suas pernas. Eles ficarão um de cada lado, impelindo ou puxando na outra ponta das hastes. Talvez seja melhor que quatro de nós assumam esses papéis, um em cada extremidade, digamos assim. Colocaremos o Diabo a sua esquerda e a Fada Boa a sua direita. Juízes, talvez vocês possam fazê-la andar."

As quatro marionetes rapidamente assumiram seus lugares. Ela sentiu um leve puxão quando cada um deles apanhou uma vareta, e teve a sensação esmagadora de que não controlava mais seu próprio corpo.

"Se você fosse uma garota de verdade", sussurrou a Fada Boa em seu ouvido, "você teria uma abertura pela qual eles poderiam colocar a mão e fazer você falar e mexer a boca. Não como essa coisa grosseira que você tem agora."

Kay fechou com força sua boca improvisada, lembrando-se de como Nix havia usado uma serra em seu rosto. Levando um dedo aos lábios, o sr. Firkin ordenou que se calassem. Ele assumiu um ar curioso ao imergir em seus pensamentos. Quando finalmente encontrou a informação que estava procurando, ele deu uma risadinha, como um professor.

"Você está familiarizada com seu centro gravitacional? O sustentáculo do seu equilíbrio? Para a maioria das pessoas, ele se situa entre o umbigo e, hum, a virilha. Você pode senti-lo como uma bolotinha na cavidade de suas entranhas. Claro, para outros o centro de equilíbrio pode estar em praticamente qualquer lugar. Um pontinho na base do crânio. A meio caminho entre as bordas dos pulmões. Conheci uma alma desafortunada cujo centro estava em seu joelho esquerdo..."

"Sou uma ginasta", disse Kay, "e estou bastante familiarizada com equilíbrio e gravidade."

"Sim, claro", ele replicou, um pouco aturdido. "Como ando esquecido, sim, claro, é por isso que você está aqui. Bem, você precisa se descontrair para fora, a partir desse ponto, tornar-se flexível em torno dele."

Ela exalou profundamente e, ao inspirar de novo, soltou os músculos, confiando nos quatro para mantê-la ereta. Seus joelhos se curvaram ligeiramente, e ela oscilou, mas eles a firmaram. Entregar-se totalmente aos outros demandava toda sua concentração. Antigos treinos de ioga ajudaram. Ela esvaziou a mente e se deixou levar. Seu braço direito se projetou à frente quando a Fada Boa ergueu a vareta, e então o Diabo levantou o esquerdo, o que a fez bater palmas. Uma nuvem de pó se ergueu de seus dedos de lona. O grupo aplaudiu, e ela então sentiu um puxão no pé esquerdo, dando seu primeiro passo. Trabalhando em conjunto, as marionetes fizeram com que ela movesse os braços e as pernas, e ela começou a andar. Ela deu gritinhos, como um bebê maravilhado com seu súbito novo poder. No início o movimento era lento, mas logo o ritmo se acelerou, forçando-a em novas direções, inclusive de marcha a ré. Ela gostou de andar de carona com outro motorista e descobriu que havia sido feita para se mover dessa forma. E quando pensou que tudo havia acabado, eles a fizeram saltar no ar, mantendo-a suspensa a meio metro do chão, para depois, em um movimento cuidadoso e delicado, a descongelarem do espaço e deixarem-na escorregar de volta ao chão, aterrissando suavemente, como uma pomba.

"De novo", gritou ela. "De novo, de novo."

"Excelente, maravilhoso." A voz da alta Olya se ergueu por sobre as cabeças de todos. "Não se desgaste, *querrida*. Há tempo bastante para andar, voar e fazer sua arte."

Os Juízes já estavam desamarrando as varetas de seus tornozelos. O Diabo, a sua frente, removeu a tira de seu pulso esquerdo. "Você ficará tentada a interpretar o papel. Entregue-se, entregue-se."

A sua direita, a Fada Boa falou: "Não dê atenção. Ele não passa de um canastrão. Toda essa conversa sobre performance. Bah, só espere até que eles venham buscar você".

"Quem vem me buscar?"

"Ora, o Quatre Mains e a Deux Mains, claro. Não pense que vão deixar você no Quarto dos Fundos para sempre."

"Quando eles virão?"

"Nunca sabemos. Mas eles virão buscar você."

"Talvez eu vá embora antes que eles venham me buscar."

"Ah, você nunca pode partir", disse a Fada Boa. "Não é permitido sair por sua própria conta."

Exausta de tanto perambular, Kay sentou-se em uma caixa de narizes e orelhas de espuma, e pôs-se a analisar o ambiente. Ela ainda não havia reparado no tamanho do Quarto dos Fundos, em como suas paredes amarelas delimitavam um mundo de prateleiras de bronze, cestos de miudezas, pedaços de tecido e martelos, serras e furadeiras vagamente ameaçadoras. O fato de estar em um lugar novo fez com que ela se acostumasse àqueles limites. A sua volta, os bonecos retomavam seus afazeres, distribuindo-se pelas panelinhas habituais. A Rainha estava em seu trono de caixa de cereal. Nix retomou seus malabarismos, atirando para o alto três bolinhas de pingue-pongue, indiferente. As Três Irmãs se recostaram junto a um samovar de brinquedo, bebericando chá em copinhos minúsculos.

"Posso me juntar a vocês?", perguntou Kay. "Não tenho a menor ideia do que fazer ou para onde ir."

"Você é prisioneira", disse Irina, "do mesmo drama burguês que nós. O melancólico desfile de dias e noites prossegue, e nenhum de nós sabe aonde isso vai nos levar."

Masha fez coro: "Amanhã, amanhã, amanhã. Estamos para sempre à espera do amanhã, na expectativa de dias melhores".

Abrindo espaço para ela na caixa que lhe servia de canapé, Olya convidou Kay a sentar-se a seu lado, e com grandes gestos, fez a pantomima de servir mais um chá, estremecendo ligeiramente ao entregar-lhe o copo. O chá estava quente, o que surpreendeu Kay, e, quando ela fingiu dar um gole, ficou atônita ao sentir um gosto forte e doce. Naquele mesmo momento, ela se deu conta de que, durante todo o tempo que passara no Quarto dos Fundos, a fome e a sede a haviam abandonado. Ela não comia nada há... semanas? Meses?

"*Spasiba.*" Ela se recordava de algumas lições de russo.

"Por nada", respondeu Olya. "Você ficou surpresa em tomar um chá a seu gosto? Normalmente tomamos amargo. Para você, uma pitada de açúcar."

"Está ótimo", disse Kay. "Mas como isso é possível?"

"Minha cara", falou Masha. "Tudo é possível com a imaginação. Você pode se perguntar o mesmo sobre tudo na vida. Como o sabiá sabe quando é primavera e hora de voltar? Como a cerejeira pode ser tanto flor como fruto, depois um saco de ossos em outubro? Chá sabe ser chá."

"Mas vocês fazem o chá somente a partir da imaginação?"

Como três gralhas, as Irmãs esticaram seus pescoços e encararam Kay, intrigadas com a natureza abstrata da pergunta. Ela ficou pensando se, por acaso, teria ultrapassado algum limite, e o longo silêncio a deixou confusa. Elas pareciam novamente sem vida, de volta ao estado de marionetes. Estalando os dedos em frente a seus olhos de vidro, Kay tentou despertá-las daquele estupor. Olya foi a primeira a piscar.

"*Querrida*, estamos praticando."

"Praticando para o quê?"

"Para o caso de sermos convocadas a interpretar nossos papéis."

Masha se aproximou e, reservadamente, sussurrou: "A verdadeira liberdade, *golubushka*,* vem de conhecer suas limitações. Todos estamos esperando por qualquer coisa que possa acontecer."

Olhando por cima da borda de seu copo de chá, Irina sorriu para ela. "Quando o titereiro chama, as marionetes têm de estar prontas."

Da porta veio o som da sineta escolar, e o sr. Firkin começou a gritar que a noite já estava quase no fim. O Cão começou a latir, excitado, enquanto os bonecos se moviam em um turbilhão, devolvendo o Quarto

---

*   "Pombinha", em russo.

dos Fundos a seu estado original. Antes que as Irmãs pudessem escapar, Kay segurou Olya pela manga de seu vestido de brocado. "De que papéis você está falando? Quem vai nos convocar?"

"Todos precisam estar preparados para o espetáculo de marionetes", respondeu ela, afastando-se.

"Aos seus lugares, por favor", gritou o sr. Firkin. "Tudo está como deveria? Rápido, rápido, já. Não podemos deixar que eles deem pela falta de nada, ou haverá uma enorme confusão."

As luzes se apagaram. Filetes de claridade passavam pelo vão da porta de trás e pela cartolina que cobria as janelas. O aposento começava a se aquecer, o vidro estalava ao se expandir, o ar subia do chão. Se ao menos ela pudesse aproveitar o momento e escapar. Normalmente, ela ficava virada para uma parede nua, mas naquela manhã ela ousou mudar de posição e não desviou o olhar. As demais marionetes assumiram seus semblantes inertes, olhares mortos, inexpressivos, imóveis como cadáveres. O silêncio desceu, pesado e extenso. Ela estava novamente sozinha.

Os dias eram todos iguais no Quarto dos Fundos. Nas primeiras horas, ela se punha a pensar em sua vida antes daquela. Imagens fugazes atravessavam sua mente. Sua mãe recortando uma silhueta em cartolina preta, pedindo a Kay, com cinco anos, que por favor ficasse quieta na cadeira. Em uma competição de ginastas no ensino médio, o auditório em silêncio enquanto ela se preparava para descer da trave de equilíbrio, seu pé escorregando, seus quadris balançando, seus ombros fazendo-a perder o equilíbrio, e então a voz serena de seu pai, vindo da arquibancada: *fique quieta*. Seu marido — ainda não seu marido — olhando-a com atenção do outro lado da mesa no restaurante indiano, o final de uma discussão sobre algum ex-namorado idiota, e ela pergunta você me ama e ele responde: ainda.

Em sua mente, ela ri de si própria, como se tivesse alguma escolha nesse ponto, já que não podia fazer nada além de ficar quieta durante o dia. Ela queria se mover. Ela queria ser mais do que uma boneca em uma prateleira. Ela queria ver o homem na redoma de vidro e ficou imaginando se ele esperaria por ela, no Quarto da Frente. Seus pensamentos perturbavam o descanso: quando o Quatre Mains e a Deux Mains viriam buscá-la? Que papel eles lhe dariam? Ela não podia mais se mover por conta própria durante o dia. Nada a fazer, a não ser esperar, bem quietinha.

A DANÇA DAS MARIONETES
Keith Donohue

7

la deixara um vazio que a mente dele tentava preencher. Theo sonhava todas as noites que encontrava Kay, mas, a cada amanhecer, ela continuava desaparecida. Ele acordava cansado e desorientado, e a única coisa da qual ele conseguia se lembrar era da sensação infernal de ter sido vigiado em suas andanças. Espionado pelos olhos minúsculos de criaturas que se escondiam entre as árvores e as sebes dos parques, ou nos velhos edifícios de pedra que ladeavam as ruas tortuosas da Basse-Ville, gremlins que se ocultavam por trás das cortinas de renda de janelas do segundo andar.

Ele compartilhou a história dos olhos vigilantes com Egon quando eles pararam para um café num bistrô com mesas na calçada, perto do Terrasse Dufferin. Da mesa onde estavam, eles podiam ver o grande calçadão que margeava o Saint Lawrence em toda a sua extensão, lotado de turistas visitando as atrações, a temperatura morna o bastante para shorts, saias e sandálias. O homenzinho balançou a cabeça, muito sério, e Theo ficou a pensar se poderia tê-lo ofendido, se teria feito em seu subconsciente uma comparação entre os gremlins e o tamanho diminuto de seu único amigo em Quebec. Uma brisa fazia ondular as bandeiras desfraldadas na praça. O céu sobre o rio estava debruado de nuvens. Um perfeito dia de julho. Kay estava desaparecida há três semanas.

"Eu costumava me sentir vigiado também", disse Egon. "Melhor, era uma questão de ser examinado o tempo todo. Mesmo agora pode-se ver isso nos olhos das pessoas, como algumas rapidamente se afastam quando me veem."

Um casal de turistas passou rebolando, ambos com camisetas *Quebec je t'aime*.

"Depois desviam o olhar. Patifes de consciência pesada. Mascarados pela educação. E aí eles olham de novo. Curiosos como o gato que morreu. E depois desviam mais uma vez o olhar, para mostrar como são liberais e despidos de preconceitos: tudo bem, você é uma pessoa de baixa estatura, eu não me importo."

O casal, que devia tê-lo escutado, franziu a cara ao passar.

"Prefiro as crianças, *les enfants horribles*, de dois ou três anos. Elas olham para o que está no coração delas, sem pudor, e apontam o dedo diretamente para você como se dissessem: "*Maman*, me explica. Como pode ser?". Um homem do meu tamanho, que enigma glorioso. Mas entendo como você se sente, Harper. Talvez você esteja um pouco paranoico, o que é compreensível."

"Paranoico?"

Ele sorveu o resto do seu cappuccino, já gelado, e limpou o último vestígio de espuma marrom com seu indicador. "Talvez você tenha a sensação de ser vigiado por causa daquela história com a polícia. E com toda essa gente acusando você. Injustamente, devo dizer. Mas não se preocupe. Eu defendo você como um lobo."

"Quem está me acusando? O que eles dizem?"

Ele lambeu a parte de trás da colher. "Não gosto de espalhar fofocas, mas há histórias circulando. São atores, não se esqueça disso, e pior, de circo. Eu ouvi Reance dizer a uma figurante que você mentiu à polícia sobre o corpo da garota afogada, que era a sua esposa sim, e que você está escondendo a verdade porque a matou. A polícia não tem como identificá--la. Ela é totalmente anônima, não tem registros odontológicos, nada de digitais arquivadas. Reance está sendo completamente ridículo. Um caluniador. Não sei se devo mencionar a outra questão, pode aborrecer você."

"Aborrecer? E o que pode ser pior que isso?"

Com um gesto de deixa pra lá, Egon pescou no bolso uma moeda de um dólar canadense, colocando-a ao lado de sua xícara. No calçadão em frente ao Château Frontenac, um pequeno grupo havia se reunido para ver um malabarista de camiseta listrada, em um monociclo. Ele jogava com três chapéus-coco, que atirava no ar como pratos para depois apanhá-los pela aba. Passados alguns minutos, sem a menor hesitação, ele jogava um deles para o alto de sua cabeça, depois o outro e, finalmente, o terceiro, de modo que acabava parecido com um sorvete de casquinha de três sabores. Os turistas aplaudiram, e Theo e Egon se puseram a caminho antes que o malabarista passasse o chapéu.

Eles andaram até o mirante, postando-se junto ao guarda-corpo de ferro, olhando os barcos deslizando pelo Saint Lawrence. "A mãe de Kay tem mantido contato com o circo. Ela diz que você não tem retornado as ligações dela."

Theo cerrou os olhos por causa do reflexo do sol na água. "Não sei mais o que dizer a ela. Ela faz perguntas que não têm resposta."

"Ela está perturbada por causa da filha."

"Naturalmente. Eu sei. Eu só não consigo lidar com ela."

"Estou sabendo disso de segunda mão, entenda. Ela falou com o gerente de palco, que contou para uma pessoa que contou para mim, então isso não é de fonte segura, digamos assim. A mãe dela pensa que vocês dois tiveram um bate-boca, uma briga feia, e que Kay fugiu de você e está escondida. Com medo de você."

"A mãe dela mal me conhece. Eu, perder a cabeça? Por que Kay iria se esconder de mim? Éramos felizes." No momento em que pronunciou essas palavras, ele escutou a si mesmo falando dela no passado, e sua voz ficou presa na garganta. Ele imaginou sua sogra em sua chácara, passando os dias aflita por causa de Kay, levando a cabo todas as tarefas de que era capaz, naquele jeito estoico da Nova Inglaterra. Apesar de seus primeiros sentimentos serem de empatia, ele logo ficou irritado com as suspeitas dela. Ela nunca gostara dele, desde o início. Talvez os dez anos de diferença entre ele e sua filha a aborrecessem mais do que tudo, mas ele não podia ter certeza se não havia alguma outra desconfiança mais primordial. Ela sempre o tratou de maneira cordial, com hospitalidade, nas poucas vezes em que os dois passaram a noite na casa dela, mas ela concentrava suas atenções na filha, como se ele não estivesse ali. A última vez em que ele viu a sra. Bird, no casamento, no início daquele ano, ela parecia extremamente frágil em sua cadeira de rodas. Mas também havia uma ferocidade nela, como uma mãe urso que protege seu filhote.

"Ela não poderia ter uma certa razão, sua sogra?", arriscou Egon. "Não quero dizer que Kay esteja com medo de você, claro que não. E não a imagino escondendo-se voluntariamente de você. Mas talvez ela não esteja aqui. Talvez ela tenha deixado a cidade. Ela tomou o caminho errado, bateu a cabeça, acabou em algum outro lugar que não a Cidade Velha. Subimos e descemos essas ruas milhares de vezes. Talvez estejamos procurando no lugar errado."

Soprado por uma rajada súbita de vento, um chapéu-coco rolou pelo calçadão, girando sobre sua aba até topar nos pés de Theo. De longe, o malabarista vinha correndo na direção deles, de uma maneira esquisita. Ele se movia como um mímico que fingisse correr, uma marcha em câmera lenta, com passadas exageradas. Theo se lembrou das fotografias de Muybridge do cavalo de corrida, de como elas precisavam ser vistas na velocidade correta para haver a ilusão do galope. Se exibidas com muita lentidão, o resultado da sequência de imagens era um cavalo que se movia aos soluços, como aquele malabarista que parecia ter saído dos eixos. Ofegante apesar daquela perseguição desajeitada, o jovem parou à frente deles e curvou-se profundamente, como uma marionete cujas cordas se romperam. Com um rápido agradecimento, ele apanhou seu chapéu e partiu trotando.

"Boa pegada." A voz veio do outro lado. Era o Inspetor Thompson, com seu parceiro Foucault. Theo ficou pensando se eles o teriam seguido durante todo o dia.

"Vimos você do outro lado da rua", disse Foucault, "e pensamos em dar um alô."

"Alguma pista, detetives?", perguntou Egon.

Thompson juntou-se a eles no guarda-corpo e segurou a barra de ferro. "Gostaria muito de ter alguma notícia para o senhor, sr. Harper, mas não há nada. Estamos procurando. Nós voltamos a questionar os moradores e comerciantes entre sua casa e o teatro, mas ninguém viu nada naquela noite. Ninguém estava vigiando a rua àquela hora."

Exceto os gremlins, pensou Theo. Exceto aqueles olhinhos espiando pelos buracos.

Egon acendeu um charuto e atirou o fósforo na água. "Alguma chance de ela estar em algum outro lugar?"

A exemplo de seu parceiro, Foucault juntou-se a eles na grade. "Notificamos imediatamente as autoridades da província, inclusive a polícia montada, para o caso de ela ter deixado a cidade, então há policiais de olho em todo o Canadá."

"É claro que qualquer coisa é possível", disse Thompson. "Há algum motivo para pensar que ela poderia ter deixado a cidade, sr. Harper?"

"Não que eu saiba."

"Vocês alguma vez brigaram, sr. Harper? Quero dizer, algo sério, muito além do por que você larga as meias pela casa?"

Fechando a cara, ele negou.

"Ela alguma vez falou em voltar para casa, para os Estados Unidos? Alguma razão para acreditar nisso?"

"O que vocês andaram ouvindo? Vocês falaram com aquele canalha do Reance, do circo? Minha sogra por acaso ligou para vocês?"

"Realmente", disse Foucault, "ela nos contou que Kay se preocupava com o fato de que você pode ser muito possessivo, inclinado a ter ciúmes. Você por acaso perdeu..."

"A mãe dela não tem o direito de fazer acusações desse tipo. Ela pensa que eu roubei a filha dela. Posso assegurar que tudo ia bem entre mim e Kay. Somos felizes."

Thompson tamborilou com os dedos na barra de ferro. "Peço desculpas por meu parceiro, sr. Harper. Apenas analisando as possibilidades, para que possamos descartar aquelas inverossímeis."

Afastando-se da grade, Theo encarou todos eles. "Vejam bem, Kay não me abandonaria. Ela não partiria sozinha. Não deem ouvidos a essas histórias falsas sobre eu perder a cabeça. Não sou pavio curto. Não fiz nada a ela, nunca faria. Ela está aqui, posso sentir isso."

A mudança sempre ocorria lentamente. Uma centelha tremeluzia bem dentro dela, talvez apenas em sua mente, ou, como ela imaginava agora, no centro gravitacional de sua alma. A chama interior se acendia e se apagava, repetidas vezes, até se firmar, e subitamente ela estava consciente, sem saber direito onde estava e quem ela era, mas capaz de pensar. Nesses momentos no limbo, Kay se recordava de vestígios do que havia deixado para trás: o circo, o ato de se equilibrar, um homem que a seguia pelas ruas escuras, pai, mãe, marido. Ele deveria estar preocupado com ela, pensando no motivo de ela não ter voltado para casa. Tão tarde, ela deveria ter mandado uma mensagem de como eles haviam se entusiasmado, um drinque se transformava em muitos, e de como ela havia tentado se livrar daquele velho libertino insistente. Ela deveria estar em casa com seu homem, seus livros e papéis que bagunçavam a mesa da cozinha. A Obsessão Muybridge. Seu marido murmurando para si próprio em francês enquanto trabalhava. Sua caneta-tinteiro antiquada atravessando a página em branco. Preso em seu próprio mundo, ele poderia ainda trabalhar e nem ter se dado conta de era tarde, nem do fato de que ela ainda não havia voltado para casa. Ou, quando ela voltasse, ele ficaria ao lado dela na cama, a mão pousada no quadril dela, mas ele não estava aqui. E nada de quadris, nada de seios, sua figura de novo a de uma criança, o despertar da consciência do estado em que ela se encontrava, um esqueleto de arame, um corpo de pano, braços e pernas recheados, e uma cabeça cheia de serragem.

Sua "marioneteidade" gradualmente se apossava dela. A prateleira plana incomodava suas costas, e ela estava quase subjugada por quão rígida se sentia.

As luzes no teto a atingiram como muitos sóis. Ela se sentou, mais uma vez surpresa com o fato de ser capaz disso. Somente o Cão havia acordado antes dela. Ele estava sentado junto à porta, olhando fixamente a maçaneta, sempre na esperança de que alguém o deixasse sair. Pendurada no cabide de parede, a Rainha abriu um olho e bocejou. Depois de se espreguiçar longa e lentamente, ela começou a mexer nos nós que a mantinham no lugar. Nix, que dormia enrolado como uma bola, desdobrou-se completamente e pôs-se de pé em um pulo, caminhando a passos trôpegos para acordar o sr. Firkin. Na azáfama daquele amanhecer da meia-noite, ela só percebeu que havia algo de diferente depois que todos os bonecos haviam despertado. Os dois Juízes e a Bruxa não estavam lá. As peças de xadrez descasadas estavam sobre o gasto tabuleiro, e na cadeira de balanço da velha estava Noë, os joelhos dobrados e sua cabeça de palha repousando em seus braços cruzados. Pulando da prateleira, Kay saiu correndo pelo aposento, apontando para os lugares vazios. "Eles não estão aqui. Eles se foram!"

As Três Irmãs desembaraçaram seus fios e caminharam tranquilamente até o lugar onde deveriam estar as marionetes desaparecidas. Olya pousou a mão nos ombros de Kay, enquanto Masha e Irina examinavam o local como duas crianças que querem saber aonde foram parar os brinquedos que perderam. Os outros também foram até lá. Até o Verme aproximou-se cuidadosamente, para atestar o que ocorrera. Alguns baixaram a cabeça, outros olharam melancolicamente para a cortina que isolava a loja de brinquedos.

"Onde estão os Juízes?", perguntou Kay. "O que aconteceu com a Bruxa Velha?"

"Eles foram selecionados", disse o sr. Firkin. Sob seu bigode de morsa, ele sorria. Murmúrios de alegria encheram o ar. O Diabo puxou a Fada Boa para uma valsa pelo salão. Nix deu três cambalhotas, terminando com um salto mortal reverso. Até Noë superou sua tristeza inicial, batendo palmas e assobiando.

Ao perceber como Kay estava confusa, a Rainha a puxou para o lado, afastando-a da ruidosa celebração. "Você deveria estar feliz por eles. Estão em um lugar melhor. O Quatre Mains está montando um novo espetáculo e deve ter selecionado os três para participar. Veja bem, eles terão a chance de fazer aquilo para o qual foram criados. Talvez eles estejam lá fora pelo mundo, quem sabe em um show para crianças em uma pracinha da cidade, se tiverem sorte. Se você for boazinha, e se os titereiros encontrarem um papel para você nesse espetáculo ou no próximo, então você também terá sua chance. Não há nada como uma performance para se animar."

"Então no momento eles apenas estão em um show de marionetes? Eles vão voltar?"

A Rainha baixou os olhos. "Nunca se sabe. Artistas podem ser muito estranhos. Às vezes as marionetes voltam, às vezes não. Às vezes elas duram para sempre. Lembra-se do homem na redoma de vidro?"

"Como assim, nunca voltam?"

"Não se preocupe, criança. Apenas fique feliz por eles. Eles conseguiram uma chance de estar sob os holofotes." Ela acariciou os cabelos de Kay e partiu com o Cão, jogando para ele uma bola com um nariz amarrado.

A noite prosseguiu, igual a todas as noites, ainda que com um sabor levemente amargo. Não há muitas ocasiões em que surgem novas oportunidades, mas, por outro lado, ela esperava que tudo continuasse em seus devidos lugares — os Juízes trocando peões e tampinhas de garrafa, a Bruxa Velha colocando a mão em concha no ouvido para saber das últimas fofocas. Mas eles haviam desaparecido.

Sem sua companheira habitual, Noë parecia ainda mais desamparada. Kay a encontrou em um canto distante, afiando um toco de lápis com uma lixa de unhas, concentrada em sua tarefa. Seus olhos de botão estavam cercados por imensas olheiras, e, espalhados em torno, fiapos de palha que haviam caído — ou sido arrancados — de sua cabeça. Ela batia incessantemente o pé direito na borda da caixa na qual estava sentada, ao mesmo tempo em que cantarolava algo baixinho, só para si.

"O que você está fazendo?", perguntou Kay.

"Uma ponta." Sua voz tinha um som estranhamente áspero, como um pato resfriado. Noë a encarou, mas Kay não percebeu a insinuação.

"Apontando um lápis. Percebi. Mas para que você quer um lápis?"

"Para o caso de eu encontrar um papel, assim posso escrever um bilhete. Por acaso você tem um pedaço de papel?" Ela retomou a tarefa com mais determinação, as aparas pulando da madeira.

Kay fez que não com a cabeça, mas, de repente, lembrou-se de já ter visto algo parecido com um pedaço de papel. Na ponta dos pés, ela se esgueirou até o jogo de xadrez que os Juízes haviam montado a partir de algumas peças de verdade e das quinquilharias espalhadas pelo Quarto dos Fundos — algumas tampinhas de garrafa, uma borracha, a tampa de um tubo de cola. No meio desses tesouros, havia uma caixinha de fósforos usada, cujo exterior exibia o desenho de uma dançarina e a propaganda de uma boate chamada Les Déesses, com um endereço em Montreal. Mas o lado de dentro estava gloriosamente em branco. Ela enfiou a caixa de fósforos embaixo do casaco e voltou para o canto onde estava Noë. Certificando-se de que ninguém a observava, ela se sentou junto a Noë, no chão frio, e entregou-lhe o pedaço de cartolina.

"Aqui", ela falou, com um ar triunfante. "Escreva o que der na sua cabeça."

"Tem certeza de que ninguém viu você? Há espiões por todos os lados." Usando seu corpo como escudo, Kay isolou aquele canto do resto do aposento. A garota de cabelos de palha escreveu, em letras de forma: SOCORRO. *Tirem-me daqui.* Quando acabou, Noë fechou a caixinha, para esconder o bilhete, enfiando-a embaixo da blusa. "Precisamos entregar essa mensagem ao mundo lá fora, para que venham me resgatar."

"Mas não podemos sair daqui. Além disso, por que você quer ir embora do Quarto dos Fundos? É porque a Bruxa Velha foi escolhida para participar do show? Não se preocupe, a Rainha disse que ela vai voltar."

"Talvez ela volte, talvez não. Vi muitos chegarem, vi muitos partirem, mas raramente vi alguém voltar, não importa o que ela diz." Seus olhos dançaram em sua cabeça. "Depende da decisão dos titereiros, ou do que o homem na redoma de vidro ordena a eles. Veja bem, garota, você não está aqui há muito tempo, mas é um inferno viver assim. Não quero acabar em uma prateleira. Ou coisa pior. Temos de encontrar uma maneira de enfiar esse bilhete por baixo da porta trancada. Temos de achar uma maneira de alertar as pessoas lá fora para o fato de estarmos presas aqui."

Kay analisou o rosto triste de sua amiga. "Vou ajudar você", disse.

Ali no canto, elas bolaram um plano. Quando o sr. Firkin tocasse a sineta que marcava o fim do dia, Noë sairia correndo pelo aposento, como se fosse atravessar a cortina e fugir para a loja de brinquedos. Ela nunca chegaria lá, claro, mas, enquanto todos estivessem distraídos tentando impedi-la, Kay poderia enfiar a caixinha de fósforos, aberta, por baixo da porta de trás, já que ninguém esperaria que ela fizesse algo assim. Grudadas uma na outra, elas conspiravam em sussurros, e ela sentiu uma intimidade quase humana em suas vozes que se misturavam, em como o segredo criava um laço entre elas naquele momento.

Não fosse o Verme, elas teriam levado o plano a cabo. No instante em que o sr. Firkin avisou que o dia havia terminado, Noë deu um grito lancinante e correu para a saída, seus pés de madeira fazendo barulho no assoalho. O Diabo foi atrás dela, uivando e rosnando. Nix interrompeu seu ato, deixando as bolas pularem loucamente pela sala, e saiu em seu encalço, enquanto as demais marionetes foram na mesma direção, o Cão latindo com a agitação, a Rainha trêmula, até o velho Firkin estava ansioso para interromper aquele ímpeto louco por liberdade. Vendo aí uma oportunidade, Kay esgueirou-se na direção da porta de trás, a caixa de fósforos firme em suas mãos, em busca de um vão para enfiar o bilhete, quando o Verme jogou seu corpo contra a soleira, seus olhos insanos girando, e, sibilando, mandou-a parar.

A DANÇA DAS MARIONETES
Keith Donohue

8

julgamento teria de ocorrer sem os Juízes. Na ausência deles, a Rainha comandava, do alto de sua caixa de cereal, e o sr. Firkin concordou em ser o promotor, com o Diabo na defesa. As marionetes passaram boa parte da noite montando um tribunal, usando caixas de madeira, ferramentas velhas e peças avulsas. Normalmente, eles preferiam ensaiar antes, mas, dada a gravidade das acusações, decidiram que não havia tempo e, por fim, improvisaram. O Verme era o oficial de justiça, que conduziu as prisioneiras diante do júri formado pelas Três Irmãs, a Fada Boa e Nix. Incluir o Cão no julgamento seria fazer piada da justiça, então ele ficou circulando a esmo, farejando as duas mulheres a serem julgadas.

Kay estava contrita, cabeça baixa, as mãos juntas como se rezasse. A seu lado, Noë tinha os olhos fixos à frente, seu cabelo de palha arrepiado como um dente-de-leão, um traço de raiva brilhando em seus olhos de botão. A Rainha bateu seu martelinho, e o sr. Firkin se pôs de pé para apresentar a acusação, um pedaço de lã de carneiro servindo de peruca.

"Silêncio." Ele se inclinou primeiro ante a Rainha e o júri. "Senhoras e senhores, esta jurisdição pretende demonstrar, sem qualquer sombra de dúvida, que as rés, na noite anterior a esta, ou seja, na noite passada, deliberada e intencionalmente conspiraram, planejaram, maquinaram e tramaram para levar a cabo sua fuga deste lugar. Usando papel e lápis proibidos — Provas A e B, meus amigos — elas escreveram um bilhete e, então, tentaram passar o dito bilhete por baixo da porta." Ele girou sobre os calcanhares, voltando-se para as acusadas, e apontou para elas. "Sabe-se muito bem que isso é uma violação das regras, do que lhes é permitido fazer. Além do mais, isso é, em nível pessoal, decepcionante. E perturbador. Especialmente por parte de alguém que está aqui há tanto tempo e deveria se comportar." Ele fez que enxugava os olhos com a fralda da camisa.

"Obrigada, conselheiro", disse a Rainha. "A defesa quer fazer seu discurso de abertura?"

O Diabo se levantou e caminhou, com seus cascos de bode, até o júri. Ele tentou fazer contato visual com os jurados, mas eles não permitiram, desviando seus olhares o máximo que podiam. "Quem dentre nós não é culpado por ter um sonho? Meu amigo, o promotor, gostaria que vocês pensassem que um crime foi cometido. Ele vai lhes mostrar um toco de lápis, uma caixinha de fósforos, um bilhete. Meros acessórios nesse drama sórdido. E ele dirá que minhas clientes estavam tentando contatar pessoas de fora do Quarto dos Fundos, em uma ideia louca e inverossímil, digna de um conto de fadas, de que a dita caixinha, o dito bilhete convenceriam um *cervo* humano..."

A Fada Boa teve um ataque de riso e foi obrigada a tapar a boca com as mãos. Os risos contaminaram o tribunal. Duas rápidas marteladas da Rainha impuseram o silêncio.

Erguendo uma de suas sobrancelhas pretas, o Diabo prosseguiu: "Como eu dizia, como se esse deplorável pedaço de papel, esta suposta Prova B, pudesse a) ser encontrado por uma pessoa de verdade; e b) transmitisse a mensagem que deveria transmitir. Ou seja, a de que havia uma marionete dentro da loja de brinquedos pedindo para ser resgatada. Se vocês imaginarem tal coisa, senhoras e senhores do júri, então a imaginação de vocês ultrapassa em muito a minha. O absurdo de um tal sos, ora, despe a argumentação de credibilidade. Como se pudesse ocorrer de alguém estar passando, encontrar o dito bilhete em meio aos detritos do beco e arrombar a porta. Não, minhas clientes não estavam tentando fugir. Elas, meus amigos, estavam apenas pregando uma peça em todos vocês."

As Três Irmãs se aproximaram para um debate particular, durante o qual Olya não tirou os olhos do Diabo. De seu assento como juíza, a Rainha ordenou que o sr. Firkin começasse.

"Chamem o palhaço Nix", anunciou ele.

"Protesto!", berrou o Diabo. "Nix é um membro do júri, Vossa Excelência, e não se pode esperar que ele também seja testemunha de acusação."

Depois de pensar um pouco, a Rainha anunciou sua decisão: "Como somos poucos, vou permitir. No entanto, sr. Nix, seu depoimento não deve influenciar suas deliberações. Meirinho, por favor".

Carregando um livro em miniatura na boca, o Verme se esgueirou até Nix, que pousou a mão sobre o livro e jurou dizer a verdade. O sr. Firkin enfiou os polegares em um par de suspensórios que havia arrumado especialmente para a ocasião. "Agora, então, poderia dizer gentilmente ao júri — você incluído — onde estava na noite em questão?"

"Na noite passada? Aqui, como sempre, meu senhor."

Firkin deu alguns passos diante do banco das testemunhas, ponderando como expressar sua linha seguinte de ataque. "Diga-nos, em suas próprias palavras, o que você viu essas duas delinquentes aprontarem na noite em questão."

"Elas estavam confabulando em um canto, sr. Firkin. Eu não conseguia ouvir o que elas diziam, mas grudei o olho nelas. Não literalmente, claro. E aquela ali..."

"Que conste nos autos", salmodiou o sr. Firkin, "que o palhaço Nix está apontando para a corré, senhorita Harper."

A Rainha bateu com o martelinho na mesa improvisada. "Não há autos, sr. Firkin, o senhor sabe muito bem. Não temos estenógrafo. Não temos papel no qual escrever, e nosso lápis é atualmente a Prova A, então não vejo necessidade de autos."

Com as mãos em concha, Noë sussurrou no ouvido de Kay: "Estamos vendo um julgamento de fachada".

"Eu ouvi isso", vociferou a Rainha. "Posso lembrar à ré que meus sentimentos são facilmente magoados?"

Nix apressou-se a preencher o incômodo silêncio provocado pela observação inoportuna: "Vi Kay Harper pegar a caixinha de fósforos, Vossa Excelência, e logo depois o sr. Firkin anunciou que era hora de irmos dormir. Num piscar de olhos, Noë corre para a cortina. Seguiu-se o caos, não me importo de dar detalhes, mas o senhor estava lá. O senhor viu. Todos aqui são testemunhas. Tive de impedir que ela atravessasse as fieiras de contas. Ela poderia ter se machucado. Ou pior. Ela poderia ter despertado o Original".

As Três Irmãs se benzeram. "Sem um gato na casa", disse Olya, "os ratos se sentem livres."

O sr. Firkin olhou-a com irritação, fazendo com que ela se calasse, depois bateu no ombro de Nix para mostrar que ele havia se saído bem. "A testemunha é sua, Diabo."

"Não tenho qualquer pergunta para esse palhaço. Esta jurisdição admite o argumento de que ele a interrompeu no que acreditava ser uma tentativa de fuga. Sua bravura não é relevante para nosso caso." Ele piscou e, com um gesto, pediu que Nix descesse.

Enquanto voltava para o banco do júri, Nix acenou para as rés e tocou uma buzina de bicicleta escondida no bolso de suas calças. Quando todos pararam de rir, o sr. Firkin anunciou, em voz forte: "A acusação chama o Diabo".

"Vossa Excelência, por favor, isso é absurdo. Não se pode esperar que eu testemunhe contra minhas clientes."

"Sustado", disse a Rainha, e fez um gesto para que ele se sentasse. Não houve qualquer sinal de que o fariam jurar.

"Devo lembrá-lo", disse o sr. Firkin, "de que, como um oficial da Corte, você está obrigado a dizer a verdade, ainda que isso vá contra sua natureza. Você, na noite passada, por acaso não perseguiu Noë enquanto ela tentava atravessar a cortina?"

O Diabo balançou a cabeça afirmativamente. Uma enorme aranha branca saiu de um de seus chifres, ficando pendurada por um fio de seda.

Pegando a caixinha de fósforos, o sr. Firkin disse: "Conforme deseja a Corte, Vossa Majestade, Vossa Excelência, exibo agora a Prova B e pergunto à testemunha se ela por acaso não recuperou a citada caixinha de fósforos do dito Verme. E então, Velho Diabo, você mesmo não leu o bilhete, para depois entregá-lo a mim, enquanto guardião da entrada do Quarto dos Fundos?".

"Firkin, Firkin. Você sabe que sim."

Não tendo qualquer pergunta de refutação a fazer a si próprio, o Diabo foi dispensado.

Com os polegares mais uma vez encaixados nos suspensórios, o sr. Firkin fez uma pausa dramática. "Chamem as duas rés para testemunhar."

"Realmente tenho de protestar, Vossa Excelência. Não se pode exigir que minhas clientes incriminem a si próprias, e é muito estranho colocar duas pessoas no banco das testemunhas."

"Sr. Diabo", disse a Rainha, "não estamos achando graça. O momento de nosso longo sono se aproxima, e ainda há muito a fazer. Precisamos encerrar o julgamento, estabelecer a punição e nos aprontarmos para dormir."

"Enforquem-nas." Alguém ali fez um truque de ventriloquismo.

O martelo veio abaixo. "Ordem, ordem. Se essa voz não foi de uma marionete, bem, então é de muito mau gosto. Ninguém vai ser enforcado nem pendurado. Agora, Kay e Noë, por favor venham e sejam rápidas."

De mãos dadas, as duas bonecas caminharam cautelosamente até o banco das testemunhas. O Verme deslizou até elas para tomar o juramento, mas um rosnado conjunto delas bastou para assustá-lo. O sr. Firkin caminhou na direção delas, como um severo mestre-sala, e estendeu a caixinha de fósforos a Noë. "Você escreveu esse bilhete? Você poderia, por favor, lê-lo em voz alta para que todos possamos ouvir?"

Noë fez que não com a cabeça. "Não vejo motivo para ler. Todos já sabem o que eu escrevi: 'Socorro! Tirem-me daqui'."

"E você, mocinha." Ele pousou um olhar carrancudo sobre Kay. "O que passou pela sua cabeça ao tentar passar o bilhete por baixo da porta?"

Kay suspirou, sem saber o que responder.

Ele a deixou a tremer no banco das testemunhas e retornou ao seu assento, com um olhar distante, como se contemplasse as verdades eternas, ou talvez estivesse apenas sonhando acordado, sem pensar em nada.

O Diabo levantou-se para interrogar as testemunhas. Na cavidade de sua clavícula esquerda, a aranha havia encontrado espaço para tecer uma teia. O Diabo arrebatou a caixinha de fósforos das mãos de Noë e leu a mensagem mais uma vez, em silêncio. "Você certamente estava brincando. Você estava gozando com a nossa cara."

Ela deu de ombros.

"E você, Kay Harper, fazia parte da brincadeira?"

"Eu só queria ajudar."

"Há-há. Ajudá-la com a piadinha?"

"Não. Ajudá-la a ir para casa."

Em uníssono, as Irmãs, no banco de jurados, deixaram escapar um gritinho. A Fada Boa quebrou uma de suas varetas. Nix deu uma buzinada dissonante. O Cão, que até o momento ficara quieto embaixo do banco das testemunhas, começou a ganir. Kay vasculhou o ambiente em busca de alguém que mostrasse simpatia, mas todos viraram o rosto para ela. O Diabo estava atrás dela, apoiando-se nas costas de sua cadeira, suas unhas compridas batendo na madeira.

"Não se pode ir para casa", disse ele. "Nunca será possível deixar o Quarto dos Fundos. O Quatre Mains pode vir buscá-la, mas, mesmo assim, ele pode trazê-la de volta, como ele fez com cada um de nós vez por outra."

"Mas ela escreveu uma mensagem." Kay olhou para Noë, que soluçava baixinho, o rosto escondido nas mãos. "Ela disse que alguém podia vir e salvá-la. Resgatar todos nós."

"Uma tênue esperança", disse o Diabo, "na qual basear seus sonhos. Sim, se alguém souber que você está aqui. E sim, se essa pessoa vier depois da meia-noite, quando podemos nos mover sozinhos. E sim, se eles souberem quem é você — quem você costumava ser — e não quem você é agora: uma simples marionete. E sim, se, ao escapar, eles acreditarem que você não vai olhar para trás."

"Ah, *querrida*", exclamou Olya. "Se eles conseguirem passar pelo boneco do Quarto da Frente. Se eles amarem você, se eles souberem onde encontrar você. Se, se, se. São muitos 'ses'."

"O melhor", disse o Diabo, "é deixar esses sonhos pra lá."

"Peço desculpas por alguma vez ter sonhado com isso." Ela pensou em seu marido e se perguntou se ele já teria se esquecido dela. O Quarto dos Fundos estava mais silencioso do que nunca.

Por fim, a Rainha pigarreou, limpando a garganta, e rompeu o silêncio: "Como vocês confessaram e pediram desculpas pelo que fizeram, e tenho certeza de que vocês prometem honestamente nunca mais tentar fazer isso, a Corte considera que vocês já foram punidas o bastante".

Com isso, o julgamento estava terminado, e o veredito, pronunciado, mas todos permaneceram quietos em seus lugares, como bonecos em uma vitrine, até que chegou a hora de retornarem a suas posições originais.

A beleza residia na concepção do problema, e a elegância estava em sua solução. Tudo começara com um cavalo. Muybridge havia sido incumbido de fotografar um cavalo em movimento, aparentemente apenas para determinar como ele se movia, se suas quatro patas se erguiam ou não do solo ao mesmo tempo. Ainda que seja difícil para as mentes modernas entenderem isso, há alguns séculos ninguém sabia como era esse movimento. O olho não era rápido o bastante. Artistas imaginavam. Cientistas especulavam. Até que Muybridge arquitetou uma maneira de utilizar uma série de câmeras conectadas por fios, que seriam disparadas à medida que o animal galopasse. A égua se chamava Sallie Gardner, e as 24 fotos foram feitas em 15 de junho de 1878. Theo estava sentado à mesa da cozinha, cercado por seu trabalho abandonado, a tradução da vida de Muybridge. Ele havia analisado suas imagens famosas, nas quais era possível ver claramente como o cavalo se movia para frente, com as quatro patas fora do chão no ápice de seu trote. As pernas se dobravam sob sua barriga, o cavalo parecia flutuar em pleno ar. Procurando em seu smartphone, Theo encontrou um vídeo no qual as fotos eram mostradas em sequência, animadas. Em velocidade normal, durava três segundos, mas o internauta anônimo havia editado e reduzido a velocidade das imagens, capturando o movimento do trote fluido da potra. Ele não conseguia parar de ver Sallie Gardner e seu cavaleiro, pressionando o replay sem parar. Até que a luz por trás das minúsculas imagens começou a incomodar sua vista, então ele fechou a tela e deixou o celular de lado.

As páginas estavam fora de ordem, a tradução bagunçada depois de ele haver abandonado o trabalho. Na verdade, o apartamento inteiro estava um caos, a cama, uma confusão de lençóis e cobertores, o travesseiro de Kay esmagado de tanto que ele o abraçara, a pia lotada de louça suja, toalhas imundas e pilhas de roupas usadas no banheiro. Ele havia largado o local. Kay ficaria horrorizada com a bagunça quando ela entrasse, ainda que ele já houvesse desistido de escutar a chave dela na porta. Todos os lembretes costumeiros da rotina diária dos dois estavam desaparecendo. Ele havia deixado de acreditar que ela estava apenas em outro aposento.

Kay costumava dar um pulinho quando ele entrava, quando alguém batia na porta ou o telefone tocava, era somente um reflexo, nada além de uma espécie de espasmo muscular, mas ele sempre se dera conta do quão facilmente ela se assustava nesses momentos. Ainda assim, apesar de toda a sua energia, ela era a mais inclinada a ficar quieta quando eles estavam juntos. Ela tinha um jeito de se enroscar, ocupando o menor espaço possível quando estava sozinha, lendo ou vendo TV, e ele sempre ficava surpreso quando a via enroladinha num canto do sofá ou escondida entre os braços da poltrona. Sorrateiramente, ele ficava observando-a, analisando sua falta de expressão ou a concentração de seu olhar. Mais do que o som da voz dela, a música em sua risada, o corpo dela junto ao seu na cama ou o caminhar de mãos dadas em uma noite quente de verão, ele sentia falta da imobilidade dela, algo que estava desaparecendo. Ele podia ficar sozinho com ela, mas era difícil aprender a ficar sozinho sem ela.

Em meio a sua busca desesperada por ela, ele tinha de lutar contra a ideia de que Kay talvez nunca fosse encontrada. Ele tinha de afastar o medo de que ela havia partido para sempre, de que ele nunca mais a veria. Na superfície, ele admitia essa possibilidade, e, nas longas conversas com Egon e com a polícia, o assunto havia sido abordado algumas vezes, e ele pensou em como eles eram gentis, tentando prepará-lo para essa eventualidade, ou talvez fosse melhor dizer possibilidade, probabilidade, contingência, hipótese. Mas, por sob todo aquele palavreado, ele se recusava a aceitar qualquer outra realidade que não fosse o retorno dela, viva, sã, a mesma de sempre. Ela ficaria chocada se visse como ele estava largado.

Ele atacou a bagunça, empilhando seus papéis e livros ordenadamente. Lavou a louça, arrumou os lençóis, as toalhas e as pilhas de roupas para levar até a lavanderia. Limpou a geladeira, jogando fora todas as embalagens abertas, e fez um cozido com o que ainda era comível. Pela primeira vez em semanas, ele se acomodou para uma refeição feita em casa, sozinho no apartamento.

Entre uma garfada e outra, ele pegou seu celular e retomou suas buscas por Muybridge. Fascinado pelo movimento dos animais, Muybridge havia feito dezenas de outros estudos — um bisão correndo, o ataque de um leão, um avestruz, um elefante, o voo de um papagaio. E ele então fotografou pessoas, o movimento delas nas tarefas mais simples. Tudo de forma muito clínica, os corpos em questão seminus ou totalmente despidos. Theo ficou hipnotizado pela sequência de uma mulher nua descendo um pequeno lance de escadas, repetidas vezes, e repentinamente se lembrou do que acontecera na noite em que Kay havia desaparecido. A luz na loja de brinquedos. Ele havia jantado no bistrô Brigands, na rua Saint-Paul, pertinho da loja predileta dela, quando as luzes subitamente se acenderam no imóvel abandonado.

Em todas as suas conversas com a polícia, quando Thompson e Foucault pediam que ele recriasse os acontecimentos daquela noite, ele não cuidara de mencionar o incidente, talvez porque, considerando-se o sumiço de Kay, não parecesse significativo em sua mente perturbada, mas agora ele se recordava claramente do quão surpreso ficara aquela noite. Ele lhes havia contado tudo, ter saído do apartamento e andado até o restaurante, o que havia comido, quanto tempo permanecera lá, a que horas voltara para casa, e a longa espera por ela, a mensagem no meio da noite. Talvez as luzes na loja de brinquedos não significassem nada. O malabarista de chapéu-coco fez com que ele se lembrasse das marionetes, e uma série de sinapses dispararam em seu cérebro fatigado, mas, apesar de já ser tarde, ele tinha de checar aquela loja, nem que fosse apenas para organizar o quebra-cabeça.

"Só um minuto", ela dissera, puxando o braço dele. "Pare, deixe-me olhar." Kay agia como uma criança quando eles passavam diante da Quatre Mains. Ela não resistia a olhar os bonecos e marionetes na vitrine, às vezes colocando as mãos no vidro para espiar lá dentro, com os olhos arregalados. E, quase sempre, Theo cedia aos caprichos dela, porque, naqueles momentos, a garotinha emergia, aquela que ele nunca conhecera, a criança interior, como o cerne de uma *matrioshka*, aquela boneca russa que escondia outras dentro de si. Algum espírito brilhante, responsável pela mulher que ele amava.

A noite fria antecipava o fim do verão e o outono que se aproximava. Ele enfiou as mãos nos bolsos de seu jeans e caminhou pela rua, vagamente excitado por ter se lembrado daquele detalhe esquecido. Uns poucos retardatários se demoravam nas mesas externas dos cafés, e a melodia de um violino em um pub irlandês chegava até a ruazinha de paralelepípedos. Na esquina perto da Quatre Mains, surgiu um fantasma, e por um instante ele pensou na mulher afogada e estremeceu de medo, mas era uma criada, de avental e gorro brancos, o rosto pálido e marcado por cicatrizes feitas com maquiagem, com um colar de ferro do qual pendia uma corrente. Ela quase trombou nele, depois pareceu reconhecê-lo. "*Pardonnez*", disse ela, sorrindo. Segurava com as duas mãos uma lamparina, que ostentava o brilho trêmulo de pseudo-óleo de baleia, proporcionando uma palidez mortal a sua maquiagem. Ele riu, dando-se conta de que ela fazia parte da trupe das *Visites Fantômes de Québec*, o espetáculo de fantasmas que tinha lugar nas noites de verão pelas ruas da Cidade Velha. Dando uma última olhada para trás, a fantasma correu para se juntar aos colegas escondidos.

A loja das marionetes estava lá como sempre, escura e silenciosa. Os bonecos estavam no mesmo lugar. O urso com o fez vermelho não havia partido em sua bicicleta. O boneco aborígene sob a redoma de vidro, aquele que Kay adorava, permanecia como um guardião para outro mundo, seus olhos escuros fixos ao longe. Theo testou a maçaneta, mas a porta, como sempre, estava trancada. Talvez sua memória estivesse apenas lhe pregando uma peça, e nenhuma luz houvesse jamais piscado na loja abandonada. Ele pressionou o nariz contra a vitrine, como ela sempre fazia, mas não pôde ver nada além da escuridão por trás dos bonecos.

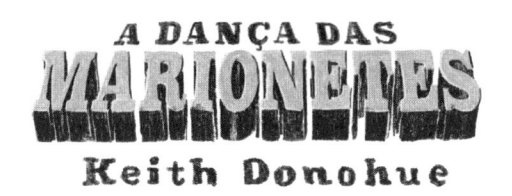

A DANÇA DAS MARIONETES

Keith Donohue

9

s gigantes voltaram. Kay não tinha a menor ideia de por quanto tempo ficara em estado de latência, mas ficou surpresa de percebê-los no meio do dia. A julgar pela inclinação da luz que entrava pelas bordas das janelas cobertas, deviam ser 16h. Algo havia ocorrido com a ordem das coisas, e, ainda que não pudesse se mover, Kay estava sintonizada com as mudanças a sua volta. Por trás da cortina, os gigantes iam de um lado para o outro. Ela percebia isso por seus passos pesados e pelas vozes agitadas que chegavam até seus ouvidos. Os sinos da porta da frente tocando sem parar, com pessoas entrando e saindo da loja. Eles ficaram no Quarto da Frente por horas, não apenas o Quatre Mains e a Deux Mains, como era de se esperar, mas outros, vozes novas e diferentes, xingando em francês e inglês, cheiro de cigarro, garrafas batendo no balcão, botinas marchando e caixas sendo embaladas. Kay torcia para anoitecer, chegar meia-noite, para que as marionetes despertassem e alguém pudesse dar uma espiada, mas eles deviam ter começado de manhã cedinho. Frustrada por não conseguir ver o que estava acontecendo, ela deixou escapar um longo e profundo suspiro. Por trás dela veio um sussurro: "Shh!".

"Quem é?", perguntou Kay.

"É a Fada Boa. Você não deveria falar."

"O que está acontecendo lá fora?"

De todos os cantos do Quarto dos Fundos, vieram avisos de silêncio. Ela controlou a vontade de falar de novo e se pôs a escutar com atenção, tentando apaziguar seu medo ao deixar-se envolver pelo zumbido das vozes e das batidas e solavancos aleatórios. Pouco depois, os ruídos começaram a diminuir. Homens na porta da frente diziam *adieu*.

"Não", disse a Deux Mains. "Podemos cuidar do quarto dos fundos sozinhos. Lá só restam algumas bugigangas. *Merci*."

Os sinos da porta de entrada soaram uma última vez. Uma chave girou na fechadura, então fez-se de novo o silêncio. Kay esperou um bom tempo antes de ousar falar de novo.

"Alguém sabe o que está acontecendo?"

A Rainha emitiu uma ordem: "Você não deve falar até que alguém lhe dirija a palavra. Todos devem ficar quietos. Algo está em marcha".

Kay não gostava de ser censurada pela Rainha, mas respeitava suas ordens. Na privacidade de seus próprios pensamentos, ela imaginou uma série de possibilidades. Os homens estavam limpando a parte da frente da loja para dar espaço às marionetes que definhavam lá nos fundos. Ela viu a si própria e a seus camaradas assumindo os lugares daqueles brinquedos velhos na vitrine, junto ao seu predileto. Ou, quem sabe, os homens eram da polícia, estavam procurando por ela esse tempo todo e finalmente a encontraram, e eles voltariam à noite para devolvê-la a seu marido, que, afinal, não havia se esquecido dela. Essa ideia tomou velocidade dentro dela, como uma pulsação, fazendo com que ela se sentisse quase humana de novo.

Sem aviso prévio, as contas chocalharam e a cortina se abriu. Iluminados por trás, os gigantes estavam parados na entrada, duas sombras enormes como montanhas. As marionetes se agitaram, excitadas, mal contendo murmúrios baixinhos, cada uma em seu canto.

"Boa noite, meus lindos", disse a Deux Mains. "Vamos partir para nossa próxima aventura."

Louca de curiosidade, Kay virou a cabeça para olhá-los, violando uma regra cardeal. Ela ficou boquiaberta quando viu o Quatre Mains entregar o boneco de madeira primitivo para a Deux Mains, que o colocou cuidadosamente em um estojo de couro, que ela lacrou e trancou. Juntos, eles colocaram a redoma de vidro em um contêiner separado, forrado com raspas de cedro. Depois eles começaram a guardar as ferramentas em caixotes de madeira, enquanto as peças avulsas eram reunidas e jogadas em vasilhas. Frequentemente, um deles cruzava seu campo de visão, mas, na pressa, não passavam de borrões. As marionetes se mantinham quietas e imóveis, e os gigantes falavam o estritamente necessário.

"Devemos levar todos?", perguntou o Quatre Mains.

Ela ficou pensando o que ele queria dizer com isso, se alguns iriam e outros ficariam, se seria uma medida temporária enquanto os Juízes e a Bruxa Velha estavam fora, ou algo mais permanente, já que tudo indicava que eles estavam se preparando para partir de uma vez por todas.

"Quem deixaria um deles sequer?", respondeu a Deux Mains. "Eles são a alma de nossos espetáculos. Pegue todos eles."

Uma onda de alívio apagou o estopim do pânico. Um gigante se aproximou, duas pernas e uma blusa verde-musgo trançada, e virou Kay. Segurando-a com firmeza entre os dedos, elevou-a no ar, seus membros inertes, levando-a à altura do rosto. Seus olhos eram como pratos de porcelana, um azul acinzentado com um pires preto no centro, e seu nariz era marcado por velhas cicatrizes, lembrando um monte lunar. Rugas profundas marcavam seu rosto, fissuras no pergaminho de sua pele, e pelos longos brotavam dos cordões de suas sobrancelhas e da lagarta de seu bigode. Ele levou sua outra mão ao rosto dela e, com a unha do indicador, inspecionou o corte irregular de sua boca, em um toque gentil e cheio de curiosidade. Quando ele sorriu, seus dentes lembraram pedras envelhecidas por décadas de longos invernos. Ele alisou os cabelos dela com a mão livre, um gesto afetuoso que a fez pensar em seu marido. "Uma pequena travessura", disse. Ele então a colocou em uma caixa de madeira com divisórias, seu espaço apertado como o de um caixão, forrado com pedaços de jornal. À sua esquerda, ele depositou Noë, depois de uma rápida ajeitada em seu cabelo de palha, e, à sua direita, ajeitou Nix. A Deux Mains tinha três bonecas nas mãos quando apareceu, e Kay só conseguiu dar uma breve olhada nela. Era uma mulher de pele e cabelos escuros e olhos verdes, mais jovem que o Quatre Mains, pelo menos em uma década. Colocando de lado as Três Irmãs, ela então cobriu Kay e seus companheiros com uma divisória, deixando-os no escuro. Olya, Masha e Irina foram ajeitadas por cima deles, depois fixaram uma tampa na caixa, onde estavam os seis bonecos. Tiras de fita adesiva os lacraram ali. A julgar pelos ruídos abafados, outra caixa estava sendo preparada, e Kay só podia imaginar que nela ficariam a Rainha e o sr. Firkin, a Fada Boa e o Diabo, e o Verme e o Cão. Depois, os gigantes partiram de novo.

A meia-noite chegara às catacumbas, mas as marionetes estavam enterradas em confete. Kay podia ouvi-los despertando para a meia vida, mas, por mais que se contorcesse e tentasse se virar, ela não conseguia se mover. Eles estavam presos ali, como se estivessem mortos e enterrados. Para afastar a claustrofobia, ela começou a expirar rapidamente e tentou se acalmar. Da esquerda vinha um soluçar baixinho, e ela pensou na pobre Noë, completamente aflita. À sua direita, Nix começou a assobiar a "Entrada dos Gladiadores",[*] que ela reconheceu de sua temporada no circo, a velha melodia que marcava a chegada dos palhaços ao picadeiro.

"Calem o bico." Uma voz se sobrepôs aos barulhos, a de Olya. "Pelo amor de deus, se vamos compartilhar a mesma cova, não podemos ter esses assobios e esse chororô o dia inteiro."

"Olya", disse Kay, "é você? O que está acontecendo conosco? Por que eles encaixotaram o homem da redoma de vidro?"

"Não se desespere, Kay Harper. Estamos apenas saindo de férias. Vamos fazer uma pequena viagem."

"Estamos deixando o Quarto dos Fundos?"

"*Querrida*, o Quarto dos Fundos não é um lugar, é um estado de espírito. Vamos para onde o vento nos levar. Podemos viajar um pouco, mas vamos encontrar um novo lar."

Sua irmã, Masha, pigarreou. "Não é a primeira vez, gatinha. Quando se vive por um século, aprende-se por um século. Eu me lembro de quando estávamos bem no meio de uma performance de *Macbeth* e eles tiveram de sair em debandada."

"As três bruxas", disse Irina.

"'O dobro da labuta, o dobro da encrenca'", retrucou Masha. "'Que o fogo queime e borbulhe o caldeirão.'"

"Como continuava, irmã?" perguntou Irina. "'A pele de uma víbora.' Você se lembra do Verme? Como ele odiava o papel. 'No caldeirão, cozinhe e asse: olho de lagarto...'"

"Chega", disse Olya. "Já basta de Saudade Não Tem Idade. Essas pobres mocinhas estão mortas de preocupação."

Irina não pôde resistir. "'Pelo formigar nos meus dedos, algo de muito ruim vem por este caminho.'"

"Basta", gritou Olya. Da caixa vizinha veio um risinho manso. "Acalmem-se, todos vocês. De vez em quando, é hora de partir. O Quatre Mains sabe o que faz. Talvez ele tenha escutado murmúrios na escuridão, rumores na plateia de que esta ou aquela marionete parece muito viva, muito realista, e então começam a fuçar nos negócios dele."

Masha tinha outra teoria. "Ou talvez os dois titereiros tenham simplesmente ficado cheios deste lugar. A estrada está no sangue dele. Ciganos."

"Vivendo de mala na mão", disse Irina. "Melhor que viver dentro de uma mala, certo?"

---

[*]   Marcha composta em 1897 pelo tcheco Julius Fucik.

Nix riu. "Você viu que eles também empacotaram o Original. Tenho certeza de que não voltaremos a este lugar. Nosso lar feliz."

"Mas e as minhas pessoas?", quis saber Kay. "Como elas vão saber onde nos encontrar?"

"Nós somos as suas pessoas", afirmou Olya. "Você é uma de nós, e você vai para onde nós formos."

Kay ficou olhando para a divisória acima de sua cabeça, perguntando-se por quanto tempo ela estaria condenada a ficar naquele cubículo. Quanto tempo até que ela pudesse ser livre, ver o mundo lá fora de novo, estar nos braços de seu marido. Ela vasculhou suas memórias em busca da imagem dele, do nome dele, mas descobriu que haviam fugido de sua mente. Ela não sabia como poderia suportar tal prisão.

Bem cedo pela manhã, antes que a lua sumisse do céu, bateram na porta dos fundos. Como em resposta, soaram os sinos da porta da frente. Os gigantes haviam vindo buscá-los. Uma onda do ar de agosto encheu o Quarto dos Fundos. Passos, o som de um motor na ruela atrás da loja de brinquedos, e então a caixa foi erguida no ar, libertando-se dos limites da gravidade. Eles estavam partindo, estavam em movimento. Kay pôs-se a pensar se ele deixaria de procurá-la agora que ela realmente partira. Ela murmurou um adeus.

Theo finalmente empacotou as coisas de Kay para levá-las de volta a Nova York. As malas dela estavam ao lado das suas na entrada do apartamento. Só faltava encaixotar seus livros e papéis, o Muybridge inacabado. Felizmente, seu editor lhe havia concedido uma prorrogação, devido às circunstâncias, e ele prometeu entregar até dezembro. A sublocação do apartamento também havia expirado, e os poucos conhecidos de Theo haviam passado para dizer *au revoir*. Thompson folheava o livro *Animais em Movimento*, enquanto Foucault estava absorto no relato de um jornal sobre o julgamento e a absolvição do fotógrafo. Bebericando cerveja em uma poltrona, Egon parecia mais à vontade agora que a temporada do circo acabara e que o verão estava quase no fim.

"Apenas para informá-lo, sr. Harper", disse Thompson. "Theo. Interrogamos Reance algumas vezes, interrogamos ainda todas as mulheres que saíram com ele naquela noite. Sei que você tem suas dúvidas, mas, acredite, se ele estivesse envolvido, nós saberíamos."

"A mente criminosa sempre dá um tropeço", acrescentou Foucault. "Uma revelação involuntária. Lidar com um suspeito é como jogar pôquer. Joga pôquer, *monsieur* Harper? Qualquer tolo pode ganhar com boas cartas. O truque é mostrar as cartas ruins e blefar na hora certa. Faça isso muitas vezes, e eles vão aprender seu jogo. Faça raramente, e você dependerá da sorte de novo. A maior parte dos jogadores comete um deslize psicológico. Um ato falho, um gesto ou movimento inconsciente, que revela se eles têm uma boa mão, se estão mais ou menos ou se estão blefando por completo. Quando se joga por muito tempo com um sujeito, descobre-se qual é o ato falho dele. Basta prestar atenção. E ser bom nessas coisas. Devemos ter interrogado aquele cara meia dúzia de vezes. Não é o homem. Nenhum ato falho."

Theo ficou pensando se por acaso eles também haviam ficado jogando com ele durante todo aquele tempo, tentando descobrir qual seria o seu ato falho, o que seus gestos poderiam revelar. Ele sabia que eles, no início, haviam pensado que ele era o responsável pelo desaparecimento de sua esposa. Droga, eles até fizeram a mãe de Kay acreditar que ele era culpado. Mas, com o tempo, Thompson, pelo menos, havia passado a considerá-lo acima de qualquer suspeita, apesar de que, para Foucault, talvez tudo não passasse de um estratagema, de um elaborado blefe duplo.

"Eu tive um ato falho?", perguntou Theo.

Levantando-se da poltrona, Egon acendeu um charuto e foi até a janela, para soprar a fumaça para fora.

Thompson fechou o livro com um estrondo. "Theo, você me espanta. De uma vez por todas, você está livre e limpo. Vamos continuar trabalhando no caso. Temos todos os dados para contato..."

"Posso chegar em duas horas, se pegar um avião."

"Ótimo." Thompson deu-lhe um tapinha no joelho e fez um gesto para que seu parceiro se levantasse. "Não posso expressar o quanto sentimos por tudo isso ter acontecido aqui em Quebec. E não avançamos quase nada desde o início. Vamos continuar procurando. *Tiens bon.*"*

Eles se foram pela escada do prédio. De seu poleiro, Egon ficou observando e, ao vê-los passar na rua lá embaixo, atirou a guimba do charuto pela janela aberta.

"Inúteis", resmungou.

* "Cuide-se", em francês.

"Nenhuma pista", disse Theo. "Quase três meses, e nem uma mísera pista. Nem ao menos uma teoria sobre como ela teria desaparecido."

Na caixa, ele colocou os textos sobre Muybridge, depositando depois sobre eles a pilha organizada das páginas do manuscrito. À espera do julgamento, Muybridge ficou se perguntando, em meio a sua angústia, se algum dia voltaria a fotografar. Depois de ter sido absolvido, ele não fez outra coisa. Livre dos fardos do casamento e do julgamento que mudou sua vida, Muybridge perseguiu sua arte com a obsessão de um fanático. Ver todo o seu trabalho reunido deixou Theo apreensivo, pois ainda havia muito a fazer, mas ele não conseguia imaginar como encontraria forças. As aulas começariam em algumas semanas, e ele não tinha a menor ideia de como se preparar para o semestre ou simplesmente encarar os estudantes na sala. Não com Kay desaparecida, em outro país.

"Estou ficando sem dinheiro", admitiu. "Se pudesse ficar em Quebec, eu ficaria. Sinto como se, de alguma forma, eu a estivesse abandonando, indo embora assim."

O apartamento parecia muito impessoal agora que suas coisas estavam guardadas. Ele deveria deixar um bilhete, para o caso de ela voltar e não encontrá-lo ali. Ou, se ela estivesse morta, para que seu fantasma não vagasse pelos cômodos a sua procura. Egon ficou ali sentado, sem oferecer qualquer palavra de consolo.

"Para onde você vai agora?", perguntou Theo.

"Talvez eu tente me ligar a outro espetáculo. Há um grupo de titereiros fazendo algumas coisas interessantes em Calgary, e eu sempre quis passar algum tempo no Oeste selvagem. Mas também conheço um cara que está se apresentando em Burlington."

"Bem, se você optar por Vermont, terá de dar um oi para a minha sogra. Apesar de que talvez seja melhor não dizer que me conhece. Ela ainda me considera culpado como o diabo."

Eles não queriam se despedir, mas nenhum dos dois sabia mais o que dizer.

"Quando é seu voo, *mon ami*? Diga se você tem tempo para jantar, ou ao menos para um drinque."

Ele sorriu e fechou a caixa da sua tradução. "Amanhã de manhã, no primeiro horário."

"A saideira, então. Se não podemos detonar a cidade, ao menos podemos encher a pança de cerveja."

As multidões do verão haviam diminuído bastante naquele fim desbotado de agosto. Eles caminharam sem companhia pelas ruas da cidade, enquanto se dirigiam ao Brigands. "Contei a você sobre a assombração que encontrei na última vez em que me aventurei por aqui? Uma das garotas do espetáculo *Fantômes* vinha correndo pela rua, quase me atropelou. Ela me matou de susto."

"O que faríamos sem os turistas, meu amigo, que vêm ver nossos fantasmas e loucuras? E sem as belezuras arrumadas para um espetáculo?"

Havia uma mesa livre na calçada, então eles decidiram jantar ao ar livre, para ver as pessoas passando. Rapidamente anotaram seus pedidos, e, quando as cervejas chegaram, eles caíram em um silêncio respeitoso e cheio de expectativa, saboreando a bebida gelada e suave. Ele amara o lugar desde que haviam chegado, a aparência e o ambiente da Cidade Velha o faziam pensar em alguma caprichosa parte da Europa que houvesse se libertado do continente e flutuado para Oeste, atravessando o Atlântico. Kay havia adorado a experiência: estrangeira e, ao mesmo tempo, familiar. Ela teria ficado muito triste em partir.

"Há uma loja ali que ela adorava. Uma velha loja de brinquedos, entulhada de velharias, mas que nunca estava aberta. Nunca conseguimos entender o que havia acontecido ali, se os donos simplesmente deram no pé, largando tudo, ou se os bancos decretaram a falência do lugar. Uma pena, sério, tantas coisas lindas na vitrine. Ela amava as bonecas, e uma marionete em especial, um trabalho inuíte que ficava em uma redoma de vidro."

"A Quatre Mains? Sei qual é", disse Egon. "Vamos lá dar uma olhada depois de comer. Podemos invadir o lugar, e eu roubo o boneco pra você."

Depois de se saciarem de peixe e batatas fritas, depois que as cervejas estimularam sua coragem, eles saíram cambaleando pela rua, compelidos ao roubo. Ele faria isso por ela, pensou, afinal, por que não? A cada passo, o boneco se transformava em um talismã. Se ele conseguisse resgatá-lo, conseguiria encontrar sua esposa. Só que a vitrine estava vazia. Nenhum boneco. O urso havia partido, junto com o cachorro. Os soldadinhos de chumbo haviam ido para outra guerra de chumbo. Até o último rastro. Só haviam ficado as teias de aranha e duas abelhas mortas na prateleira de baixo.

"Parece que o xerife chegou antes de nós. Ou alguns meliantes de cinco anos de idade", disse Egon.

Theo baixou a cabeça, apoiando-a no vidro. Uma lágrima grossa pingou no chão.

"Vamos, não fique assim. Vamos pedir ao Inspetor Thompson e seu ajudante para descobrirem onde foram parar todos os bonecos."

A porta da frente permanecia trancada quando Theo testou a maçaneta, então ele fez um sinal a Egon para segui-lo e dar a volta na quadra. Havia uma ruela nas sombras de uma parte velha e decadente das muralhas que cercavam Vieux-Québec. Parecia levar a um beco, um local onde, por séculos, ninguém havia estado. Na escuridão que aumentava, eles se esquivaram por trás de uma fileira de antigas casas de pedra, sem saber ao certo onde eram os fundos da Quatre Mains. Um montinho de lixo junto a uma porta foi a deixa — papéis e caixas de papelão, rodinhas descartadas, molas e engrenagens, uma solitária perna de madeira, uma cabeça de biscuit com um rombo no lugar do olho direito e um emaranhado de fios e varetas de uma marionete.

A porta dos fundos estava aberta. Egon entrou, e Theo cautelosamente o seguiu. Ele encontrou o interruptor que acendia a luz do teto, que deu relevo às prateleiras de metal vazias, bem como às paredes amarelas e ao piso gasto. Minúsculas pegadas o fizeram pensar em camundongos. Uma cadeira fabricada a partir de caixas de cereal vazias estava jogada em um canto. Pequenos montinhos de serragem pontilhavam a superfície de uma mesa no centro do aposento. Um tufo de algodão caído em um canto. Separando aquele aposento dos fundos da loja propriamente dita havia uma cortina de contas escuras, coberta por um fino pó que se ergueu como pólen quando ele a puxou para o lado. Não havia mais nenhum brinquedo lá. Nem mesmo o homem sob a redoma, do qual Kay tanto gostava. Nada além de uma fita largada, tiras de papel, etiquetas de preço, uma caixinha de fósforos usada.

"Parece que saíram às pressas", disse Egon.

Theo dirigiu seu olhar às paredes vazias, sentindo a tristeza de nunca ter conseguido entrar ali com Kay quando a loja estivesse iluminada e cheia de vida. Ele podia imaginar a alegria dela, perdendo-se entre as marionetes, e sentiu-se, então, tomado pelo peso de sua partida. A loja de brinquedos se recusava a revelar seus segredos. Eles partiram como haviam chegado, sem compreender nada.

LIVRO 2

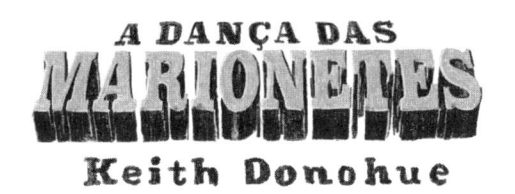

A DANÇA DAS MARIONETES

Keith Donohue

10

 garota na segunda fileira, terceira cadeira, em Francês Intermediário, a não ser que aquele Poindexter tomasse o lugar habitual dela. Uma mulher em um poncho amarelo atravessando a Amsterdam Avenue embaixo de chuva, que pareceu extremamente surpresa ao dar-se conta de que ele a estava seguindo. Três vezes no metrô: uma foi um par de pernas, outra uma mulher usando um suéter vermelho igual ao favorito de Kay, e outra um rosto na linha D do trem que ia na direção contrária. Sua voz chamando por uma criança que havia se afastado — como eles teriam filhos agora? — nos degraus da Catedral de São João, o Divino. Ele pensou em entrar e fazer uma prece, como se isso pudesse trazê-la de volta. Naquele instante, naquele lugar, Kay vinha vindo por entre a fileira de bancos onde ele havia se ajoelhado. O zumbido de seu celular no meio da noite, ele catava o aparelho embaixo do travesseiro, mas era só uma ligação de telemarketing de Kissimmee, Flórida, ou Waterloo, Iowa, e depois passava metade da madrugada acordado, imaginando aqueles pobres vendedores confinados em tal purgatório. Cada vez que checava a caixa de correspondência, ele virava a chave com a esperança de uma criança na manhã de Natal — mas nada além de carvão, contas e propaganda. Quando as folhas começaram a mudar de cor. Quando ele bebia seu chá favorito, ou passava pela esquina onde ela havia tocado seu braço pela primeira vez, o primeiro beijo, o último beijo, o cantinho no Central Park onde, pela primeira vez, ele se deu conta de que ela diria sim se ele pedisse, quando ele a pediu em casamento.

Theo sentia mais a falta dela às terças e quintas-feiras. Durante o semestre de outono na pequena faculdade no norte do estado, ele tinha apenas dois dias de aula, ensinando tanto literatura como língua francesa, mais do que o suficiente para mantê-lo ocupado, principalmente com a tradução inacabada de Muybridge aguardando. Em outros tempos, a longa viagem de trem subindo o vale do Hudson lhe dava uma chance de ler ou escrever, mas agora ele passava boa parte da viagem olhando a paisagem pela janela, sua mente absorta pensando em Kay. Balançando suavemente, em constante movimento, ele cochilava e sonhava que ela estava em seus braços, o calor da pele dela, o cheiro dela, os cabelos, o sabor, o som, o toque — até que ele despertava, envergonhado se houvesse alguém sentado a seu lado. Ele então virava o rosto, apoiava a testa contra o vidro e tentava esquecer tudo pelo resto da viagem. "Não é ela, não é ela", murmurava, acompanhando o ritmo do trem nos trilhos. Até que um solavanco o fazia dar um salto, bater a cabeça contra o vidro, e ele então remexia sua maleta, encontrava um livro, dava nota a um trabalho, preparava uma aula.

Sua primeira semana de volta à faculdade fora marcada por puro constrangimento. Seus colegas o cumprimentaram de maneira superficial, algumas poucas palavras de consolo dos mais bondosos que haviam ficado sabendo da história, mas a maior parte dos funcionários e professores o evitava, como se a tristeza fosse contagiosa ou como se eles também suspeitassem de um crime. Até mesmo seus companheiros da divisão de Línguas Modernas o trataram com frieza. Frau Morgenschweis evitava seu olhar. Señora Martinez disse que sentia muito no primeiro dia em que ele estava de volta, depois não falou mais. Somente dr. Mitchell, que falava sete línguas e dava aulas de grego e latim, não havia mudado, alegremente inconsciente das fofocas e tramoias no trabalho.

"Dr. Harper." Ele acenou quando seus caminhos se cruzaram na sala do cafezinho. "Você passou o verão fora, certo? E como está aquela sua noiva?"

A pergunta o deixou atordoado. "Bem, dr. Mitchell, você não ficou sabendo? Minha esposa desapareceu."

"Desapareceu?" Por trás de seus óculos de hastes metálicas, Mitchell piscou os olhos, em confusão e empatia.

Theo balançou a cabeça e tentou manter a compostura. "Literal e realmente desaparecida. Ela sumiu no meio de uma noite em junho, e não foi vista desde então. Nem uma pista sequer."

"Céus, sinto muito." Sua voz tremeu. "A polícia está procurando por ela?"

"Sim, desde que ela sumiu. Em Quebec, onde ela estava se apresentando durante o verão. Eu estava lá para fazer companhia e trabalhar na minha tradução."

"Meu caro." Mitchell segurou com firmeza o braço de Theo, sem largar. "Você solicitou uma licença à diretoria?"

O toque de outro ser humano, mesmo que um pequeno gesto, o encheu de profunda solidão. Ele sabia que teria de se soltar, sob risco de ter um colapso na sala do café da faculdade. "Andava em busca dela o tempo todo, ligava diariamente para os policiais, mas é como se ela houvesse evaporado. Acho que o trabalho pode me ajudar a lidar com isso. Estou surpreso por você não saber de nada. Disseram que passaram um memorando..."

"Eu nunca leio os memorandos." Mitchell se curvou, ficando tão próximo que era possível ver seu couro cabeludo rosado brilhando por entre seus cabelos ralos. "Se você precisar de algo, ainda que seja apenas um ouvido amigo..."

Relaxando a mão, Mitchell deu-lhe um tapinha nas costas e partiu, falando sozinho em voz baixa.

A sala de aula proporcionava a Theo algum refúgio de seu sofrimento. Se estavam cientes, os estudantes mostraram bom senso ou preocupação em não trazer o assunto à baila. Naquelas primeiras semanas do semestre, Theo se ocupou com os calouros, classificando-os entre os que haviam tido uma educação decente no ensino médio e aqueles que tinham apenas os rudimentos do francês. Outra turma de seis estudantes que começavam o segundo ano se esforçava para melhorar seus conhecimentos de gramática, sintaxe, verbos irregulares, expressões idiomáticas e estilo. Mais do que tudo, ele adorava seu seminário sobre Flaubert, no qual quase conseguia se perder nas discussões, mas, mesmo no meio de um debate com seus alunos brilhantes e curiosos, seus pensamentos vagavam na direção de Kay.

Uma jovem interrompeu tal devaneio, estalando os dedos para chamar sua atenção e despertá-lo do transe. "Dr. Harper, professor, com licença. Mas estava pensando, por que esse romance se chama *Madame Bovary*, se temos de esperar tanto tempo até que Emma apareça? Quero dizer, no início pensa-se que é um livro sobre Charles, depois sobre sua mãe. E aí surge Heloise. Quero dizer, não é um pouco conveniente demais que a primeira esposa dele simplesmente apareça e morra?"

Ele piscou. Sua voz ficou bloqueada, as palavras secaram em sua boca. É claro que Kay poderia estar morta. Ele havia considerado tal possibilidade, desde o dia em que lhe mostraram o corpo da mulher afogada, mas até aquele momento na sala de aula ele não havia pensado nisso como uma guinada na história dos dois. A pergunta de sua aluna pairava no ar, mas ela mesma havia evaporado do seu campo de visão, assim como os outros em volta da mesa. Tudo estava sumindo, deixando-o decididamente só na sala, e o único som a alcançar suas orelhas era o tique-taque do relógio de parede vagabundo que ficava acima da porta. A aluna pigarreou.

"*Mademoiselle* Parker, é isso?", perguntou ele. "Conveniente? É uma forma de analisar a morte de Heloise, mas eu classificaria de inevitável. A partir do momento em que Charles vê Emma pela primeira vez, apaixonando-se, toda a história se põe em movimento. E torna-se a história dela. De Emma." Ele olhou mais uma vez para o relógio e, finalmente, percebeu a hora. "E receio ter prendido vocês até tarde." Ele dispensou a turma e ficou sentado ali enquanto os alunos saíam.

Naquela tarde, no grêmio estudantil, ele estava em um canto, embromando com seu Muybridge, quando um grupinho de estudantes entrou e se acomodou nas poltronas com vista para o pátio. Fazendo barulho, eles eram um fator de perturbação, e ele reconheceu dois ou três que estavam em sua aula sobre Flaubert, incluindo a cética Parker. Fora da vista deles, Theo podia, quase sem esforço, ouvir o que eles falavam.

"... e aí ele simplesmente desligou", disse Mlle. Parker. "Eu estava lá toda animada, mas ele ficou parado ali, viajando."

"Você sabe da história dele, certo? Dizem que a mulher dele desapareceu de uma hora para outra durante o verão."

"Como assim desapareceu?", perguntou Parker. "O mais provável é que tenha fugido dele, o que eu acho compreensível."

Uma terceira voz entrou na conversa. "Não. É só isso — eles não sabem o que aconteceu com ela. Foi pra lista das pessoas desaparecidas. Dizem que pode estar morta."

"Ah, sem essa. Vocês acham que ele a matou e sumiu com o corpo?" Eles compartilharam um riso nervoso.

"Vamos lá, pessoal", disse um deles. "Não tem graça. Mas não surpreende que ele esteja desse jeito. Perdido."

Parker se inclinou sobre a mesa. "Ei, nunca se sabe da vida secreta dos outros."

As articulações de Kay estalavam, os pontos das costuras se esgarçavam. A vibração significava que eles estavam mais uma vez em movimento. Nas estradas principais, em velocidade constante, o zumbido do motor embalava o sono deles, mas bastava um quebra-molas ou um buraco que todos acordavam reclamando. Se o solavanco fosse forte o bastante para fazer os amortecedores pularem, seus vizinhos no mausoléu de papelão xingavam e amaldiçoavam o motorista. Eles haviam sido acomodados em uma espécie de van ou caminhonete, a caixa das marionetes ficando presa no lugar por outros caixotes e cartolinas, movendo-se quase imperceptivelmente nas ladeiras mais íngremes ou nas curvas mais acentuadas. Em seu compartimento, Kay sofria com o calor. A palha colocada por baixo dela provocava coceira, e ela ficava se remexendo em busca de alívio e conforto. O mais opressivo, porém, era a rotina enfadonha. Eles se moviam por algum tempo e depois paravam. Ela imaginava que quem estava dirigindo havia parado para almoçar, ir ao banheiro ou esticar as pernas. Depois, de volta à van, para rodar mais um pouco antes de a noite cair. A Deux Mains e o Quatre Mains se revezavam ao volante e nas visitas ao fundo da van. Eles abriam a porta, e o ar abafado saía em um bafo, sendo substituído pelo ar fresco. Depois de conferir a carga, os gigantes iam embora. Acima dela, as Irmãs bocejavam como gatinhos. Só quando eles estavam totalmente parados para a noite é que Kay ousou falar.

"Olya? Masha? Irina?", chamou.

"*Querrida*", responderam, de forma melodiosa.

"Passei o dia acordada, entre uma soneca e outra. Como é possível, sem a lua e as estrelas?"

Exatamente acima dela, Olya girou lentamente em seu compartimento, seus ombros de madeira raspando as laterais. "Não estamos mais no Quarto dos Fundos, assim, estamos livres daquelas regras."

Irina deu um riso amargo. "Livre como se pode ser quando se está em um caixão."

"Até chegarmos a um novo lugar", disse Olya, "estaremos em uma espécie de limbo, entre um mundo e o próximo. O Original deve estar viajando conosco."

"Purgatório para viagem", disse Masha. "Estar preso e lacrado é pior, na minha opinião, que saber onde você está e o que deve esperar. No Quarto dos Fundos, ao menos podíamos encontrar os amigos de vez em quando. Aqui a paisagem nunca muda, as companhias são sempre as mesmas."

À sua esquerda, Noë soluçava silenciosamente: "O que eu não daria por um pouco de luz, uma lufada de ar fresco. Estou enlouquecendo aqui, sério, confinada noite e dia, sem nunca saber se é noite ou dia, apenas rodando, rodando, rodando o tempo todo, para depois parar em algum hotel vagabundo no meio do nada, provavelmente. Isso não é vida. Sem amigos, sem família. Sem uma chance de se mexer e brincar, bater um papo em torno da mesa".

"Ah, claro", retrucou Olya. "É inútil reclamar, ninguém está ouvindo, ninguém se importa. Especialmente o Quatre Mains, que poderia fazer alguma coisa. É preciso fazer o melhor com sua vida. Pense em Kay, é a primeira viagem dela. Mostre um mínimo de consideração com os sentimentos dela."

"Os sentimentos dela? E os meus? Que tal mostrar alguma consideração com o resto de nós, embalados como pacotes? Como garrafas numa caixa..."

À sua direita, Nix buzinou: "Ah, vocês podem por favor calar a boca? É sempre assim. Choramingar, gemer e ter um chilique. Vocês sabem que não é para sempre. Vocês sabem que tínhamos de deixar a loja de brinquedos, apareceram procurando Kay. Provavelmente estamos indo para um lugar melhor, um amanhã mais feliz. Canções para cantar. Cambalhotas, piadas, outra chance de se apresentar. Então vocês estão passando por um ligeiro incômodo...".

"Bah", irrompeu Irina. "Um incômodo? Teria sido melhor se eles apenas nos jogassem na traseira da van e trancassem a porta. Ao menos poderíamos nos mover, ver como estão os outros."

De seu compartimento, Masha gritou: "Vocês estão aí? Podem nos ouvir? Fada Boa? Diabo? Você está bem, minha Rainha? Sr. Firkin, está conosco?".

As seis marionetes ficaram em silêncio, à espera de uma resposta. Os demais túmulos ficaram em silêncio. Um grilo que havia se esgueirado para dentro da van começou a cricrilar. A canção ecoava, preenchendo o ambiente.

"Queria ter um sapato para jogar", disse Noë, "e calar esse inseto."

"Onde eles estão?", sussurrou Irina. "Você acha que eles estão aqui? Talvez o Quatre Mains os tenha esquecido no Quarto dos Fundos."

"Não seja ridícula", disse Nix. "Talvez tenhamos parado em alguma cidadezinha e os mestres resolveram fazer um show improvisado na rua. Certamente a Rainha e o sr. Firkin estão por trás do palco, aguardando suas deixas."

O grilo acelerou o ritmo.

"Ou talvez eles não consigam nos ouvir por causa desse maldito grilo", disse Noë. "Eu daria meu braço esquerdo por um sapato. Maldição, eu jogaria meu braço esquerdo nele se isso fizesse ele *calar a boca*."

Olya restabeleceu a razão. "Adotemos uma abordagem mais calculada. A outra caixa pode estar enfiada atrás de sabe-se lá que tipo de lixo. No três, vamos todos gritar 'Olá! Vocês podem nos ouvir?' O mais alto que pudermos. Um, dois, três..."

Eles gritaram, e, passados alguns segundos, surgiu um grito em resposta: "Olá! Estamos aqui? Vocês estão aí?". Até o Cão uivou um gemido à guisa de cumprimento.

"Estamos aí?" Masha riu.

"Que panacas na outra caixa", disse Irina. "Que pergunta ridícula..."

Nix a interrompeu: "Não vamos aguentar você insultando a Rainha. Ou o sr. Firkin. Ou quem quer que seja". Ele gritou o mais alto que pôde. "Estamos aqui! Onde quer que isso seja..."

"Paramos para passar a noite", berrou o sr. Firkin. "Estamos em busca de uma nova Terra Prometida."

Irina gritou: "Espero que não demore quarenta anos!".

"Mantenham os ânimos elevados", berrou a Rainha, em um tom régio. "Não deve demorar muito." Com as palavras dela, todos se calaram. Kay sentiu-se tranquilizada pela presença da outra caixa de corpos. Ela havia se acostumado com todos eles. Na verdade, ela sentia um carinho que a surpreendeu por sua ternura intermitente, já que eles não passavam de bonecos. Acima dela, as Irmãs se remexeram em seus compartimentos, tentando ficar mais confortáveis. Nix assobiava baixinho uma música circense, e o som áspero que vinha da esquerda só podia significar que Noë estava agitando sua cabeça de palha de um lado para o outro. Do lado de fora, bem distante, de vez em quando passava um carro, um som melancólico, e Kay deu-se conta de que eles realmente estavam parados em um motel de beira de estrada. E quando tudo havia ficado imóvel e silencioso, a longa noite se estendendo à frente deles, o grilo retomou sua musiquinha.

"Maldito grilo idiota", disse Noë. "Queria acertar uma martelada nele. Queria esmagar essa... praga."

Do compartimento superior, Olya sussurrou: "Quieta".

"Você está agitada, Noë", disse Kay, delicadamente. "Quer que eu conte uma história?"

Um murmúrio baixinho vindo de seu lado indicou que sim.

"Era uma vez uma garota flexível. Quando ela era apenas um bebê, ela podia enfiar os dedos dos pés na boca e, antes mesmo de aprender a andar, ela dava cambalhotas por todo lado. Quando ainda era bem pequena, ela costumava ficar observando outras garotas flexíveis e logo começou a imitá-las — equilibrando-se na trave, saltando sobre o cavalo, balançando-se como um macaco entre duas barras assimétricas. Tudo o que ela queria fazer era pular e voar como um pássaro e, rapidamente, ela cresceu e se tornou tão boa nisso que agora era a vez de as outras menininhas a observarem. E ela tinha um séquito de admiradores, jovens fascinados pelo corpo dela e o quão flexível ele era, bem como pelas coisas fantásticas que ela conseguia fazer com aquele corpo. Eles haviam sido atraídos pelo movimento, e, no início, a adulação deles era agradável, mas ela logo percebeu o quão vazios eram a aparência e os elogios deles, porque ela era muito mais que uma garota flexível. Um depois do outro, os rapazes demonstravam suas intenções, o quão pouco eles a compreendiam, até que, por fim, ela sentiu que, se houvesse mais um admirador, ela iria explodir, então ela se refugiou na torre de um castelo que se erguia muito acima das nuvens, trancou a porta atrás dela e se dirigiu ao último andar, onde poderia ficar sozinha. Um dia, ela ouviu um som vindo sob o oceano branco, um som que ela nunca havia escutado: um homem falava palavras que ela não compreendia, mas eram tão estranhas e belas que ela desceu as escadas correndo, destrancou a porta e saiu, para seguir aquele som. Ela correu por uma campina coberta de flores brancas e entrou num bosque de bétulas, as árvores brancas cintilando ao sol, até chegar a uma clareira. Junto a um laguinho, estava o desconhecido, as palavras que ele pronunciava surgindo em círculos sobre sua cabeça, como um homem nas histórias em quadrinhos, e ela se aproximou para tentar ler o que estava escrito no ar."

A van havia ficado silenciosa de novo. Até o grilo estava prestando atenção.

"Ele disse 'Como vai?' quando a viu, porque ele não conhecia a garota flexível, e ela perguntou o que significavam aquelas palavras, e ele respondeu que podia ensinar a ela. Eles passaram o dia com as palavras e ficaram tão encantados um com o outro que se apaixonaram. Ela o envolveu com seu corpo, e ele desmoronou, sucumbindo como uma estrela que morre, nada além de fieiras de palavras, um homem feito de palavras."

Na escuridão, Kay podia sentir que Noë a encarava, a respiração próxima, pressionando a divisória entre elas com os dedos. "Essa era você", sussurrou Noë.

"Era? Estou tentando me lembrar. Parece haver dois mundos — um de palavras, outro de movimento — e estamos condenados a um ou outro, sem conseguir estar nos dois ao mesmo tempo."

Muito depois, quando todos estavam dormindo, Kay ouviu os dois pares de passadas se aproximando, bem como a voz cansada dos gigantes. O aroma de café bateu nela como uma dose de anfetamina. As portas se abriram e se fecharam, pá, pum. A chave girou na ignição, e as rodas trituraram o cascalho do acostamento, a van passando da marcha a ré para a primeira. A Deux Mains abaixou o vidro de sua janela para deixar entrar o primeiro aroma doce do outono.

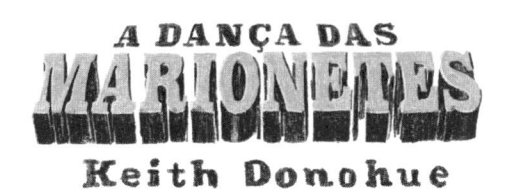

A DANÇA DAS MARIONETES
Keith Donohue

11

uybridge chorou como uma criança quando anunciaram o veredito. Desabado em sua cadeira, ele soluçava tão efusivamente que o procurador e vários homens do júri abandonaram o tribunal para evitar o espetáculo. Inocente.

Apenas cinco semanas depois do julgamento, sua esposa, Flora, morreu subitamente, de gripe ou alguma febre. O filho deles — se é que a criança era de Muybridge e não do amante dela, como ela alardeara — foi mandado para um orfanato, e, ainda que ele custeasse os cuidados com a criança, Muybridge praticamente não teve contato com ele, pelo resto da vida do menino. Ele soube da notícia da morte de Flora quando estava no Panamá, por onde viajava sob o nome de Eduardo Santiago Muybridge. Ele havia partido quase que imediatamente após o julgamento, em uma expedição encomendada para fotografar o povo e os cenários da costa do Pacífico da América Central. Enormes paisagens que lembravam pinturas, com nuvens que eram adicionadas aos céus na câmara escura. Primeiro no Panamá, depois tomando um barco a vapor para o norte, parando em Costa Rica, Honduras e El Salvador, até seu destino final, na Guatemala. Ele demorou nove meses nessa viagem, esquecendo-se dela, e, ao voltar a São Francisco, deu de presente um portfólio com suas melhores imagens à sra. Stanford, em busca de patrocínio. Ela, por sua vez, recomendou o fotógrafo a seu marido, Leland, que estava atrás de algo para matar o tempo. Juntos, eles idealizaram a experiência que levou às "imagens em movimento" da famosa obra *Sallie Gardner em Galope*, o cavalo em movimento.

Theo pousou a caneta e se pôs a pensar naquele ano fora. Teria Muybridge lamentado a morte da esposa quando estava na amplidão azul do Pacífico? Ou teria ele mergulhado de cabeça no trabalho, preparando as enormes chapas de negativo, a tenda portátil para revelação? Ele gostava de imaginar o velho Muybridge entre os nativos, o estranho inglês com a selvagem barba branca, perfeitamente excêntrico para os homens e mulheres nas plantações de café, para as crianças seminuas escalando as ruínas das igrejas dos tempos da colônia, abandonadas às implacáveis e fecundas trepadeiras. E, ainda que as chapas fossem em preto e branco, Theo podia sentir o verdor da paisagem, ouvir os pios das aves, ver os lagartos e insetos murchando no calor que se abatia.

Pela janela de seu escritório, ele podia ver o outono se aproximando, nos vermelhos e dourados das árvores que circundavam os gramados do campus. Logo começaria a esfriar. Como Kay detestava essas primeiras noites frias, o tempo que demorava para que seu corpo se adaptasse à nova estação. Talvez eu devesse pedir uma licença, pensou, e ir para algum lugar tropical durante o inverno. Ele podia imaginar-se com Muybridge na selva, depois voltar para casa em abril, e lá estaria ela, esperando por ele, perguntando-se por que a pele dele estava tão escura, seu cabelo tão claro. Perguntando-se onde ele havia estado aquele tempo todo.

E onde você está agora, Kay? Como você ocupa seus dias? Com quem você conversa agora que estamos separados? Ele teve uma conversa fluente com ela, como se ela estivesse do outro lado da sala e não na mente dele, e ele sabia que o que ela dizia naqueles diálogos era apenas o som de sua própria voz, falando com ele mesmo, mas era o melhor que ele podia fazer, era tudo o que ele tinha. Uma versão mais gentil, mais compreensiva da mulher que ele amava.

"Por que você me abandonou?", perguntou ele.

"Mas eu não abandonei você. Não era uma questão de escolha."

"Onde você está agora?"

"Simplesmente fora de alcance."

Simplesmente não estava ali de verdade, uma ilusão destruída pela dura realidade uma centena de vezes a cada dia, como uma floresta de memórias derrubada, da qual só sobraram tocos.

A batida na porta foi tão suave que ele não podia ter certeza de que havia realmente alguém por trás. As dobradiças rangeram lentamente, e pela fresta surgiu o rosto do dr. Mitchell, já arrependido pela interrupção. Theo acenou para que ele entrasse.

"Dr. Harper? Theo? Imaginei que você estivesse aqui hoje. Estou perturbando suas reflexões?"

"Sente-se." Theo sorriu. "A que devo esse raro prazer?"

Pegando uma cadeira em frente a ele, Mitchell estudou sua jogada de abertura. Ele passou a mão pelos cabelos, depois tamborilou os dedos na mesa. Theo o analisou, subitamente consciente de que sabia muito pouco sobre a vida privada daquele homem com quem trabalhava havia cinco anos, se Mitchell era casado ou solteiro, hétero ou homossexual, como alguns especulavam. Apesar de se conhecerem há um bom tempo, eles só haviam passado alguns poucos momentos juntos. Fora as reuniões da faculdade, quando só falava para defender os clássicos, Mitchell se limitava a seu escritório e suas aulas. Ele era um enigma, um acadêmico tão profundamente sério que parecia existir em um mundo à parte. Por trás de seus óculos, os olhos brilhavam, claros e acentuadamente azuis. Como de hábito, ele fazia uma pausa antes de falar, recolhendo seus pensamentos da confluência de lembranças e linguagens, rostos e histórias processados em seu cérebro.

"Vim falar com você sobre sua esposa."

Remexendo-se na cadeira, Theo desejava que seu colega fosse embora, mas Mitchell mantinha seu olhar fixo nele, como uma coruja. "Posso entender sua relutância." Mitchell sorriu e continuou: "E certamente respeito sua privacidade, não quero bisbilhotar, mas você deve ter ouvido coisas. Ou, quem sabe, não. O fato é que tem rolado uma certa fofoca, temo, e, ainda que eu não acredite em uma só palavra, preciso falar com você sobre isso. Como dizia Virgílio? 'O monstro Boato floresce pela velocidade e ganha força à medida que avança.' Melhor apagá-lo logo, antes que o Boato ganhe asas".

"O que exatamente você quer saber?"

Mitchell pigarreou e buscou uma forma adequada de abordar o assunto, mas, não encontrando nada, foi direto ao ponto: "Há uma história perversa circulando por aí, de que você e sua esposa estariam... enfrentando um período difícil".

A delicadeza do colega fez Theo sorrir. "De forma alguma. Estávamos vivendo uma espécie de lua de mel estendida, a trabalho, mas extremamente felizes."

"Os estudantes se deixam influenciar pelo que estão lendo e atribuem as vidas de personagens de ficção às pessoas reais."

"Bem, estamos lendo *Bovary*", brincou Theo.

Mitchell não entendeu a brincadeira, pois não havia lido muita coisa escrita depois do nascimento de Cristo. "Você disse que ela simplesmente desapareceu uma noite. A polícia não tem nenhuma pista, nenhuma teoria sobre o caso?"

"Eu pensei...", começou Theo, mas calou-se ao considerar o rumo a que a história poderia levar. "Na noite de seu desaparecimento, ela havia saído com um grupo de artistas do espetáculo. Havia um homem, mais velho, que foi visto tentando segui-la até nosso apartamento depois da comemoração."

"Uma cobra à espreita."

"É claro que eu o confrontei, mas ele negou ter feito qualquer coisa. Disse que ela entrou em uma rua por engano e ele não a viu mais. A polícia o interrogou, mas não havia qualquer evidência. Nenhum... corpo. Nenhuma pista."

"Sinto muito por todos os seus problemas, Theo. Fofocas podem ser difíceis de abafar. Talvez você se lembre, no período em que entrou na faculdade, de todas aquelas histórias sobre aquele estudante, o rapaz que fez aquelas acusações espantosas. Eram tempos mais incultos, é verdade, mas, mesmo assim, eu ainda entendo como os boatos se espalham rapidamente, bem como a pressão que você está sofrendo."

Grato por ter um aliado, Theo desabafou: "Sinto-me bombardeado por olhares suspeitos, sussurros pelas minhas costas. Que doem mais ainda devido à verdadeira situação. Sinto terrivelmente a falta dela".

Enfiando o dedo por sob a lente dos óculos, Mitchell enxugou uma lágrima. "Se você quiser, falo com professores e funcionários, para que ponham um fim a essas especulações estúpidas entre os estudantes. É possível trazê-los à razão."

"Fico muito grato. Nem sei dizer o quanto aprecio você estar cuidando de mim."

Mitchell acenou com a cabeça, mas parecia relutante em partir.

Theo deu uma espiada no porta-retratos com a foto de seu casamento, junto a seu computador, vagamente preocupado de que estaria traindo Kay ao falar sobre ela de maneira direta. "Desculpe por não saber, dr. Mitchell, mas você é casado?"

"Céus, não, nunca", respondeu ele. "Mas já me apaixonei, e posso imaginar o inferno que você está vivendo."

Eles se entreolharam por alguns instantes, até que Mitchell se ergueu da cadeira. Apoiando no encosto, ele hesitou. "Mas seu trabalho está sendo o suficiente para distrair sua mente? Soube que você se comprometeu com uma tradução."

Theo se pôs de pé, para ficar no mesmo nível que seu colega. Ele pensou em sua excursão matinal à América Central e nas dificuldades da tradução. "Você conhece o fotógrafo Eadweard Muybridge?"

O nome não lhe dizia nada, e Mitchell respondeu que não com um movimento de cabeça. Ligeiramente excitado, Theo remexeu nos livros empilhados no canto de sua mesa, até encontrar sua preciosa edição de *Animais em Movimento*, a sobrecapa gasta nas bordas. Ele a entregou a Mitchell com o cuidado de quem entrega um rolo de papiro. Com uma curiosidade infantil, Mitchell folheou o livro, erguendo as sobrancelhas às imagens do leão caminhando e da zebra dando um coice.

"Vejo que esse seu Muybridge é um aristotélico. Venha comigo."

Eles desceram o corredor silencioso dos antigos estábulos que haviam sido convertidos em escritórios e pequenas salas de aula. Ao passar por uma porta aberta, Theo não podia resistir ao impulso de dar uma espiada, vislumbrando alguns professores ocupados em suas preleções, Frau Morgenschweis em seu famoso seminário sobre o *Fausto*, e, nos espaços vazios, o esplendor das folhas de outubro emolduradas nas janelas. O escritório de Mitchell estava abarrotado de livros e papéis, pôsteres vagabundos nas paredes e réplicas de bustos das grandes mentes da Antiguidade nas prateleiras, cujo olhar fixo se assemelhava ao de deuses. Apesar da desordem, Mitchell sabia exatamente onde encontrar o livro que tinha em mente.

"*De Motu Animalium*", disse. "Aristóteles, entre seus vários interesses, era uma espécie de zoologista. *Sobre o Movimento dos Animais*. Pode pegar emprestado, se quiser. Um pouco estranho em alguns pontos. A ciência não foi benevolente com algumas de suas ideias, mas ele merece crédito pelo vigor de suas investigações. Os animais desse seu Muybridge ilustram um dos pontos levantados por Aristóteles. Ele dizia que o movimento dos animais pode ser comparado ao de autômatos, marionetes, nos quais se dá corda e se solta. Essas fotos os apanham em pleno ar, em um instante preciso. O que é uma fotografia, senão a luta para congelar o tempo? Captar aquele momento exato que passa frente ao olho e instalá-lo em sua memória? Para não esquecermos."

Por um instante, Kay pôde voar. Erguida do chão, como a casa de Dorothy no *Mágico de Oz*, a caixa com os bonecos girou no ar, sacudindo-os em seus caixões de papelão. Noë deu um gritinho, e Nix abafou o riso. Tão rapidamente quanto havia decolado, a caixa desceu, aterrissando com um ruído surdo. Um arquejo de ar abafado escapou quando uma faca rompeu a fita que lacrava a caixa, e, quando a tampa se abriu, a temperatura interna caiu alguns graus em questão de segundos, deixando Kay sem fôlego.

"Vamos precisar das Irmãs", disse um dos gigantes. "E da garota nova embaixo delas."

Olya, Masha e Irina estavam livres. O teto não mais cedia sob o peso delas, e logo a cartolina foi removida e Kay sentiu o sol morno e a luz do dia brilhando em seus olhos permanentemente abertos. Todos os seus instintos berravam para que ela fechasse os olhos, senão ficaria cega, mas ela não podia fazer isso e, logo, descobriu que podia mirar o azul sem medo. Um par de mãos a ergueu da caixa, colocando-a sobre um gramado, junto a Irina, enquanto os gigantes apanhavam mais material na van.

O mundo era um lugar lindo. Macio como uma cama, o chão cedia sob seu peso-pluma. Uma brisa a acariciava em ondas intermitentes. Pássaros cantavam nas árvores próximas, as folhas farfalhavam, os galhos rangiam suavemente. Uma memória dispersa brincava com essas sensações, um homem caloroso e agradável deitado a seu lado na grama alta, apontando, nas nuvens que eles observavam, um camelo, um pato, uma rosa branca. À margem de seus pensamentos, ela percebeu que os gigantes se moviam, carregando caixas do gramado para os fundos de um pequeno edifício. Ao longe, ouvia-se uma música, uma canção de carrossel, e o riso de crianças trazidos pelo vento. Como ela havia sentido falta da voz das crianças, da imperturbável alegria delas face ao novo e ao maravilhoso. Uma sombra surgiu, bloqueando o sol.

Agachando-se, o Quatre Mains pegou Kay e Irina, uma em cada mão. Ele as segurava de maneira firme, porém delicada, e Kay aninhou-se naquela mão enquanto ele atravessava o gramado, balançando ao ritmo de suas passadas. Empurrando com o quadril, ele abriu uma porta que dava para a escuridão. Quando seus olhos se adaptaram, ela pôde ver que eles passavam por um corredor estreito, com pôsteres velhos e desbotados nas paredes, esquivando-se de peças de cenário, rochas de espuma, uma pilha inclinada de painéis cenográficos, a réplica de um candelabro, sofás puídos, cadeiras bambas, obstáculos em um labirinto de corredores.

Uma arara de fantasias — vestidos, mantos e um par de asas de anjo — veio rolando na direção deles, e o Quatre Mains parou para dar passagem. Na ponta oposta havia outro gigante, um homem de cabelos vermelhos em um suéter preto desbotado, que parou para cumprimentá-lo. Há muito tempo Kay não via ninguém além dos dois titereiros, e a realidade daquele homem a surpreendeu. Os dois gigantes conversaram em francês, então ela não entendeu metade do que eles falaram; mas ele era real, não um mito, e ela teve vontade de participar da conversa, ser ouvida, ou de atrair a atenção dele de alguma forma. Balançar seus braços e pernas, gritar, apenas para ver se ele a reconhecia por quem ela realmente era — uma mulher presa no corpo de uma marionete. Mas o homem ruivo não deu qualquer atenção a ela ou a Irina. Ele apenas balançou a cabeça quando Quatre Mains ergueu as bonecas para que ele as visse mais de perto.

"Só por uma semana?" O homem mudou para o inglês.

"Oito espetáculos até domingo", respondeu Quatre Mains.

"Bom... *bienvenue à Montreal.* Desejo muito sucesso."

Atrás do palco, havia sido improvisado um local para ensaios. Uma solitária mesa de banquete de mogno dominava o aposento, e ali estavam alguns de seus velhos conhecidos, além de uns poucos bonecos que ela não reconheceu. Com uma negligente indiferença pelo conforto delas, o Quatre Mains descarregou Kay e Irina sobre a mesa e afastou-se às pressas, resmungando sobre o quanto ainda restava a ser feito. Kay havia aterrissado de maneira incômoda, seu cotovelo esquerdo repousando sobre a canela áspera de uma marionete que ela não conseguia ver. Ainda que estivesse hiperalerta em relação às circunstâncias, ela não conseguia se mexer e não ousava dizer uma só palavra, pois os gigantes podiam voltar, com outros de seus colegas e materiais retirados da van.

No fim da tarde, a Deux Mains chegou e arrumou as marionetes em duas linhas retas. Trabalhando com rapidez, ela pegou um dos bonecos e fez algo que Kay não pôde ver, mas ela ouviu o som de tesouras e fios sendo puxados através do tecido. Ela se ocupou dos outros, um de cada vez, acrescentando um toque de tinta a um rosto desbotado, transformando um retalho em uma roupa nova. Quando ela estava no meio do serviço, o Quatre Mains se juntou a ela. Os dois trabalhavam em silêncio a maior parte do tempo, mas, de quando em quando, trocavam alguns comentários.

"Esta aqui", disse a Deux Mains, erguendo Olya. "Ela terá de trocar de roupa três vezes."

"Vamos colocá-la como a Jo, de *Mulherzinhas*", retrucou o Quatre Mains. "Você não acha que ela seria uma ótima Jo? Ainda que ela normalmente faça a mais velha, posso vê-la como a principal. E as outras duas podem ser Amy e Meg. E, claro, a novata fará a narradora."

"Ela não pode fazer também uma das Mulherzinhas?"

"Ela pode ser Beth." Ele riu. "Perfeito, nossa mestre de cerimônias atrasada e pranteada."

A Deux Mains ergueu Kay para examiná-la. Do canto da boca da titereira pendia uma agulha, com uma linha vermelha pendurada, como um fio de sangue. Ela se demorou a analisar Kay, o que permitiu a esta uma boa olhada em troca. Kay ainda não tivera a oportunidade de ter uma percepção tão íntima da mulher e absorveu-a como um bebê que estuda o rosto de sua mãe. E, enquanto a observava, pôde ver seus olhos de jade movendo-se rapidamente, em busca de defeitos. Firmando os dedos no rosto de madeira de Kay, a Deux Mains molhou a ponta de um pincel e com ele traçou as sobrancelhas da marionete, uma linha fina, e rapidamente pincelou longos cílios. Ao trabalhar, ela franzia os lábios, deixando aparecer a pontinha curvada da língua. Imersa no fluxo de seu trabalho, a Deux Mains mantinha um sorriso, deixando Kay sobre a mesa. Ela escovou os fiapos de seu vestido de algodão azul e então, de uma caixa, tirou dois pares de cavilhas, que prendeu aos pulsos e tornozelos de Kay. Em um movimento rápido, a Deux Mains colocou a marionete de pé e a fez dar alguns passos à frente, testando ainda se seus braços e pernas podiam ser erguidos e abaixados de maneira fluida.

"Você vai servir, minha pequena. Você vai servir direitinho." Ela a ergueu para mostrá-la ao Quatre Mains. "Ela está pronta para a estreia?"

"Essa boca não está boa. Que espécie de mercenário a destroçou desse jeito?" Ele a colocou sobre a mesa, com o rosto virado para baixo, e esquadrinhou a caixa de ferramentas em busca de um martelo e de um cinzel. A primeira pancada atingiu a madeira por trás de seu crânio, então ele retirou a lâmina, preparando-se para outro golpe. Kay não sentiu qualquer dor, mas estava em choque com tal tratamento rude, de maneira tão súbita, enquanto ele escavava sua boca. Em sucessivas tentativas, ele conseguiu fazer uma abertura e encontrou uma alavanca que se encaixasse ali, então serrou fora sua mandíbula inferior, para depois aplainar e lixar as bordas, a fim de obter um bom encaixe. Ele aparafusou tudo no lugar e brincou com a alavanca. Suas mandíbulas de madeira estalaram ao se fecharem e abrirem, da mesma maneira que faziam quando ela era uma pessoa. O Quatre Mains se curvou para ver o rosto dela e, enquanto falava, fez com que ela movesse a boca como se dissesse: "Não sou a marionete de ninguém". Com um risinho de satisfação, ele a recolocou junto aos demais.

Enquanto eles consertavam a última marionete, um celular começou a tocar uma melodia, uma novidade surpreendente depois de tanto tempo. O Quatre Mains atendeu e, ao terminar, uniu-se à Deux Mains na mesa de trabalho. "Era Finch. Eles estarão aqui em quinze minutos, trazendo o novo homem. O nome é Delacroix. Finch e Stern repassaram as falas para ele. Não é muita coisa. A maior parte é pastelão. Se ele conseguir superar o bloqueio, estará tudo certo para o espetáculo."

Eles chegaram em meio a risadas, que anunciaram a presença deles no teatro muito antes de chegarem à sala de ensaios. Delacroix era um francês magricelo, a boca em um eterno ar de escárnio, dedos manchados de Gitanes, mas extremamente atento às instruções que lhe eram disparadas tanto em inglês como em francês. Stern era o extremo oposto, um refugiado de uma comunidade hippie, uma farta barba branca que cobria seu queixo, chegando até o colarinho de sua camisa xadrez vermelha. Mas quem mais surpreendeu foi Finch. Ela era uma gigante entre gigantes, sua cabeça ficando acima da de Quatre Mains. Um simpático rosto afilado, mãos que pareciam luvas de boxe, pernas e pés compridos, quadris largos e um busto que fazia pensar na proa de um navio. Como ela caberia embaixo do palco das marionetes? Como ela encaixaria aqueles dedos em uma marionete de mão? Assim como costuma ocorrer com pessoas grandes, ela se movia com a graciosidade de uma pantera, a delicadeza de seus gestos compensando seu tamanho. Os três novos titereiros manusearam o elenco, avaliando o peso de cada boneco e a complexidade dos mecanismos. Eles testaram as novas mandíbulas móveis de Kay e a fizeram dar alguns passos, para frente e para trás.

"Esta será a narradora do espetáculo", disse o Quatre Mains. "Ela ficará com as piadas do *entr'acte* e fará o papel de Beth."

"Parece razoável", disse Delacroix. "Nada que eu já não tenha visto ou com o que já não tenha trabalhado antes."

"Ótimo", disse o Quatre Mains, dando um tapinha nas costas dele, o que fez subir uma nuvem de poeira e caspa. "Temos treze cenas, além do prólogo e do epílogo, e alguns monólogos nos intervalos, com os quais você não precisa se preocupar. E uma dessas cenas envolve apenas dois personagens que Finch e Stern criaram da imaginação enlouquecida deles. Então, são exatamente doze cenas para você decorar. Proponho nos dedicarmos às seis mais difíceis antes do jantar, e, na volta, você pode pegar o resto, *toot sweet**, como se diz. Não há muitas falas, e você pode manter uma anotação com elas, já que ninguém na plateia vai ver você a maior parte do tempo. Aliás, em um esquete, 'Lassie, Vá para Casa', você só precisa latir como um cachorro. Você consegue latir, certo?"

"Au-au", fez Delacroix.

"Não", disse Finch. "Como um collie."

"Auf-auf."

"*C'est bon*", assegurou a Deux Mains. "Vamos lá?"

O ensaio se estendeu noite adentro, um turbilhão de conversas e gestos que deixou Kay desorientada. Era a Deux Mains que a manipulava a maior parte do tempo, levando-a a um pequeno rebordo instalado em uma abertura em um painel alto sobre o qual ela ficava, as pernas

---

*   Corruptela da expressão francesa "tout de suite": imediatamente.

balançando sobre a borda, encarando um mar de cadeiras vazias. Quando a Deux Mains se dirigia ao palco, ela movia a alavanca por trás da cabeça da marionete, de modo que suas palavras, *sotto voce*, pareciam sair dos lábios de Kay. Depois Kay era retirada dali e deixada no chão enquanto as marionetes davam início a outro esquete. Ela se divertia em ser tanto o narrador como Beth, no esquete de *Mulherzinhas*, com as Três Irmãs e uma figura maternal que lhe era vagamente familiar. Tudo acontecia de forma tão rápida e frenética que ela não conseguia ter certeza sobre nenhuma parte, quanto mais sobre o todo, do espetáculo. Os gigantes se moviam como bailarinos, suas mãos em constante movimento, as costas curvadas, as cabeças escondidas, calçando as marionetes de mão, torcendo as varetas e fios para que os bonecos atravessassem o palco, e falavam, riam e xingavam quando cometiam um erro. O Quatre Mains dominava o caos, anunciando os títulos de cada novo esquete, gritando com a pessoa invisível que operava a iluminação sobre a falha em uma deixa. No fim, todos os titereiros desabaram no chão, cumprimentando-se uns aos outros sobre suas performances, e, depois de guardar todas as marionetes no camarim, desligaram tudo e deram a noite por encerrada.

Exausta, Kay pôde ouvi-los se afastarem e ficou grata pela paz e o silêncio. Longe do santuário oculto, uma porta se fechou e foi trancada. Ela ouviu uma risadinha na escuridão. Uma pequena lâmpada explodiu em claridade. Ela se sentou, surpresa com o fato de poder se mover sozinha, e viu o sr. Firkin com os dedos no interruptor.

"*Mes amis, mesdames et messieurs*, bem-vindos!" Ao redor dela, as marionetes despertaram e se levantaram.

A DANÇA DAS MARIONETES
Keith Donohue

12

stou morta", disse Kay. "Mas vocês já sabem disso se leram o livro." No escuro, ouviu-se um solitário "oh". A plateia ainda estava se acomodando, à espera, dizendo: divirtam-nos, façam-nos rir ou chorar; desejosos de serem arrebatados pela promessa de um sonho. Eles ouviram o que ela tinha a dizer, palavras conjuradas pela voz oculta, e observavam a marionete manipulada por mãos invisíveis, pelo menos era o que eles acreditavam. A Deux Mains ergueu a mão de Kay até sua testa, para proteger seus olhos das luzes da ribalta. Com esse gesto simples, ela se tornou real e os conquistou.

"Sou sua anfitriã, Beth March", disse ela. "E este espetáculo é 'Um Pouco de *Mulherzinhas* e Outras Histórias de Marionetes'. Vocês conhecem a história das quatro irmãs March: Meg, Jo, Amy e eu. Bem, eu sou a irmã que passa desta para melhor. Não precisam ter pena de mim. Gosto de estar aqui em cima, nos bastidores, com uma visão panorâmica dos acontecimentos. Dá uma certa liberdade a uma garota. E, além disso, vou contar um segredo: a arte precisa de um pouco de tristeza, uma pequena tragédia para equilibrar a comédia humana."

Ela ficou de pé na borda, como um suicida em uma janela. A Deux Mains a fez oscilar um pouco antes de se acomodar. "Não se preocupem, meus amigos. Posso chamar vocês de amigos? Talvez não agora, mas espero que sejamos amigos no fim. Não estamos aqui para falar das tragédias da vida, mas para distrair vocês com alguns esquetes, uns alegres, outros tristes, em nosso pequeno espetáculo. Assim como a vida, nosso show tem um bocado de risadas pelo caminho. Sentem-se, relaxem. Não prestem atenção ao homem por trás da cortina ou às mãos que manipulam nossos fios. Sejamos amigos."

O holofote se apagou, e Kay foi varrida para a escuridão. A Deux Mains correu para outra abertura na primeira cena. De onde estava descansando, Kay podia ouvir a plateia morrer de rir com trechos de "Os Monólogos da Regina" e "Adão e Eva, e Bob e Carol, e Ted e Alice". Alguns fungaram durante o desfecho da cadeira de balanço em "Supergatas Velhas", e Kay esperou ansiosamente pelo momento crucial de "Lassie, Vá para Casa", quando o jovem Timmy, interpretado por Nix, cai no poço, e Lassie, papel do Cão, latia sem parar em vez de correr em busca de ajuda. O primeiro auf-auf de Delacroix provocou alguns risinhos, o segundo, uma onda de risadas, mas no quinto apelo para que Lassie fosse para casa, a plateia estava em choque, e, quando ela ergueu uma perna, eles tinham embarcado por completo na piada.

As irmãs russas interpretaram vários papéis em muitas das cenas, mas a predileta de Kay era "Cinderela Vai Comprar Sapatos", com Irina no papel-título e as outras duas como as meias-irmãs, que reclamavam de seus pés. O sr. Firkin interpretava o infeliz vendedor que tentava atender todas as três ao mesmo tempo. Mas era o final que fascinava e aterrorizava Kay. Graças a algum truque de mágica, os sapatos — também conectados a fios — começavam a dançar sozinhos, em um frenesi, fazendo barulho no palco enquanto os titereiros batiam os pés no chão, por trás. Todos os cinco titereiros manejavam os atores, mas o Quatre Mains manipulava pares e mais pares de sapatos, as varetas se movendo freneticamente, tantos fios em movimento que ele realmente parecia ter quatro mãos.

Na maior parte do tempo, a função de Kay como mestre de cerimônias era preencher os intervalos entre os esquetes, mas, na "Rancorosa Briga Final de Punch & Judy", ela interpretou o apresentador no ringue, enquanto o Punch de Stern, sem seu bastão, era levado a nocaute pela Judy de Finch. Ao contrário das outras marionetes do espetáculo, Punch e Judy eram desconhecidos para ela. Eles não haviam vindo do Quarto dos Fundos, e ela levou algum tempo para se recordar de onde já os havia visto. Eles haviam estado na vitrine na velha loja em Quebec. Eles eram personagens de reserva, simples brinquedos se comparados a seus amigos. Kay se surpreendeu pensando em alguém por quem ela fora apaixonada. O homem na redoma de vidro.

Os quadros iam cada vez mais depressa, mal havia tempo nos bastidores para a equipe, encharcada de suor, trocar as roupas dos bonecos, mudar os adereços, colocar os panos de fundo no lugar. Os gigantes tinham uma energia ensandecida, seus rostos iluminados de alegria à medida que puxavam fios, operavam as varetas e alavancas, calçavam as marionetes de mão. Curvando-se, a Deux Mains alisou as rugas do vestido de Kay e verificou as tiras de velcro, para se assegurar de que as varetas não sairiam do lugar.

"O *grand finale*", sussurrou ela para Kay. "Garanta a autenticidade."

Na escuridão, os gigantes se colocaram em seus lugares. Finch, Stern e Delacroix manipulavam as Três Irmãs e a marionete que fazia Marmee. O Quatre Mains assumiu o controle das varetas dos pés de Kay, enquanto a Deux Mains operava suas mãos e boca. Um holofote reluziu, e eles levaram Kay até a entrada do palco.

"A morte de Beth", ela entoou. "Ou o fim de uma mulherzinha."

Com a ajuda de Finch e Stern, ela se deslocou até a cama. Um equipamento pneumático instalado sob as cobertas da cama da doente fez parecer que uma boneca respirava fundo, na agitação final da morte. As irmãs March e sua mãe, Marmee, estavam reunidas em torno dela, em vigília, a respiração de mentirinha delas em sintonia com a de Beth. O único movimento vinha do tremor dos fios das marionetes. A imobilidade delas dava um ar de dignidade. As limitadas expressões de seus rostos de madeira casavam perfeitamente com as emoções do momento. Elas haviam nascido para ter desgostos, e suas aflições se expressavam claramente pela tristeza delimitada em seus rostos.

Uma marionete de gaivota passou voando pela janela. A gravação de seus gritos lembrava a risada de um louco.

"Ela é jovem demais", lamentou-se Meg.

"Como ela tem coragem de fazer isso conosco?", perguntou Amy. "Como ela pode nos deixar? Oh, Beth."

"Não posso suportar isso", disse Marmee. "Meu anjo."

Jo encarou a plateia. "Ela era a única equilibrada entre nós. Beth, vou escrever sobre você. Você não será esquecida, e seu sacrifício fará de mim uma escritora melhor."

"Ela está indo", disse Marmee. "Ela está nos deixando."

Graças à alquimia da luz e de uma marionete fantasma feita da mais pura seda, Beth ergueu-se flutuando da cama e desapareceu entre as vigas do teto. As demais Marches curvaram suas cabeças em torno do leito vazio. As luzes diminuíram na cena e se projetaram sobre Kay, da porta. A plateia estava muda.

"É claro", disse ela, "que não é assim que se dá a morte dela no romance. Nada de contrição no leito de morte, nada de irmãs em volta. Beth se vai uma noite em silêncio, simples assim." Ela estalou os dedos, em sincronia com o titereiro. "O livro continua, e há até algumas continuações, como se houvesse consequências. Para Beth, a história acaba. Como para todos nós. Há apenas um final."

Com o Quatre Mains manipulando seus pés e a Deux Mains, seus braços, Kay caminhou até o centro do palco, acompanhada pelo foco de luz. Vestidos de preto, os titereiros se revelaram, mas a plateia permaneceu concentrada na boneca.

"Uma irmã, uma irmã... uma irmã vive enquanto houver quem se lembre dela. Uma mãe, um filho, um irmão, um pai, suas irmãs e seus amigos. Vocês não esquecem as tias velhas, esquecem? Podemos tentar perdoar Louisa May Alcott pela trajetória acidentada de Beth, por aquele tratamento rude e imerecido apenas para fazer um livro melhor e mais dramático. Porque, bem, afinal, a autora conseguiu. Beth ainda vive entre nós depois de todos esses anos. Todas as Mulherzinhas eternizadas por meio de... o quê? Um livro? Arte? Amor? Ou é tudo a mesma coisa?"

Somente seu rosto permanecia iluminado. "Sem manipulações." A plateia murmurou, depois riu, em reação ao duplo sentido. Por um instante, ela pareceu ficar ali de pé por conta própria, sem a ajuda dos titereiros. "Ainda somos amigos? Claro que sim. Adeus, meus queridos, *adieu*." As luzes se apagaram imediatamente.

Quando os aplausos começaram, todas as luzes se acenderam. A Deux Mains fez Kay se inclinar em agradecimento, mas depois soltou a marionete, deixando-a pendurada enquanto os outros titereiros emergiam de trás do cenário. A reação da primeira noite a surpreendeu, e a ovação se repetiu durante toda a semana. As matinês, no entanto, eram mais mornas, talvez por causa de todas as crianças levadas por seus pais, que pensavam que marionetes eram algo infantil ou que não haviam lido os avisos. Mas, mesmo que não mostrassem muito entusiasmo, os aplausos e vivas a deixavam fascinada. As marionetes terminavam o espetáculo exaustas, mas animadas, uma atmosfera tanto de cansaço como de euforia.

Depois que Quatre Mains e os outros trancavam os cenários e adereços, as marionetes descansavam até meia-noite. Repassando mentalmente o espetáculo, Kay sempre ficava surpresa com a retomada de sua vida autônoma, tornada mais estranha pela presença dos bonecos inanimados, Punch e Judy sem vida, as sete marionetes de mão que faziam os anões do esquete de Noë "Branca de Neve e os Codependentes", e a gaivota, que não passava de um brinquedo de criança. Espalhados entre os mortos estavam seus velhos companheiros do Quarto dos Fundos. As Irmãs cochichavam juntas em um canto. O sr. Firkin regalava Nix com um momento do espetáculo em que "tive todos comendo na minha mão". Kay sentia falta dos outros que haviam ficado guardados— o Diabo e a Fada Boa, a Rainha e até mesmo o Verme. E havia o estranho caso de Marmee, que era sempre perseguida pelo Cão nos bastidores. Ela costumava se isolar, uma noite tricotando e na outra desfazendo seu trabalho, como uma Penélope à espera do retorno de Ulisses. Passou-se quase uma semana até que Kay tivesse a coragem de abordá-la e perguntar.

"Como você está viva, que nem nós?"

Marmee ergueu uma sobrancelha e a olhou com desdém.

Kay prosseguiu: "Nós nos conhecemos? Você me parece familiar...".

"Você está dizendo que não reconhece mais sua velha amiga? Ah, o Quatre Mains ficaria muito feliz em saber o quão facilmente você foi enganada." Ela riu, deu de ombros e balançou nos calcanhares. "Não quer arriscar um palpite?"

"Algo em você me faz lembrar daquela que chamávamos de Bruxa."

"Exato!" Marmee tocou o nariz com a ponta de sua agulha de tricô. "Na primeira, muito bem. Não é fantástico? Não estou maravilhosa? Eles tiraram minha antiga cabeça e colocaram outra. Refizeram o enchimento e me costuraram direitinho. Estou quarenta anos mais jovem."

Kay teve vontade de tocá-la, saber se ela era de verdade, mas um tremor percorreu seu braço, da ponta dos dedos ao ombro. Uma bolha surgiu onde seu estômago costumava ficar, e, sentindo-se tonta, ela teve de se sentar. "Como é possível? Você ainda é você? Não outra pessoa? Você está completamente diferente."

"A aparência não é tudo, bebê. Há algo chamado essência. É o que está dentro de você. Fui todos os tipos de marionete ao longo dos anos. Já fiz uma prostituta em um espetáculo de cabaré, e uma vez fui um boneco de vareta em um conhecido programa infantil de TV. Mas as coisas mudam. Enquanto tiver sua essência, você tem tudo."

"Mas você foi levada junto com os Juízes. O que houve com eles? E a essência deles?"

Atraídas pela conversa, as outras marionetes espichavam as orelhas, curiosas, mas sem dizer palavra. Marmee olhou em torno e enfrentou a pergunta.

"Eles foram desfeitos. Você pode encontrar o que sobrou deles em uma caixa de peças avulsas. O recheio ficou em Quebec. Talvez tenha sido ideia do Original, ou talvez um capricho do Quatre Mains. Ele não via mais necessidade deles, então..." Ela bateu a poeira de suas mãos e as limpou na roupa.

"Você quer dizer que eles se foram? Para sempre?"

"Para sempre, para nunca mais, o que você preferir. Mas, sim, liqui-
dados. Não existem mais." Os outros pareciam imperturbáveis, aceitan-
do rapidamente a peremptoriedade daquela declaração. Afastando-se
em grupos de dois ou três, eles falavam baixinho entre si. Nix soltou
uma piada que fez o sr. Firkin rir e depois ralhar com ele, com um alerta
de "cedo demais". Marionetes que mudavam de feitio ou simplesmente desapareciam. As noções de ordem de Kay haviam sido perturbadas,
então ela buscou um canto escuro para se esconder, meditar e recriminar quem comandava o mundo.

Theo passou um sábado chuvoso arquivando todas as fotos de Kay
que pôde. De um enorme álbum, ele escaneou as fotografias do casamento, depois arrastou algumas dezenas de imagens das redes sociais
que ela frequentava. Recorrendo à nuvem, ele imprimiu as fotos até as
cores ficarem desbotadas. Ele recolheu outras cem de uma velha câmera digital já esquecida e, do seu celular, baixou as fotos de Quebec, as
últimas, a última. Ela havia tirado algumas fotos que ele nunca havia
visto, então ele as examinou em busca de alguma pista, mas não encontrou nada. Se havia alguma imagem daquela noite, estava presa no
celular dela, onde quer que ele estivesse, onde quer que ela estivesse.
Ele salvou o que encontrou no computador e depois fez dois backups
nos HDs portáteis, para não correr riscos.

Milhares de rostos. Milhares de lembranças.

Eles haviam se conhecido por meio de amigos de um amigo em
comum, em uma festa no telhado de um prédio em Manhattan. Kay estava com um homem que trabalhava com marketing. Theo havia ido
sozinho e estava odiando estar ali, até dar com Kay em um canto do telhado, que dava para o Edifício Flatiron. A umidade do verão deixara
todos encharcados de suor, e ela, de pé, havia tirado a jaqueta, exibindo saia e uma blusa sem mangas, pernas e braços desnudos e sedutores.
Com uma vareta para coquetéis, ele espetou o limão do drinque derre-
tido dela. Ela revidou com um sorriso. Eles foram os últimos a partir.

Pegando outro lenço de papel, ele limpou seu rosto molhado e as-
soou o nariz. A rapidez com que havia desmoronado o surpreendera. As
fotografias estavam em segurança, pelo menos, mas elas só guardavam
uma parte da história dos dois. A mãe de Kay tinha as outras peças do
mosaico. Nas viagens a Vermont, ela havia lhe mostrado todos os álbuns

de recortes — os primeiros passos como bebê, os tempos de escola, os eventos de ginástica devidamente relembrados em recortes de jornal e fitas desbotadas presas entre as folhas.

"Não sei se Theo quer olhar todas essas coisas", disse Kay. "Não o submeta a essa tortura, mãe."

"Mas eu quero, quero mesmo", retrucou ele. "Quero ver como você era antes de nos conhecermos."

Dolores exibiu um sorriso triunfante. "Viu, Kay? Eu o conheço melhor que você. Venha, sente-se ao meu lado..."

Há quanto tempo ele não falava com sua sogra? Dois meses? As conversas eram um dever carregado de mágoa, as perguntas dela recheadas de recriminações sobre o desaparecimento de Kay. No início, o tom da voz dela era acusador, em busca de sinais da culpa dele, mas, com o tempo, ele acreditou tê-la convencido de sua desconcertante tristeza. Quando voltou à cidade para o começo do ano letivo, Theo buscou tranquilizá-la, apesar de não ter qualquer novidade. "Como você pôde desistir?", perguntou ela. "Por que você não fica em Quebec para continuar procurando por ela?" Ele explicou que não podia abandonar o emprego. Suas economias estavam quase no fim, e, ainda que a universidade pudesse concordar com uma licença, a verdade era que ele precisava da distração das aulas. E da sua tradução. Felizmente havia Muybridge.

O último telefonema dela havia sido um longo lamento de mágoa e frustração. "Por que ela se casou com você?". A raiva germinava entre Theo e Dolores desde o início. Ela se ressentia do fato de ele ter afastado sua filha dela em um momento de necessidade e insinuara diversas vezes que ele era velho demais para Kay. Ele se irritava com a interferência dela e com a maneira como ela conseguia fazer Kay se sentir culpada por finalmente ter uma vida própria. O acidente que deixara Dolores em uma cadeira de rodas a havia mudado, pelo menos era o que Kay dizia. Ela costumava ser extremamente doce, dizia Kay, mas Theo não estava muito certo disso. Durante os meses de namoro e noivado com Kay, ele buscou desesperadamente conquistar a confiança de Dolores, já que amor parecia ser algo impossível. Por que ela havia se casado com ele, se sua mãe não tinha a menor confiança nele?

Ele se sentia tão só que quase pegou o telefone para ligar para Dolores, apenas para poder conversar sobre Kay com alguém que também a conhecia e amava, mas não foi capaz de discar o número. E não havia mais ninguém. Os poucos amigos de Kay na cidade haviam se mostrado solícitos no início, mas depois prosseguiram com suas vidas, e não havia uma única alma em Nova York que pudesse lhe mostrar compaixão.

Anoiteceu mais cedo que o normal. Talvez a chuva houvesse apressado a escuridão. Enquadrado na janela em frente a seu apartamento, do outro lado da rua, um casal estava à mesa jantando, uma noite como outra qualquer. Theo os observou enquanto comiam, conversando durante a salada, menos tagarelas na hora do sorvete. Ela tirou os pratos, e ele ficou sentado à mesa, curvado para frente, a cabeça entre as mãos, o pensamento imerso em algum problema sério. Ele não se moveu até ela voltar e pousar a mão em sua nuca, então ele a abraçou pela cintura, puxando-a para perto, e descansou a cabeça em sua barriga macia. Eles ficaram nesse abraço silencioso por um bom tempo. Quando deixaram a sala de jantar juntos, apagando as luzes, Theo levantou-se, deprimido, e se jogou no sofá diante da televisão.

Às 2h, ele acordou de repente, surpreso por ter adormecido no meio do filme. Uma luz brilhava em sua escrivaninha, e, sentado em sua cadeira, Muybridge folheava a tradução de Theo. Ele estava maltrapilho, o paletó puído nos cotovelos, a camisa aberta no pescoço, o colarinho esfarrapado. Uma coroa de cabelos brancos circundava sua grande cabeça, e ele parecia alheio a tudo, exceto ao livro em suas mãos. Theo rolou para fora do sofá e se aproximou dele, mas o fantasma não olhou para cima. Tirando uma caneta-tinteiro do bolso do paletó, Muybridge riscou uma página de cima a baixo, depois recolocou a tampa, com um clique que ecoou no silêncio.

"Não foi assim que aconteceu", disse ele a si próprio. "Aquele bastardo do Leland Stanford ficou com toda a consagração pelas fotos da égua Sallie Gardner. Como se a ideia fosse dele desde o princípio. Ele me tratou como um ajudante pago. Eu. Um artista."

"Traição", disse Theo.

Muybridge virou-se para ele, uma dolorosa tristeza em seu olhar. "Você sabia que Stanford publicou *O Cavalo em Movimento* com seus próprios recursos? Não me deu qualquer crédito. Eu havia estado em Paris e Londres, e em breve apresentaria meu relatório à Sociedade Real. Eu o intitulara *Poses dos Animais em Movimento*, e sabe do que me chamaram? Uma fraude. Tudo por causa das alegações de Stanford. A palavra de um homem rico sempre vale mais do que a de um pobre. Um dia você é uma sensação, no outro, um fracasso. Foi vergonhoso, humilhante. Minha reputação ficou destruída. Eu deveria ter tomado o navio de volta naquele mesmo dia e matado aquele filho da puta."

"Não teria sido a primeira vez", disse Theo, para imediatamente cobrir a boca com as mãos.

Muybridge franziu o cenho. "Não é uma coisa simpática de se falar."

"Peço desculpas."

"Harry Larkyns vinha tendo encontros íntimos com minha esposa. Ele mereceu."

"Minha observação foi inoportuna. Desculpe."

Puxando a prodigiosa barba branca com seus dedos manchados, Muybridge ficou pensando se deveria perdoá-lo. "Você já foi casado, *señor*? Talvez então você não julgasse tão rapidamente."

Theo esfregou os olhos sonolentos. "Eu fui casado. Sou casado. Mas minha esposa desapareceu. Num dia estava aqui, no outro havia sumido. Alguns acham que ela pode estar morta. Talvez você a tenha visto no outro lado."

"Outro lado?"

"O Paraíso... ou seja lá para onde vão as pessoas depois que morrem." Ele tentou não soar muito otimista. "Pensei que, já que você morreu..."

"Morri? Quem disse isso? Quem lhe deu a ideia de que eu estava morto?"

"Não queria ofender, mas você morreu em 1904, enquanto criava uma maquete dos Grandes Lagos no seu jardim, na Liverpool Road. Você estava com 74 anos. Uma bela e longa vida. Eu escrevi esse livro sobre você. Digo, traduzi."

Muybridge reclinou-se na cadeira e cruzou as mãos sobre a barriga. "Com tantas teorias excêntricas. Você pensa que eu sou um espírito, um fantasma? Meu bom homem, você já pensou que eu posso ser um fruto da sua imaginação fatigada? Uma alucinação provocada por uma leve indigestão. Você não tem comido muito bem desde o desaparecimento de Kay, e esse sanduíche de presunto que foi o seu jantar — falando sério, senhor, você deveria sempre checar as datas de validade."

O raciocínio de Muybridge deixou Theo profundamente angustiado. Ele se sentou novamente no sofá e olhou para seus pés, brancos como fantasmas na escuridão, mas, sempre que erguia os olhos, a aparição continuava lá.

"Você precisa encontrar alguém com quem conversar", disse ele por fim. "Há alguém de quem você se sinta mais próximo?"

A questão penetrou nele, fazendo um buraco em seu estômago. "Somente Kay."

"Ela está obviamente fora de questão. Que tal aquele seu camarada Egon, lá no Quebec? E esse dr. Mitchell, que parece bastante preocupado com você?"

"Eu e você podíamos conversar..."

Muybridge sacudiu sua cabeleira. "Seria como conversar consigo próprio."

"É o que eu faço o tempo todo, sério. Sinto como se estivesse falando com ela, a maior parte do tempo. Construindo monólogos como se fossem diálogos, mas, no fundo, sei que toda essa conversa interna é unilateral. Ela simplesmente não pode ouvir o que está na minha cabeça, mas eu falo com ela mesmo assim, como se ela, de alguma maneira, pudesse escutar o que se passa na minha mente. No meu coração. Eu ficaria louco em falar sozinho."

Enquanto falava, Theo viu que Muybridge se apagava lentamente, uma fotografia que reverte o processo da revelação. Áreas escuras se tornaram cinzentas, depois meras formas, silhuetas, até sumirem. Ele estava sozinho de novo. Se ela estivesse em algum lugar, esperando que ele a encontrasse, Kay estaria diferente das imagens digitais arquivadas, da imagem que ele trazia em sua mente, do rosto que ele via quando conversava com ela. Ela teria mudado. Ele foi ao banheiro para se arrumar para dormir. Muitas das coisas dela estavam onde ela as havia deixado. Garrafas, frascos, cremes e escovas. As toalhas amarelas que ela havia escolhido. Um robe de seda vermelha pendurado em um gancho atrás da porta. Olhando-se no espelho, ele decidiu que podiam tentar de novo na manhã seguinte. Procurar e encontrar alguém com quem pudesse conversar. Certamente ainda haveria alguém neste mundo.

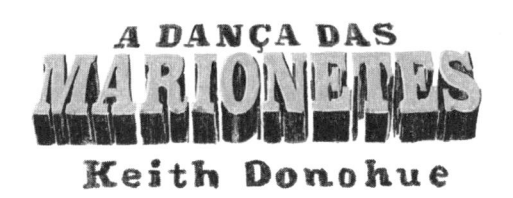

A DANÇA DAS MARIONETES
Keith Donohue

13

les voltariam para as caixas assim que amanhecesse, então a festa depois da última apresentação entrou pela madrugada. Nix era o centro das atenções, habilidosamente fazendo malabarismos com os sete anões. O sr. Firkin se encarregou da narração, cantando de maneira acelerada o nome de cada anão quando este era jogado para o alto. Reunidas em torno de um piano de brinquedo, as Três Irmãs soltaram a voz em uma série de canções de musicais e ainda arrebanharam todo o elenco para uma comovente interpretação de "Do You Hear the People Sing?", de *Os Miseráveis*. À medida que a noite avançava, as músicas se tornavam mais sentimentais, e, às 2h, as Irmãs entoavam, abraçadas, melosas canções russas que só elas conheciam. Em sua versão Marmee, a Bruxa Velha voltou a se reunir com o Cão, que a reconheceu de imediato. Eles passaram horas felizes brincando com um nariz vermelho de espuma, que ela jogava e ele apanhava.

"Olhe para ela", disse Noë. "Vinte anos a menos, graças a uma nova cabeça."

Kay estudou sua amiga sob a luz fraca. "Você já mudou alguma vez? Recebeu novas peças?"

"Eu não, irmã. Sempre fui assim. Pelo menos desde que entrei na companhia. Antes, na vida real, eu era punk. Cabelo espetado, argola no nariz. Uma rosa preta tatuada no quadril. Eu e ele nos esgueiramos na loja de brinquedos do Quatre Mains uma noite, atrás de um pouco de privacidade, se é que você me entende."

"Seu namorado?"

Noë bufou. "Se quiser chamá-lo assim. Nem me lembro do nome verdadeiro dele, era só um garoto que eu havia conhecido em um festival de jazz no Terrasse Dufferin, mas nós nos acertamos, acho. Invadimos a loja de brinquedos depois da meia-noite para dar uns amassos. Ele não deveria ter mexido com aquele boneco antigo. Depois da mudança, ele não quis mais nada comigo, nem eu com ele. Ele adora isso aqui. Acho que deve ser melhor do que com seus pais em Ottawa. Acho que arrastar-se sobre sua barriga deve ser melhor do que tocar no calçadão."

Aos pés delas, ouviu-se um risinho abafado. O Verme havia deslizado até ali para bisbilhotar a conversa delas, e, ao vê-lo ali, Noë bateu forte o pé junto à cara dele. "Passa fora. Xô!"

Ele choramingou de um jeito tão triste que Kay quase sentiu pena. Lentamente, o Verme se arrastou para um lugar seguro.

"Então essa coisa se esqueceu daquela noite com você?"

"Não dou a mínima para ele. Ele não significou nada para mim. Eu penso na minha família. Meus pais, todos os dias. Não há alguém lá fora que sinta sua falta? Seu cara?"

Kay tentou se recordar do rosto dele, mas, ao não conseguir visualizá-lo, sentiu-se triste e envergonhada. "Uma vez eu me casei. Um vestido branco com chapeuzinho branco de véu, e eu tinha nos braços rosas e copos-de-leite. Era ao ar livre, junto a um lago, e uma abelhinha ficou rondando meu buquê, enquanto o noivo ficava dando patéticos tapinhas nela. Ele tentava não chamar atenção para a abelha, a fim de não me envergonhar. E lembro que pensei: ele não deveria se conter. Quem se importa com o que as pessoas pensam? Faça algo grande. Um gesto grandioso. Jogue-se sobre a abelha como se ela fosse uma granada. Os convidados não se importariam, todo mundo via a abelha. Até o pastor teria dado uma risada. Aí a abelha começou a rodear meu véu, que tinha um leve perfume de flor, e ele continuou com os patéticos tapinhas. Então eu lhe passei o buquê e tirei o chapéu, jogando-o no chão. Um ventinho o levou até o lago. Ele me olhou com uma cara... Ele estava totalmente surpreso, mas eu apenas sorri e fiz um sinal ao pastor para prosseguir. O que mais eu podia fazer?"

"É claro que você não queria ser picada pela abelha."

"Um dos meus primos enrolou as calças e entrou na água para pegar o chapéu quando a cerimônia terminou, mas eu não me importei. Theo havia perdido uma oportunidade." Seus olhos se arregalaram quando ela finalmente se lembrou. "O nome do meu marido era Theo, e eu acho que ele nunca superou o choque de eu arrancar o chapéu naquele momento, num sinal de dane-se. Havia abelhas, entende, e quem liga para um chapéu? Ele não me conhecia muito bem. Acho que nunca se consegue isso."

"Aposto que ele sente a sua falta", disse ela. "Não duvido que ele pense em você o tempo todo. Se eu fosse ele, ainda procuraria por você."

Emocionada, Kay abraçou Noë. Ela sentiu em seu rosto o áspero cabelo de palha da boneca. Sentadas lado a lado, Noë repousando a cabeça no ombro de Kay, elas ficaram acompanhando o fim da festa. As Irmãs já haviam desfilado todo o seu repertório russo e estavam restritas a baladas sobre bandidos e assassinos, e a canções populares irlandesas que transbordavam saudade. O resto da trupe ficou em torno do piano e fazia coro nos tristes refrãos.

Era bom ser tocada por alguém. Theo certamente a havia amado, e ela o amara também, mas tudo parecia ter ocorrido em um passado distante, em outro mundo. Ela se lembrou de que ele gostava de cantar no carro, para passar o tempo nas longas viagens, vasculhando as estações de rádio em busca de músicas conhecidas. Sua voz era doce e adorável, ainda que falhasse nas notas mais altas e soasse lamuriosa e tola quando ele se arriscava em um falsete. Às vezes ela entrava na brincadeira, e ele tentava fazer o acompanhamento enquanto ela conduzia a melodia. Naquele fim de noite, ela, por um instante, recordou o nome dele, ela podia ouvir a voz dele em sua cabeça, mas por que ela não conseguia ver o rosto dele?

Uma janelinha octogonal junto à parte mais alta do teto deixou entrar os primeiros sinais do amanhecer. O sr. Firkin conclamou todos a seus lugares, e a festa teve de ser suspensa. As marionetes retomaram as posições em que haviam sido deixadas na véspera. Noë se desenroscou do abraço de Kay e disse: "Prometa que nunca vai se esquecer de quem você é. E, se um dia você tiver a chance de fugir, apenas vá e não olhe para trás".

Na sala escura, um octógono de luz matinal se depositou sobre a mesa, e, de seu lugar, Kay pôde acompanhar a evolução do raio de sol com o avançar da manhã. Ainda não era meio-dia quando os gigantes chegaram. Quatro deles. Delacroix havia partido, uma adição temporária ao alegre grupo. Finch e Stern se puseram imediatamente ao trabalho, guardando o cenário e os adereços. As marionetes retornaram às caixas, novamente separadas entre animadas e inanimadas.

Kay foi colocada no compartimento inferior, como antes, e esperou as Três Irmãs serem enterradas em cima dela. Ela sorveu a luz até o último minuto.

"Ainda bem que terminamos agora", falou a Deux Mains. "Delacroix estava começando a suspeitar."

A resposta do Quatre Mains ressoou de imediato. "Não, ele era uma anta sem noção."

"Eu o ouvi falando com Finch. Ele percebeu, sim, a diferença entre eles, como as Irmãs se moviam com facilidade, o quão naturalmente o Cão se comportava em comparação, por exemplo, com a gaivota."

"É quase impossível fazer aquela gaivota funcionar direito. Eu realmente preciso trabalhar mais nas asas. Talvez outra dobradiça a faça voar de uma maneira mais realista."

"Estou dizendo a você, ele estava muito, mas muito perto de entender o segredo das marionetes." Ela mostrou o quão perto com o indicador e o polegar juntos. "Era possível ver no rosto dele, nas mãos dele. Pode-se sentir na manipulação das varetas. Vida própria. Finch teve de..."

"De o quê?" Finch havia voltado para a sala. Ela pairou sobre a caixa aberta e sorriu para os bonecos lá dentro. "Minhas orelhas estavam ardendo, vocês estavam falando de mim outra vez?"

"Conte para ele", disse a Deux Mains. "Conte a sua teoria sobre Delacroix."

Finch pressionou o dedo contra os lábios cerrados. "Bico calado. Ele tinha algumas suspeitas, mas o que ele poderia dizer sem que parecesse um completo lunático? Que alguns desses bonecos estavam vivos? Ou que estiveram vivos em algum momento? Não, isso seria simplesmente insano. O mais perto que ele chegou foi mostrar surpresa com a maneira como eles se moviam, falavam e atuavam. Estranho, foi o que ele disse. Eu falei que era um caso de engenhosidade superior."

O Quatre Mains parou do lado dela e amigavelmente colocou a mão em suas costas. "Engenhosidade. Gostei disso. Uma construção de boa qualidade."

"Um toque de artista." A Deux Mains deu o braço a Finch. O trio ficou olhando amorosamente para os bonecos, como se observassem crianças adormecidas em suas camas. Depois, eles terminaram de colocar as marionetes nas caixas, fechando-as para a próxima etapa da viagem. Para Kay, foi como morrer e ser enterrada, mais uma vez.

Ela corou quando Muybridge perguntou se estaria disposta a tirar as roupas e ser fotografada pelada. Porque ele era gentil, porque ele a fazia pensar em seu avô, porque ele era distraído e sério, ela respondeu que sim. A rapidez de sua resposta a surpreendeu, mas ela precisava do dinheiro do trabalho de modelo e não tinha vergonha de seu corpo, nem relutava em romper convenções. "É pela ciência", ele explicou, curvando ligeiramente a cabeça e tateando sua desgrenhada barba branca. Ele a fazia pensar em Walt Whitman e nos desenhos de Papai Noel feitos por Thomas Nast. "Estou em meio ao maior estudo já feito sobre a forma humana em movimento."

Naquela tarde, ele lhe explicou como as câmeras funcionavam, como elas eram programadas para capturar imagens em sequência, que revelavam padrões sutis quando vistas em conjunto. "Você estará em boa companhia", ele falou, para depois mostrar sua invenção que permitia projetar as imagens em movimento. Na escuridão do estúdio, ele passou seus prediletos: um menino sorridente andando de quatro, dois boxeadores demonstrando um soco e uma finta, e um homem elegantemente vestido, com um chapéu de palha, caminhando por um palco, balançando uma bengala e girando sobre si mesmo antes de sair de cena.

"Que dândi." Ela riu. "Temo não ter qualquer talento especial..."

"Não precisa se preocupar", disse o fotógrafo ao acender as luzes. "Você fará coisas simples, ações comuns do dia a dia. Nada está fora do escopo do meu estudo, do meu desejo de registrar. Tenho interesse em tudo o que é humano." Ele falou com tal desprendimento que ela se sentiu totalmente à vontade na frente das câmeras.

Theo havia notado aquela jovem, cuja história ele inventara, repetidas vezes na *Figura Humana em Movimento*, de Muybridge. Às vezes ela parecia tímida, as mãos sobre os olhos, sua postura denunciando sua vergonha. Em outras sequências, ela estava totalmente à vontade. Sentada no chão, uma blusa estendida sobre seu colo, ela espera uma menina de quatro ou cinco anos se aproximar e entregar-lhe um pequeno buquê; nas imagens finais, ela se levanta para receber as flores e beija a criança no rosto. Ele e Kay haviam conversado sobre filhos no turbilhão de seu namoro, mas não passara de um sonho fugidio, uma promessa para o futuro que agora parecia destruído. Ele mirou a mulher que beijava a criança, o olhar no rosto da modelo autêntico e impassível. Pareceu-lhe ver a ternura em doze imagens, um momento não planejado de beleza em meio à obsessão de Muybridge.

"Sua porta estava aberta." A voz o assustou, e ele girou na cadeira para dar de cara com o dr. Mitchell, pensativo e curioso. "Você tem uma visita. Devo fazê-lo entrar?"

"Harper!"

Theo reconheceu a voz imediatamente e ficou surpreso ao ver Egon na porta. "Não acredito! O que o traz aqui?"

"Você é difícil de encontrar. Procurei seu endereço em todos os catálogos de Nova York."

"Você tinha meu número. Podia ter ligado", disse Theo.

"Nada de celular para mim", retrucou Egon. "Causa câncer no cérebro. Além do mais, é muito importante. Eu me lembrei de todas as nossas conversas no último verão, e, claro, você é um acadêmico, um professor, e torna-se um trabalho dedutivo encontrar você. Eu precisava vê-lo, então raspei a poupança. É a respeito de Kay."

"Alguma notícia?"

Com um gesto, Egon rejeitou a pergunta, lançando-se de imediato em sua história. "Lembra-se de ter comentado comigo sobre como sua esposa adorava a loja de brinquedos? Depois que o circo fechou, eu não tinha onde ficar. Eu e você havíamos visto que a Quatre Mains estava vazia, então improvisei um lar para mim em um quartinho lá em cima."

"Você simplesmente se instalou lá?", perguntou Mitchell. "Como um invasor?"

Tocando seu nariz, Egon fez que sim com a cabeça. "Não era tão ruim assim. No térreo havia o que restou da loja de brinquedos, mas no segundo andar há uma cama velha, uma cozinha, uma chaleira, água corrente. E eu disse a mim mesmo: Egon, seu sortudo. Quem estava aqui partiu às pressas. Deixou metade de sua tralha para trás. Vai ser moleza. Então eu me acomodo, fico quieto, tenho um lugar para chamar de lar. Melhor que a rua, não?"

"Você não tinha medo de ser descoberto?", perguntou Mitchell.

"Desde que ninguém me veja entrando ou saindo, e eu não acenda as luzes que dão para a rua, sou invisível."

Theo pigarreou. "Você podia ter me procurado, eu teria ajudado."

Curvando-se levemente, à guisa de agradecimento, Egon retomou sua narrativa: "De qualquer modo, uma noite o vento sacudiu as janelas como se quisesse derrubar a casa, e parecia haver alguma coisa viva na loja depois de meia-noite. Desci lentamente as escadas. Caralho, havia uma tempestade lá dentro, como um tornado soprando pelo chão em círculos, fazendo voar toda a poeira, os papéis e pedaços de brinquedos quebrados. Tive vontade de sair correndo, mas o vento logo parou, e tudo ficou silencioso".

"Você estava bêbado", disse Theo.

"Talvez eu tenha tomado uns copos a mais? Talvez eu veja a verdade. Deito na cama, incapaz de me livrar da sensação de que havia ali algum tipo de feitiço. Alguma bruxaria, alguma assombração. Não sei como explicar, mas aquele aposento procurava alguma coisa viva."

"O aposento?", falou Mitchell. "Com frequência tenho essa sensação. A casa com uma alma."

"Então, na manhã seguinte, levanto cedo, como de hábito, porque gosto de estar de pé antes de todo mundo, e desço com cuidado até o quarto dos fundos, onde estão essas pequenas pilhas de detritos espalhadas pelo chão, como a maquete de uma paisagem. Como se o vento houvesse deixado tudo daquele jeito. Fucei algumas dessas pilhas, onde havia peças de bonecas, um dedo de madeira, um cacho de cabelos, algodão para recheio, serragem, essas coisas. Aí eu encontro isso." Do bolso interno do casaco ele retira uma caixinha de fósforos comum, que segurou como se fosse um talismã. "Depois de ler, diga-me o que você acha."

Theo examinou a embalagem de papelão. Do lado impresso, havia a silhueta de uma dançarina e o endereço de um clube em Montreal chamado Les Déesses. Ele virou a embalagem e leu do outro lado: "SOCORRO. Tirem-me daqui". Estava escrito a lápis, em uma letra fraca e trêmula, como se a mensagem houvesse sido escrita às pressas. Ele a passou a Mitchell, que pareceu igualmente intrigado.

"Você está vendo?", perguntou Egon. "A mensagem veio de alguém que estava na loja de brinquedos, tentando sair."

Balançando a cabeça, em dúvida, Theo pegou a caixinha de fósforos das mãos de Mitchell e examinou o bilhete com mais atenção.

Egon olhou bem em seus olhos. "Pode-se achar que essa mensagem não passa de uma coincidência. Eu digo que o lugar é assombrado. No mínimo, algo terrível aconteceu ali. E não consigo evitar a sensação de que fui levado até lá pela lembrança de um boneco na vitrine. O boneco que, você contou, sua esposa adorava. Não sou um cara supersticioso, você não pensou isso, certo? Mas não posso deixar de pensar que fui levado até lá para encontrar esse bilhete. Espero não ter aborrecido você, Harper, com todas essas especulações, mas a sensação é muito forte. Sinto nos ossos."

Como um mágico, Theo rodopiou a pequena caixa de fósforos entre os dedos.

A DANÇA DAS MARIONETES
Keith Donohue

14

 van parou e andou, rodou por mais uns 4 m e ficou quieta de novo. Enquanto estavam na fila, os gigantes desligaram o ar-condicionado e escancararam as janelas, mas nos fundos fazia mais calor que no inferno. Kay se contorcia sobre a palha. Eles vinham agindo como nômades teatrais, preparando os espetáculos e permanecendo por um ou dois dias nos vilarejos do interior, apresentando esquetes mais enxutos em auditórios de escolas e centros comunitários para grupos de camponeses desesperados por diversão, ou passando as tardes com crianças irrequietas, o pior de tudo, uma multidão infantil que esperava *Vila Sésamo* e dava de cara com o velho pastelão Punch e Judy. Agora eles esperavam no calor e na escuridão pela próxima parada. Logo depois de o motor ser desligado, os gigantes começaram a falar em inglês com outra pessoa. Abafadas pelas caixas, as vozes eram indistintas, mas Kay pôde perceber que um estranho estava fazendo uma série de perguntas, às quais os gigantes respondiam educadamente. As portas se abriram, e as pessoas se dirigiram à parte de trás da van. De repente, o bagageiro foi inundado de luz.

"Marionetes", disse o homem. "Agora eu realmente posso dizer que ouvi de tudo."

"Vamos fazer algumas apresentações aqui em Vermont", disse o Quatre Mains, "com nossos amigos americanos."

"É o que você diz. Pode abrir uma caixa, para eu dar uma olhada?"

"Qual delas?", perguntou o Quatre Mains.

"Qualquer uma que tenha essas marionetes das quais você falou. Vamos tentar esta aqui." Ele bateu na caixa onde estava Kay. Os gigantes tiraram a caixa da van, depositando-a no chão. Ao abrir a tampa, a Deux Mains pegou as Três Irmãs e removeu a divisória sobre Kay, Noë e Nix. Era como olhar de uma cova aberta. Usando um uniforme verde e um chapéu de aba larga, o homem acima deles se curvou para examiná-los melhor. Kay estranhou o toque quando ele a ergueu no ar para vasculhar, com a outra mão, a palha que forrava a caixa.

"Então você fez todas essas marionetes?", perguntou o homem verde.

"Cada uma delas", respondeu o Quatre Mains. "Madeira, espuma, recheio e varetas."

"Elas parecem tão reais. Já teve medo de que elas despertem no meio da noite para atacar você?"

A Deux Mains riu. "Nós as mantemos trancadas à chave quando dormimos. Não vale a pena arriscar."

O homem verde olhou para ela. "Meu parceiro está me dando o OK, então seus papéis devem estar em ordem." Ele entregou Kay à Deux Mains, e ela quase suspirou de alívio ao sentir um toque conhecido. "Bem-vindos aos Estados Unidos da América. Aproveitem a visita a Vermont."

Os gigantes reembalaram os bonecos e já iam fechar a van quando o homem verde os interrompeu. "Ah, e boa sorte com o show de marionetes. Não, não é assim — como vocês dizem? Quebre uma perna. Ou uma vareta, acho, já que são marionetes."

Assim que eles se puseram a caminho de novo, Kay sussurrou para Noë: "Ele disse que estamos em Vermont? De volta aos Estados Unidos?".

"Terra dos homens livres", respondeu Noë. "As Montanhas Verdes."

"Minha mãe vive aqui", disse Kay. "Há muito tempo, foi o meu lar." De manhã, antes da escola, sua mãe costumava ajeitar seu cabelo, fazendo duas tranças, sentada atrás dela. Kay ainda podia sentir o puxão gentil das mãos de sua mãe enquanto ela trançava o cabelo, a pressão para ficar parada, o gesto final ao terminar, alisando com a palma para assegurar-se de que nada sairia do lugar. As mãos de sua mãe. Ela e Kay dobravam juntas a roupa lavada em dias de verão, tirando os lençóis da linha esticada no ar, um estalo seco, Kay em uma ponta, sua mãe na outra, as duas dando passos à frente para unir as duas pontas sob o controle de sua mãe. As mãos de sua mãe ocupadas em preparar uma massa, depois abri-la com o rolo de madeira cor de mel, cortando um círculo para forrar a forma de torta, depois despejando fatias de maçãs verdes e pêssegos, que brilhavam como luas crescentes douradas. Suas mãos empunhando agulhas de tricô como duas canetas que transformavam, por meio daqueles cliques, um novelo de lã em um cachecol, um xale, um cardigã. A mão de sua mãe por dentro de um boneco feito de meia, que se movia ao ritmo de uma vozinha engraçada enquanto lhe contava uma história para dormir. A mão de sua mãe no rosto de Kay no dia de seu casamento, ali pousada pela primeira vez em anos, como se a dizer adeus para sempre.

O fato de não conseguir se lembrar do rosto de sua mãe irritava Kay. Seu esquecimento era mais que uma falha de caráter, era antes o sinal de um distúrbio mais profundo que a cercava desde que ela se unira à trupe. Seu passado estava em pedaços, como um espelho quebrado, e só podia ser apreendido em cacos e lascas. O rosto de sua mãe era o primeiro que ela havia visto e o mais familiar de toda a sua vida, e Kay sabia que havia algo de extremamente errado nesse apagamento completo. Ela também não conseguia se lembrar de como era o rosto do marido, apesar da intensa intimidade que eles haviam vivido nos últimos anos. Um rosto para o qual ela havia olhado durante horas, dias, semanas. Olhos que miravam e seguiam os dela quando eles estavam prestes a se beijar. Um sorriso que se mantinha do outro lado da mesa enquanto eles discutiam seriamente seu futuro juntos. E agora a imagem desse rosto escorregava de sua memória com uma frequência perturbadora.

Os gigantes pararam para passar a noite, mas os deixaram nos fundos da van. O ar frio penetrava naquele espaço; a friagem outonal atravessava as caixas, e a forração de palha não oferecia nenhuma proteção. Não que Kay se importasse com o frio, não mais do que com o ar abafado e a claustrofobia de seu caixão, mas ela ainda podia sentir a mudança das estações. E eles deviam ter estacionado em algum lugar remoto e deserto, pois a noite estava sinistramente silenciosa, apenas com o ocasional piar de uma coruja. Sua mãe costumava dizer que aquele era o canto da coruja-das-torres, cujos pios se emendavam, como um telefone tocando. Ela ficou pensando na mãe até o dia amanhecer.

Havia geado, e a grama congelada era esmagada pelo peso das caixas, retiradas da van pelos humanos. Um pica-pau trinava e martelava uma árvore alta. O sol matinal aquecia os engradados de madeira, até eles começarem a estalar, e o ar foi tomado por vozes alegres. Ela podia ouvir Finch e Stern, e pessoas que ela não conhecia, conversarem e rirem enquanto iam e vinham, e o aroma do café e do pão fresco a fez lembrar-se da fome e de como era bom tomar café da manhã.

Uma sombra projetou-se sobre as caixas. "Vamos dar uma olhada neles." A voz do homem tinha um leve sotaque irlandês.

"Aqui e agora?", retrucou Finch.

"Dê-lhes um banho de sol. Vamos ver o que andaram fazendo."

Finch e Stern abriram as caixas e depositaram as marionetes no gramado úmido de orvalho. Umas poucas nuvens brancas e gorduchas repousavam sobre uma cadeia de sólidas montanhas a oeste. Pinheiros e abetos se misturavam a bétulas e carvalhos, quase sem folhas naquele fim de outono, e circundavam a paisagem a perder de vista. Do outro lado da estrada havia uma casa de fazenda amarela, fumaça subindo por uma chaminé de tijolos. O Quatre Mains e a Deux Mains vinham se aproximando com canecas de café nas mãos. As vans estavam perto de um antigo celeiro vermelho, e Kay conseguiu ler o letreiro, em uma pequena letra cursiva: Museu das Marionetes do Reino Nordeste.

O Irlandês passeou por entre as marionetes, pegando aquelas que caíam em suas graças, experimentando as varetas e cordas para fazer Irina dançar. Atraído pela Fada Boa, ele a embalou em seus braços, virando-a e espiando sob seu vestido para ver como ela havia sido montada. Nix o fez rir. Noë o deixou com o olhar triste. Ao se aproximar de Kay, ele exibiu um sorriso gentil em seu rosto avermelhado, como se já a conhecesse.

"São esplêndidos", disse ele. "Excelente entalhamento e artesania, mas não servem. Pequenos demais para nossos espetáculos."

"Mas viemos até aqui", retrucou Finch, "pela promessa."

Dando-lhe um tapinha solidário nas costas, o Irlandês riu. "A palavra de um homem é sua honra. Temos algumas semanas até o Halloween. O suficiente para fazer uns dez ou doze desse lote, se o tempo continuar firme."

Finch virou-se para o Quatre Mains, o pânico estampado em seus olhos. "Como assim? Refazer os bonecos?"

Com um movimento da sobrancelha, Quatre Mains a silenciou. "Desde que mantenhamos a essência deles, isso não é um problema."

"Entrem", disse o Irlandês. "Vocês vão adorar ver como transformamos o celeiro em um museu. Subdividi a parte térrea numa série de saletas, e no piso superior há um enorme sótão que percorre toda a extensão do celeiro. No inferior, pegando toda a parte traseira do imóvel, há um antigo aprisco que conduz aos pastos. Nenhum animal atualmente, claro, apenas espaço para nossos amiguinhos. Costumávamos ter andorinhas no celeiro durante o verão, mas as marionetes as espantaram."

A Deux Mains o segurou pelo braço. "O que faremos com nossas marionetes?"

"Ah, tragam os bonecos", respondeu o Irlandês. "Não é bom que eles fiquem ensopados com o orvalho da manhã."

Os cinco recolheram os bonecos, e Kay e a Fada Boa acabaram nos braços do Irlandês. Atravessando o gramado salpicado pelo sol, eles foram até o desbotado celeiro vermelho. Na porta que introduzia à escuridão, um aviso: "Entre por sua conta e risco. Doações são bem-vindas".

Para onde quer que ele olhasse na estação Grand Central, havia pessoas se reunindo. Casais se cumprimentavam com um beijo. Um soldado em seu uniforme verde-escuro abraçava seu malvestido irmão caçula. Um idoso de chapéu, levando uma esfarrapada sacola de ginástica, procurava um filho pródigo. Theo começou a se perguntar se não teria sido um erro voltar para casa da universidade levando Egon. Este havia debandado para o banheiro assim que o trem chegara à estação, deixando Theo sozinho no meio da multidão. Talvez aquela ideia descabelada estivesse murchando. Lojas de brinquedos assombradas. Mensagens em caixinhas de fósforo.

"Quando o dever chama, Egon responde." De repente, ele estava ali bem ao lado de Theo.

Eles entraram na fila do táxi, e já começava a escurecer, mas nenhum deles tocava no assunto, a conversa, em vez disso, tratando da longa viagem desde Quebec, dos amigos do circo e do mais recente capítulo da vida de Muybridge. Somente depois de eles terem se fartado em um restaurante indiano, caminharem até o apartamento de Theo e se servirem de um uisquinho é que Egon se sentiu à vontade para falar. Instalado no sofá da sala, de roupão e chinelo, o relógio prestes a dar meia-noite, quando tudo já fora dito e não era mais possível evitar o assunto, Egon contou sua história:

"Você viu o pedido de socorro na caixinha de fósforos. Bem, essa é apenas uma parte da história. Preciso contar as outras coisas estranhas que aconteceram naquela pequena loja dos horrores. Depois da primeira semana, mais ou menos, de moradia, ficou claro que não iam me encontrar dentro da loja, então eu relaxei um pouco e mantive uma luz acesa no quarto dos fundos, que dava para o beco".

"Você não deveria esperar tanto quando a situação fica desesperadora", disse Theo. "Você sempre pode me procurar..."

Egon ergueu a mão, para que ele se calasse. "Obrigado, de qualquer forma. Entenda, eu já fiquei ao deus-dará antes e ficarei de novo. Não é isso o que me assusta."

O gelo em seu copo chocalhando, Theo se inclinou à frente. "Algo pior que uma tempestade dentro de casa?"

"Durante o dia, fico na biblioteca tentando pesquisar seu endereço, à noite, fico fuçando pelo local. Depois de encontrar a caixinha de fósforos, era uma caça ao tesouro, e foi assim que descobri um alçapão para o sótão. No teto exatamente em cima da minha cama. A curiosidade matou o gato, mas não eu. Montei uma pilha de caixas e livros em cima de uma cadeira para subir até lá. Balancei o tempo todo. O sótão era escuro como um túmulo, e aí eu sinto uma teia de aranha em meu rosto, o que me deixa enlouquecido. Na verdade, era uma longa corda pendurada, e, quando eu a puxei, uma lâmpada se acendeu, projetando um círculo de luz. Quase caí pelo buraco quando vi o que havia lá. Bonecos olhando para mim com seus olhos de vidro, velhos ursos de pelúcia, coelhos e uma girafa de pescoço quebrado. O pior eram as marionetes."

"Credo..."

"Marionetes quebradas, com fios torcidos, largadas no chão, como uma pilha de cadáveres. Um boneco antigo de ventríloquo parecia que ia tomar vida e me matar se eu me mexesse. Marionetes sem um braço ou uma perna. Até uma sem cabeça. E, imagine, todo esse tempo eu estava dormindo embaixo deles, em um apartamento vazio e abandonado."

"É de dar arrepios."

"Quase me borrei nas calças. Acredite, levei uma eternidade para dar um passo, mas convoquei minha coragem e comecei a investigar."

Na rua, uma sirene marcou o momento. Os dois riram e deram um gole em seus drinques.

"A gente se acostuma com o barulho, *n'est pas*? Nova York, bah. Como eu dizia, seria um necrotério de brinquedos velhos, talvez tudo aquilo que não pôde ser consertado na loja? E, nas sombras, havia pilhas de jornais e revistas velhos, o tipo de lixo que existe em todos os sótãos, mas eu estava curioso e fucei mais um pouco, até que achei uma caderneta."

Ele pulou do sofá e mexeu no bolso da frente de sua bolsa de viagem, tirando de lá um caderno preto com um marcador de fita e um elástico para mantê-lo fechado. Com a solenidade de um entregador, ele deu a caderneta a Theo. A maior parte das páginas estava coberta por uma cursiva elegante, e ele pôde ver que eram roteiros, diálogos e instruções esparsas para movimentar os bonecos. Era um registro de espetáculos, um novo título a cada quinze ou vinte páginas.

"Peças", disse Theo. "Para shows de marionetes."

"Exato", disse Egon. "Então estou no sótão, 3h e nenhuma alma viva por perto, e ouço um suspiro. Quase morri do coração. Em um canto, estavam essas duas cabeças em meio à poeira, uma preta e a outra branca, olhando uma para a outra, como se acabassem de ser interrompidas em um *tête-à-tête*. Como se eles não conseguissem entender o que aconteceu com o resto deles, onde foram parar seus corpos? Outro suspiro daqueles bonecos quebrados, e não precisou de mais nada. Saio aos trambolhões, com o diabo nos calcanhares, e alcanço o alçapão no momento em que uma das cabeças geme, aí eu pulo e a torre de caixas e livros desaba, e eu aterrisso de bunda, quase morto, no chão."

"Você poderia ter morrido mesmo."

"Estou quase paralisado, mas não posso ficar lá nem mais um minuto, então me arrasto escada abaixo, degrau a degrau, até o térreo, e me tranco ali, praticamente certo de que vou acordar morto pela manhã."

"É um milagre você não ter quebrado o pescoço. O que você acha que fez o barulho que o deixou tão apavorado?"

"*Écoute-moi!* Eram os malditos bonecos!"

Theo analisou seu amigo, dando-se conta, pela primeira vez desde que eles se conheceram, de que ele não sabia praticamente nada dele, de onde ele viera, qual era sua história. Eles haviam criado uma amizade a partir de uma necessidade, e, apesar de terem passado muitas horas juntos, diariamente, durante semanas, trocando histórias e compartilhando a dor da perda de Kay, Theo não tinha certeza, até aquele momento, da sanidade de Egon. Talvez, ao cair do sótão, Egon houvesse aterrissado não de bunda, mas de cabeça. Muybridge sofrera um acidente em uma diligência quando ia para a Califórnia, em sua juventude, batera com a cabeça e nunca mais fora o mesmo. Matou um homem. Parou o tempo.

"Você é cético, não o culpo por isso", disse Egon. "Mas só posso contar o que ouvi, o que senti naquela loja de brinquedos, uma sensação esmagadora de estar em outro mundo. Estava tão apavorado que quase fugi naquela noite mesmo, mas todas as minhas coisas estavam no quarto lá em cima, quase ao alcance daquelas criaturas. Então sentei ali, à espera do amanhecer, lendo cada página desse caderno. Mas o que me deixou sem fôlego foi a última página. Vá em frente."

Em seu colo, o caderno emitiu uma súbita ameaça. O roteirista havia escrito as histórias nas páginas da direita, deixando as da esquerda em branco para mudanças, correções e desenhos, então Theo chegou ao fim sem notar. Havia apenas algumas poucas linhas de diálogos, com a palavra *Finis* em letras grandes. Mas, do outro lado desse floreio final, alguém havia virado o caderno de cabeça para baixo e traçado a lápis uma coluna de letras sob o título *Necromancia*. As duas primeiras anotações haviam sido riscadas com uma única linha, e o resto não era menos enigmático. *OC, MC, IC, NT...* Iniciais? No pé da lista, ele leu em voz alta: "*KH.*"

"Viu?", perguntou Egon. "Kay Harper."

Uma dor aguda se espalhou, como se um raio houvesse atingido seu cérebro. Lá estava ela. O homenzinho a sua frente tinha um olhar enlouquecido, que o desafiava a não acreditar.

"Acho que os bastardos a pegaram. Os bonecos."

A DANÇA DAS MARIONETES
Keith Donohue

15

la morreu uma segunda vez. O Quatre Mains pegou o boneco da redoma de vidro e o colocou sobre um toco de árvore, para supervisionar as metamorfoses. Primeiro eles depuseram a Rainha. O Irlandês enfiou uma estaca de madeira no peito dela e a prendeu a um mourão. Dois ajudantes — uma adolescente esguia e um garoto de cabelos louros e graves olhos azuis — moldaram um pedaço de tela metálica, em um feitio com o dobro do tamanho do tronco de uma pessoa. Depois eles começaram a aplicar sobre essa tela folhas de papel umedecidas em uma pasta grossa de cola. Enquanto trabalhavam na nova e gigantesca rainha, eles com frequência examinavam a boneca espetada como uma borboleta, para se assegurarem de que estavam criando uma cópia perfeita.

As demais marionetes passaram por processo semelhante. As Três Irmãs foram penduradas, por seus fios, no galho baixo de uma cerejeira silvestre, e Finch e Stern fabricaram réplicas delas em papel machê. Os restos de uma pequena barrica serviram de base para um novo sr. Firkin. Juntaram fitas e galhos para fazer uma Fada Boa grande. Todos os outros foram amarrados ou presos em posições fixas enquanto os titereiros trabalhavam nas novas versões, altas como seres humanos, com braços e pernas articulados. Ao entardecer, os humanos deram o dia por encerrado, dirigindo-se ao conforto da casa, trocando piadas, enquanto o tempo refrescava e os aromas de pão fresco e do ensopado no fogo enchiam o ar.

Espalhadas diante das portas do celeiro, as marionetes foram deixadas sozinhas, cada uma ao lado de sua réplica. Incapazes de se moverem e temendo serem ouvidas, elas falaram entre si em sussurros quase inaudíveis.

"Estão todos bem?", perguntou o sr. Firkin.

"Não gosto deste lugar", disse Noë. "É tudo muito grande e assustador."

"Sem falar nessa estaca infernal atravessada no meu coração", falou a Rainha. "Se eu tivesse um coração."

"Argh", disse Nix. "O que está acontecendo conosco?"

Balançando em um galho como uma feiticeira de Salem, Olya falou, num tom de quem já viu de tudo no mundo. "Estamos sendo transformados. Refeitos para combinar com os outros que estão aqui. Uma mudança vai lhe fazer bem, Nixie."

"Esses são nossos corpos", falou o Diabo. Ele lançou um olhar de cobiça às formas no chão. "Sendo preparados para nossas almas. Não é todo dia que se pode ver o próximo passo de sua jornada na vida."

Kay deu uma espiada no torso inacabado de papel machê, a pouco mais de um metro de onde ela estava, amarrada a uma cerca com um pedaço de arame. Uma onda de melancolia varreu as marionetes. Ela pensou em seus primeiros dias no Quarto dos Fundos, em Quebec, e na liberdade da qual eles desfrutavam durante as noites longas e escuras. "O que você quer dizer com nossas almas? Elas vão ocupar esses novos corpos?"

As juntas de madeira do Diabo estalaram na brisa. Ele estava mais hediondo que de costume, preso e atado como um animal selvagem prestes a ser abatido. "Meu palpite é que eles vão destruir o velho para criar o novo. Não é a primeira vez que me acontece. Há muito tempo, eu não passava de um totem de chifres e, ao longo das décadas, perdi a conta das vidas que tive. Uma a mais não fará diferença. O Original toma a decisão, o Quatre Mains cumpre a ordem. Afinal, não somos todos marionetes, dependentes dos caprichos do mestre?"

"Isso nunca vai ter fim?", falou Noë. "Vou enlouquecer."

No galho da cerejeira, Olya pigarreou. "Sempre há a possibilidade de um fim. Você esqueceu depressa nossos amigos, os Juízes. O fim é igual para todos nós. Um único final, e não é feliz." Ao lado dela, as outras irmãs mostraram um sorriso sarcástico à luz das estrelas.

"Agradeça pelo que você tem", disse o Diabo.

Nos quatro dias que se seguiram, os corpos foram tomando forma, camada por camada, nova pele, novos membros, mãos e pés, e, no final, colocaram as cabeças. O Irlandês e seus dois jovens ajudantes trabalharam mais tempo nos rostos, pintando os traços meticulosamente, as últimas pinceladas para os olhos. Algumas marionetes tinham mandíbulas articuladas, para dar a ilusão da fala, enquanto outros rostos estavam congelados em uma única expressão. Olya, Masha e Irina exibiam máscaras em três tons de melancolia. A face da Rainha era majestosa e arrogante. Nix recebeu um olhar quase insano, e a Bruxa Velha abandonou a aparência que havia assumido para Marmee, voltando a seu antigo rosto centenário. Da trupe de Quebec, apenas o Cão manteve sua forma original, um brinquedo que circulava pelo celeiro enquanto os outros estavam presos em seus lugares. E o Verme desaparecera. Murmúrios noturnos insinuavam que ele estava confinado nos antigos cercados para animais, no porão abandonado do celeiro. Estranhos mugidos emanavam das entranhas da construção, nos estábulos apertados que levavam a uma colina verde.

Na quarta noite, depois de terem terminado todos os novos corpos, os titereiros estavam em clima de festa. Eles fizeram uma fogueira em um círculo de pedras, as cascas dos troncos de bétula estalavam e chiavam, enchendo o ar com sua fumaça espessa. Garrafas de cerveja preta passaram de mão em mão, e o Irlandês regalou os demais com histórias e canções. Stern e Finch se revezaram para contar piadas longas e complicadas, que acabavam em trocadilhos infames e arrancavam risadas e aplausos pelo talento deles. Até a esguia garota da fazenda venceu a timidez e cantou uma música trágica, enquanto o menino louro ficava sentado, olhos arregalados, mergulhado na camaradagem do grupo. O céu estava lotado com um milhão de estrelas, as constelações marcando lentamente as horas de expectativa.

Subitamente, o Quatre Mains se levantou do tronco onde estava sentado e fez um sinal para que todos ficassem quietos. Ele mirou o boneco antigo, seu rosto brilhante com o reflexo das chamas, e anunciou que havia chegado a hora. A Deux Mains segurava um par de lanças longas e finas, com farpas afiadas junto à ponta. Com uma reverência, ela entregou uma das armas primitivas ao Quatre Mains e guardou a outra consigo. Mantendo-a na altura dos olhos, ele observou o gume afiado, tocando a ponta com o indicador, do qual brotou uma gota de sangue.

Caminhando sem hesitação, o Quatre Mains ficou de frente para a Rainha, presa ao mourão, e trespassou o corpo dela com a lança, logo abaixo das costelas. Um suspiro escapou pela boca da marionete, algo entre choque e prazer. Girando rapidamente o pulso no sentido horário, o Quatre Mains arrancou a lança, um coágulo vermelho preso nas farpas, e a marionete desabou, flácida e sem vida. Ele girou na direção da nova Rainha, uma giganta estatelada ao lado do celeiro, e perfurou o peito dela no mesmo lugar, virando a lança no sentido anti-horário. Quando ele removeu a ponta, o coágulo havia desaparecido dentro dela.

Revezando-se com a Deux Mains, eles repetiram o processo, perfurando as Três Irmãs, Nix e Noë, a Fada Boa, a Bruxa Velha e o Diabo, transportando a substância do velho para o novo corpo.

Kay foi a última. Ela havia testemunhado a sóbria reação dos humanos reunidos em torno do fogo e visto o terror nos olhos de seus companheiros. Eles estavam morrendo, sacrificados em algum estranho ritual, mas, mesmo naquelas terríveis circunstâncias, ela sabia que isso era impossível. Seus pensamentos voaram do massacre às lembranças de sua mãe, com um cachecol velho, jovem e cantarolando docemente ao voltar do galinheiro, um cesto de ovos mornos balançando contra seu quadril. E seu marido. De repente, o nome dele veio novamente à sua memória — Theo, Theo, Theo —, mas aquele estalo de reconhecimento foi apagado pela aproximação da lança. Ela deu uma última espiada no boneco antigo que adorava. O olhar do Quatre Mains, em lugar de maldade, expressava amor e generosidade, como se ele estivesse entregando a ela um presente, não tirando sua vida. Ele sorriu ao atingi-la, e, quando a lança girou no lugar onde uma vez esteve seu coração, ela emitiu um "oh", e tudo escureceu. Arfando, ela recobrou a consciência em seu novo corpo. O buraco em seu peito fechou-se como uma flor.

O Quatre Mains não era mais um gigante, mas um homem do tamanho dela, e, no início, Kay não soube ao certo se ela havia crescido ou se ele havia encolhido. Os outros também haviam mudado de tamanho, e ela teve a sensação de estar meio louca e de ter sonhado com eles. Para onde haviam ido os gigantes? A Deux Mains era uma mulher comum, não uma monstra. Stern e Finch, o Irlandês, a jovem e o garoto louro, todos pareciam bastante normais agora, pessoas pelas quais ela passaria sem olhar duas vezes. Do ponto onde estava, ela viu os titereiros soltarem as velhas marionetes sem vida de onde estavam presas, tirando a estaca da velha Rainha, soltando as Irmãs do galho da árvore. Durante a cerimônia, o boneco antigo havia sumido, seu trono no toco de árvore agora vazio.

Um a um, eles pegaram os corpos e os atiraram na fogueira. O velho Firkin foi o primeiro, fazendo barulho ao atingir as chamas, incendiando-se de imediato, o ar em sua barriga se expandindo até ele rebentar. Com a lança nas mãos, o Quatre Mains deixou a festa e foi até o celeiro, de onde voltou instantes depois com o corpo flácido do Verme, que ele atirou aos carvões. A Fada Boa pegou fogo como um feixe de gravetos. O Diabo ficou vermelho antes de ser devorado pelas chamas, finalmente em seu elemento. Eles eram coisas mortas, maquetes que queimaram sem gritar ou arfar. Kay ficou observando enquanto Finch desenrolava o arame que prendia seu velho corpo. Um olhar melancólico passou pelo rosto da titereira quando ela atirou a boneca na fogueira, o cabelo e as roupas pegando fogo primeiro, uma onda de renda vermelha nas bordas do tecido, depois as chamas subiram, ficando azuis, o corpo estalando na noite de outubro. Em pouco tempo, não havia nada além de cinzas e uma cabeça carbonizada, quase impossível de distinguir de um pedaço qualquer de madeira, de seus demais companheiros. Era estranho ver a si própria desaparecer daquele jeito, mais estranho ainda estar intacta e renovada.

O humor em torno da fogueira agonizante se tornou melancólico. O garoto não parava de bocejar, e a jovem recolhia as garrafas vazias. Os demais começaram a se esticar para desenferrujar os ossos. As novas marionetes eram tão grandes que tiveram de ser levadas uma a uma até o celeiro, e a Rainha exigiu tanto Finch quanto Stern para içá-la até seu lugar, em uma área que já havia sido um depósito de arreios. Depois de terem colocado todos os bonecos para dormir, os titereiros partiram, de volta para a casa, esgotados e satisfeitos com o trabalho daquela noite. Voltando-se para olhar a trupe, a Deux Mains parou à porta do celeiro.

"Boa noite, meus queridos", disse ela. "Bem-vindos ao seu novo lar."

As últimas luzes se apagaram na casa; os titereiros haviam se deitado. Exauridas pela provação, as marionetes se mexeram um pouco, sussurrando cuidadosamente entre elas, assegurando-se de que estavam todas lá. Do chão embaixo deles vinha uma respiração pesada, o som do novo Verme se preparando para dormir. O Cão, que não havia sofrido qualquer transformação, pulava pela sala como um brinquedo de corda, um bicho de estimação em miniatura que ia de um lado para outro, cheirando e ganindo, intrigado com as novas formas de seus velhos amigos. Em algum momento antes do amanhecer, o brinquedinho assentou aos pés da Bruxa Velha. Ele mexia as patas em seu sonho, como se sonhasse com uma caçada.

"Estão todos pelados", disse Egon. "Pelados como minhocas, os homens e as mulheres. Que espécie de voyeur era esse cara? Qual era o jogo dele?" Ele folheava *A Figura Humana em Movimento*, de Muybridge, apontando algumas das imagens para Theo. Nas poltronas do outro lado do corredor, um par de adolescentes olhava na direção deles sempre que Egon passava uma página. Eles vinham observando com um interesse lascivo desde que o trem cruzara a fronteira com o Canadá.

"Eles não estão pelados, estão nus", disse Theo. "Ele era um artista, estava interessado no corpo em movimento, na maneira como os músculos se moviam, no formato dos membros."

Egon não deu bola para a explicação e mostrou a Theo uma sequência de dois homens nus duelando com espadas. "Com os diabos! Alguém podia ficar seriamente ferido. Então ninguém se importou — que esse velho libertino pedisse a jovens homens e mulheres que ficassem como vieram ao mundo para que ele tirasse fotos deles jogando bola ou pulando carniça, nus em pelo, sem nem uma garota fazendo a dança dos sete véus?"

"Em nome da ciência, em nome da arte."

Os garotos cochicharam entre si e se inclinaram para olhar melhor. O trem balançava nos trilhos, embalando os passageiros em seu ritmo constante.

Em Montreal, Theo e Egon trocaram o trem pela estrada, pegando o ônibus para a Cidade de Quebec no finzinho da tarde. Por quase toda a semana, Egon o havia azucrinado para fazerem essa viagem, para que Theo visse com seus olhos o estranho sótão na loja de brinquedos abandonada, martelando incessantemente sua teoria sobre os bonecos. Não que ele estivesse convencido — Theo decidiu ir para calar a boca do amigo e para ficar de cara com a polícia, a fim de lembrar Thompson e Foucault de que ele ainda tinha esperanças.

Assim que o icônico hotel Frontenac surgiu, como um grande bolo de aniversário em cima da colina, Theo se deu conta de seu erro. Imagens de Kay inundaram sua mente. Dias felizes logo que eles chegaram, em junho, seu sorriso radiante, a cor de sua pele em contraste com o vestido. Mergulhando nas passagens sob as muralhas que cercavam a Vieux-Québec, ela havia agarrado seu braço com as duas mãos e olhado bem dentro de seus olhos. "Parece um conto de fadas." E a excitação fervilhava enquanto eles corriam com as malas para o apartamento alugado, rodopiavam na imensidão do local, pulavam de um aposento para o outro e escancaravam as persianas para deixar entrar a vista do rio Saint Lawrence, o ar fresco deixando-a sem fôlego. E depois direto para o quarto, mal parando para arrancar as roupas. "*Baise-moi*", ela disse, surpreendendo-o com sua lembrança do francês, e ele se sentiu estupidamente feliz, enlouquecido com a maravilha que era o corpo dela, a maneira como ela enganchou as pernas nas costas dele, *minha acrobata*. Desvairado com a ginástica que o deixou exausto e ofegante, ele pousou a cabeça na maciez de seu peito e sentiu o canhão do coração dela, pensando que poderia morrer naquele momento, não queria mais nada. Ele podia vê-la se movendo como uma sequência de Muybridge, uma série de imagens, a mulher enquanto se balança. Ela foi tomada por novo arrebatamento sexual mais tarde, naquela mesma noite, e logo que amanheceu, como se a novidade que aquela velha cidade representava houvesse liberado uma nova Kay, que abandonara todas as suas restrições, e ele estava perdidamente apaixonado.

"Vamos até a loja de brinquedos depois da meia-noite", disse Egon. "Primeiro deixamos as malas no hotel e fazemos uma boquinha. Estou faminto."

O som da voz de seu amigo rompeu o devaneio de Theo, que voltou a cair no buraco da dor. "Não deveríamos ter vindo. Não estou pronto para encarar isso."

"Anime-se. Cuidarei de você."

O homenzinho bateu em sua coxa, e o encanto se rompeu.

Barrigas cheias de comida suculenta e cerveja, Theo e Egon foram até a rua Saint-Paul em meio a uma forte neblina que se instaurara na Basse-Ville. As poucas pessoas que caminhavam àquela hora tardia tinham a aparência de sombras na névoa, e o som de seus sapatos era abafado pela umidade e pelo frio. Ao mirar a rua dos sonhos desfeitos, Theo estremeceu no ar de outubro. O silêncio o consumiu, e ele mergulhou no cenário, a mente em branco, quase sem se dar conta do amigo a seu lado ou das lojas e dos cafés fechados e às escuras pelos quais eles passavam. Egon o agarrou pelo pulso para que ele não passasse direto pela loja de brinquedos Quatre Mains, as letras desbotadas na placa rachada.

Theo colou o rosto na vitrine, opaca como uma tela de televisão. Nada a ser visto, nada além de memórias de quando Kay se deliciava com os brinquedos expostos. Uma mão fantasma tocou suas costas, vinda de um tempo em que ela precisava se apoiar nele enquanto se controlava para não pular para o outro lado do espelho.

"Por aqui", disse Egon, fazendo um sinal para que ele o seguisse. "Isso aqui é apenas a superfície."

Virando de lado, ele se esgueirou por um beco estreito, uma passagem apertada e claustrofóbica. Quando eles chegaram ao fim, Egon mexeu na bolsa de carteiro que carregava e tirou de lá uma pequena lanterna. Theo recorreu ao aplicativo do celular, que projetou um feixe de luz e ressaltou a entrada dos fundos, onde alguns pedaços de móveis quebrados se espalhavam pelo chão, como ossos. Alguém havia trancado a porta. Com uma gazua improvisada, Egon forçou a fechadura, e eles rapidamente entraram no aposento dos fundos. Bem no meio havia uma mesa, escura e maciça como um túmulo, e, ao longo das paredes, prateleiras e nichos estavam cobertos de poeira e entulho. Eles foram até a frente da loja e encontraram a escada; os degraus rangeram perturbadoramente sob o peso deles. A luz pálida dos lampiões de rua atravessava as janelas da frente, mas o alvo deles era a parte escura. Egon fez o sinal da cruz, como um ex-católico, em frente à porta. Uma réstia de luz brilhava sobre o umbral.

"Aqui vamos nós", falou ele. "Se aqueles bonecos aparecerem, abra caminho. Minhas pernas podem ser curtas, mas eu vou derrubar você como no boliche."

O quarto era exatamente como Theo imaginara quando Egon o descrevera. Uma cadeira caída, duas pernas no ar, e uma confusão de livros e caixas espalhados pelo chão atrás dela. Um travesseiro amarfanhado repousava sobre a cama desfeita, e na mesinha de cabeceira havia uma garrafa de uísque quase vazia. Nas paredes, pregados com tachas, estavam os postais vitorianos e de garotas *pin-up* de Egon. Um aroma de cebola frita pairava no ar. No teto, um retângulo se abria para o sótão.

"Lá em cima", sussurrou Egon, desligando a lanterna. "Mas eu tenho certeza de que o alçapão estava fechado quando saí. Quase arrancou meu polegar quando eu estava fugindo."

"Bem, está aberto agora, então talvez sua memória esteja enganada."

"Ou talvez eles o tenham aberto de novo..."

"Não diga absurdos."

"Apenas tome cuidado."

"O que você quer dizer com tome cuidado? Você não acha que eu vou me arrastar por lá sozinho, acha?"

"Sejamos práticos, *mon ami.* Em primeiro lugar, eu mal consegui alcançar o sótão em cima de uma pilha de livros e caixas sobre uma cadeira. Quando tudo desabou, eu quase morri."

A cadeira caída e o buraco no teto davam ao aposento um ar de cena de crime, um suicídio mal-ajambrado, sem a corda torcida, sem o corpo pendente de uma viga. Theo ficou à escuta, esperando algo lá de cima, um farfalhar no sótão, mas o quarto permanecia frio e silencioso. A seu lado, o homenzinho se balançava nos calcanhares.

"Certo, certo, ainda que eu desconfie de que isso é um tremendo engano." Theo endireitou a cadeira e ficou de pé no assento, mas descobriu que não era alto o suficiente para se içar pelo alçapão. Observando de baixo, Egon procurou o livro mais volumoso por ali e o entregou a ele. Depois de uma tentativa malsucedida, Theo finalmente se içou pela abertura e rolou para longe pelo chão imundo. A luz difusa não permitia ver nada além de formas e sombras, então ele gritou para que Egon jogasse a lanterna.

Ele havia temido encontrar monstros, mas estes ou haviam fugido, ou estavam escondidos. Aqui e ali, viam-se na poeira pequenas pegadas e marcas de mão, que ele achou que só podiam ser de Egon. O longo fio que pendia do teto roçou nele como uma teia de aranha, e, ao puxá-lo, a luz não revelou nenhum boneco, nenhuma girafa de pescoço quebrado, nenhum brinquedo.

"Não há nada aqui em cima", gritou Theo. "Apenas algumas caixas e livros velhos."

"Tem certeza? Deveria haver um exército de bonecos satânicos. Cabeças que podem falar. Bonecos capazes de agarrar você."

"Quer subir e olhar você mesmo? Toda essa viagem para nada."

"Eu juro que eles estavam aí. Alguém deve ter levado. Ou talvez eles fugiram. Ao menos dê uma olhada nas caixas."

A primeira caixa que ele abriu continha retalhos, microvestidos e casacos em miniatura, uma sacola cheia de chapéus engraçados e, no fundo, um arsenal de espadas de madeira, espingardas de ar comprimido e porretes de palhaço. Quando rasgou o lacre da segunda caixa e puxou a tampa, ele se assustou com o que viu — dezenas de mãozinhas minúsculas com dedos e polegares entalhados e articulados. Outra caixa estava cheia de olhos, bolas de vidro, resina e plástico pintado, todos olhando para ele, íris cintilando à luz da lâmpada nua. Uma caixa de perucas, outra de minúsculos adereços circenses, um aro de madeira, um chicote de domador, malabares e bolas.

"Só umas bugigangas empacotadas", disse ele. "Um monte de partes de corpos, mas nenhum corpo."

"Estou dizendo que eles estavam aí em cima. Não está vendo? Uma ou duas cabeças falantes?"

Theo pegou o celular e tirou algumas fotos do que havia no sótão. Ele queria acreditar na história de Egon e sentia-se desapontado tanto por si próprio como por seu amigo, mas parecia que tudo não havia passado de um pesadelo, um delírio resultante do excesso de bebida ou da falta de companhia. "A congregação se desmanchou. Ficaram tristes com a sua partida. Estou descendo."

No caminho para o alçapão, ele tropeçou quando seu pé acertou um objeto no chão e o chutou pelo aposento, separando-o em duas partes, que tomaram direções opostas. Theo ficou de cócoras para recuperá-los. Dois sapatos azul-piscina, de salto, um inteiro e outro quebrado. Kay tinha um par como aquele. Ele os segurou com as mãos em concha, como um dia fizera com os pés de Kay.

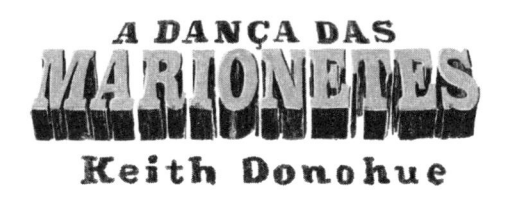

A DANÇA DAS MARIONETES
Keith Donohue

16

ma baguete pela metade, recheada com *jambon* e mozarela, repousava sobre a mesa de Foucault. Ele colocou os sapatos perto do sanduíche e limpou a boca com um guardanapo de papel. Theo e Egon se remexiam nas cadeiras em frente ao policial, ansiosos por começar, mas todos tinham de esperar a chegada de Thompson. O sapato com o salto quebrado estava apoiado no outro. À luz crua da delegacia, Theo se sentiu mais convencido de que o par pertencia a Kay. O policial os examinou com indiferença, como se fossem sapatos comuns e não uma pista sobre o desaparecimento dela. Ele parecia mais interessado em seu almoço interrompido.

"Vocês precisam perdoar meu colega", disse Thompson ao entrar na sala. "Se ele não se alimenta até um certo horário, fica rabugento e instável." Ele deu a volta na mesa para apertar as mãos dos visitantes. "Que história de sapatos é essa que ouvi?"

Eles contaram três versões da história. Na primeira, de maneira bastante inocente, eles voltaram à loja de brinquedos, lembrando-se de como Kay a adorava, e, vendo o local abandonado, tentaram a porta e esquadrinharam o interior, encontrando o par de sapatos abandonado. "Estou quase certo", disse Theo aos detetives, "de que esses são os sapatos que ela estava usando na noite em que desapareceu. Ela gostava de usá-los com o vestido amarelo."

"Mas por que sua esposa teria ido à loja de brinquedos depois da meia-noite?", perguntou Foucault.

"Ficava no caminho entre o circo e nosso apartamento. Não sei, talvez houvesse alguém atrás dela e ela precisasse de um lugar para se esconder. Talvez seja por isso que ela tenha quebrado um salto, por fugir de alguém."

"Uma cor bastante diferente", disse Thompson, pegando o pé com o salto quebrado. "Se estes são os dela... O tamanho confere, pode me dizer?"

"Não sei qual era o tamanho dela — estávamos casados há pouco tempo, então é difícil dizer."

Foucault terminara outro bocado de seu sanduíche. "Mas você não tem certeza. Poderia ser um par qualquer de sapatos perdidos."

A segunda versão revelou outro aspecto da história. Egon começou com uma confissão — a de que ele havia voltado sozinho e invadido a Quatre Mains bem depois de Theo deixar a cidade. E que ele havia encontrado a caixinha de fósforos com a mensagem de socorro. Theo desencavou o objeto de sua carteira e o entregou a Thompson.

"'Socorro'", leu o detetive em voz alta. "'Tirem-me daqui.' Esta é a letra da sua mulher, sr. Harper?"

"Difícil dizer. Normalmente, ela não escrevia em letra de forma; na verdade, acho que nunca a vi escrever em letra de forma."

Thompson passou a caixinha a Foucault, que examinou os dois lados dela com vago interesse. "Você já esteve nesse Les Déesses, em Montreal? Algum tipo de clube de cavalheiros, *monsieur*?"

"É claro que é a letra dela", falou Egon. "Assim como são os sapatos dela. Estou dizendo a você, ela estava na Quatre Mains."

O sargento jogou a caixinha de fósforos para junto dos sapatos. "Poderia ser uma pista. Ou apenas uma piada. Um pedaço aleatório de lixo em uma loja abandonada. Talvez este bilhete seja de uma *stripper* para um de seus clientes? *Les liaisons dangereuses.*"

Thompson fez valer sua autoridade. "Vamos analisar isso, claro. Mas, a não ser que você esteja seguro de que há uma conexão com sua esposa..."

"Estou dizendo que ela estava lá", insistiu Egon. "Aquele lugar é assombrado. Eu os ouvi. Eu os vi."

"Viu quem?", perguntou Foucault.

"Os bonecos. Aqueles que a pegaram."

"Ele não quis dizer isso", falou Theo. "É só excesso de imaginação."

A terceira versão era a história verdadeira. Egon contou tudo desde o início. Como ele se viu sem teto e acabou correndo para a loja, para fugir do frio por algumas noites. Como ele encontrou os brinquedos e marionetes quebrados no sótão. Como eles pareciam vivos e ameaçadores, e como ele foi a Nova York buscar Theo, para que este visse por si próprio. "Tão certo como estou sentado aqui, aquelas coisas estavam vivas. E elas têm algo a ver com o sumiço de Kay Harper. Havia um livro com roteiros no sótão, com todas aquelas peças esquisitas e outras coisas."

Egon desencavou a caderneta e abriu-a na última página, entregando-a a Thompson. "As iniciais dela anotadas no verso, claras como o dia. кн. Encontrem as marionetes, vocês encontrarão a garota."

Esforçando-se para não deixar escapar nenhuma palavra, Thompson escutava atentamente, os cotovelos sobre a mesa. Naquele instante, ele inclinou-se para trás na cadeira e voltou sua atenção para Theo, com uma expressão de piedade. "Marionetes?"

"Veja bem, eu não teria vindo aqui se não acreditasse, em algum grau, que há uma conexão em jogo. Era o lugar predileto dela em toda a Quebec. Talvez ela tenha se arriscado lá dentro e perdido os sapatos. Talvez os donos dessa Quatre Mains tenham algo a ver com isso, ou possam dar alguma explicação sobre o caderno, a caixinha de fósforos, os sapatos. Deus sabe que isso é mais do que vocês conseguiram encontrar durante todo esse tempo."

Em um tom forte e marcante, Foucault o repreendeu. "Viramos a Cidade Velha de cabeça para baixo. Passamos mais tempo nesse caso que em muitos outros, *monsieur*. Não que tenhamos desistido, mas marionetes..."

"Desculpem meu sargento", disse Thompson. "É claro que vamos examinar o assunto. Estou certo de que encontraremos alguma coisa sobre os proprietários da Quatre Mains. Rastreie-os, certo, Foucault? Mas tenho de dizer que o fato de *monsieur* Picard ter acampado ilegalmente no imóvel não ajuda muito."

"Perdoem-me", disse Foucault. "Não consigo acreditar que estamos falando de bonecos, mas não quero insinuar nada."

Enquanto escutava as desculpas condescendentes dos dois, Theo se deu conta de que havia ido longe demais. É claro que estavam sendo indulgentes com ele, e ele teria agido da mesma forma no lugar deles. Marionetes. Dizer isso em voz alta fez com que ele percebesse o quão absurda era a teoria de Egon. E o quanto ele estava louco em acreditar em tal conto de fadas.

"Entraremos em contato se surgir algo nas investigações", disse Thompson. "Enquanto isso, peço que vocês deixem o trabalho da polícia para a polícia. Em hipótese alguma vocês devem voltar à Quatre Mains. Ou a qualquer outro imóvel abandonado. Pode ser perigoso."

Na calçada em frente à delegacia, Egon curvou-se para se proteger do vento e acendeu um charuto. Os dois ali, de pé, sem trocar uma palavra, ambos pensando em como um caso tão sólido produzira resultados tão decepcionantes. Alguns flocos de neve perdidos dançaram no ar, e quando Thompson saiu correndo pela porta, já estava preparado para o frio. Ele sorriu ao vê-los e correu até eles.

"Estava torcendo para encontrá-los ainda por aqui", falou. "Queria conversar em particular. Meu sargento é cético por natureza."

Com um movimento rápido do pulso, Egon atirou o charuto na rua. "Então você acredita em nós?"

"Vamos dar uma volta", disse Thompson. Eles rodaram pelas ruas tortuosas da Cidade Velha, mais quietas em meados de outubro, livres dos turistas do verão. Os lampiões ostentavam enfeites de Halloween, fantasmas e bruxas em trajes coloniais lotavam as praças, lanternas de abóboras esculpidas pontilhavam as varandas das janelas do segundo andar das casas, onde antes havia cestos de flores, e, nas vitrines, silhuetas de morcegos e gatos pretos, além de alguns cartazes anunciando apresentações especiais dos *Fantômes*. Ele estacionou na esquina mais próxima da Quatre Mains, e os três andaram até a loja. O vidro chocalhou quando eles tentaram abrir a porta da frente.

"Trancada como o cinto de castidade de uma freira", disse Egon. "Vamos entrar pelos fundos, como eu contei."

Theo olhou para os dois lados na rua deserta. "Não deveríamos isolar a cena do crime? Colocar aquela fita que a polícia usa?"

"Até agora, o único crime é arrombamento e invasão. E eu não creio que você queira que eu o prenda por isso."

Em fila indiana, eles se esgueiraram pelo beco, até a porta dos fundos. Bastou girar a maçaneta que a porta se abriu. O ar viciado se impôs sobre eles, e o aposento abandonado parecia miserável e devastado sob a luz pálida daquela tarde.

"Aqui era a oficina", explicou Thompson, "onde eles faziam os bonecos e marionetes. E para onde você trazia seus tesouros para serem consertados."

"Você conhece este lugar?", perguntou Theo.

"Desde garoto. Em seu apogeu, a Quatre Mains era muito famosa, os melhores brinquedos de Quebec." Ele os conduziu através da cortina de contas que separava o aposento principal e parou, invocando suas lembranças. "Todas as crianças adoravam a Quatre Mains. Era possível encontrar aqui coisas que não existiam em nenhum outro lugar. Minha *maman* comprou aqui para mim um conjunto da Guarda Irlandesa, soldadinhos de lata, eu os vejo como se fosse ontem. Fabricados na Inglaterra. E meu irmãozinho implorava a meu pai para, nas manhãs de sábado, vir até a cidade e assistir ao espetáculo de marionetes que eles apresentavam na estação turística. A maior parte das vezes, Punch e Judy, mas de vez em quando havia algo especial. Mágico." Na poeira do balcão, ele escreveu o nome Nico com o dedo.

"O titereiro era chamado de Quatre Mains porque suas performances eram impossíveis, como se ele tivesse quatro mãos para manter tantas coisas em movimento. Ele e sua esposa. Somente os dois, fora de vista, e podia haver seis ou oito marionetes no palco ao mesmo tempo. Eu era fã, mas Nico era louco pelos bonecos."

Ele encontrou um conjunto de varetas e fios embolados e brincou com uma marionete invisível. "Ele amava o Halloween. Nessa época do ano, os titereiros montavam um espetáculo cheio de fantasmas e duendes, que faziam você acreditar naquilo. Mais tarde, já deitado na cama, Nico falava do show e jurava que algumas das marionetes eram de brinquedo, sim, mas que outras eram de verdade. Estavam vivas." Ele foi até a escada e parou no primeiro degrau. "Menino tolo."

O andar de cima parecia menos ameaçador ao lado de Thompson. Sem qualquer bravata, ele subiu na cadeira e se içou para o sótão. Theo foi atrás, deixando Egon no quarto.

"Você encontrou os sapatos aqui em cima? Lugar estranho para alguém largar os sapatos."

"Quase quebrei o pescoço ao tropeçar neles."

Debruçando-se na borda do alçapão, Thompson perguntou a Egon onde ele havia encontrado a caixinha de fósforos.

"Em meio a um monte de poeira na oficina. Mas, acredite, esse lugar aí em cima estava entupido de marionetes loucas e brinquedos quebrados com vida."

"Parece que eles fugiram da prisão." Thompson ficou de pé e lançou um olhar vago sobre as caixas abertas. "Pedirei a Foucault que faça um inventário de tudo. Nunca se sabe, pode aparecer algo. Diga-me, sr. Harper, acabou de traduzir aquele livro em que estava trabalhando? Quem era o sujeito de nome estranho?"

"Muybridge? Não, ainda tenho muito pela frente."

"É preciso persistir, sr. Harper, não desistir." Ele desceu do porão e segurou a cadeira para que Theo também o fizesse. Batendo a poeira do terno, Thompson deu uma rápida olhada pelo quarto. "Devia ser aqui que os titereiros viviam. Meu irmão teria adorado ver isso."

Egon colocou-se entre os dois homens. "A caderneta também estava lá em cima. Com todas as peças e roteiros. Aquela com as iniciais κη no fim."

"Vamos analisar isso também, *monsieur*. Pode significar algo, mas é comum vermos uma pista no que não passa de coincidência."

Eles desceram as escadas e voltaram para o aposento dos fundos. Na porta, Theo o puxou pelo braço. "Diga-me, inspetor Thompson, o que aconteceu com seu irmão que adorava as marionetes?"

"Nico? Engraçado, foi por causa dele que me tornei policial. Ele é a razão de o sumiço de sua esposa me atormentar. Meu irmão desapareceu quando tinha oito anos de idade. Nicholas."

"Você o encontrou?", perguntou Theo.

"Não", respondeu o detetive. Ele colocou a mão sobre o ombro de Theo, à guisa de conforto. "O que não significa que não encontraremos Kay."

Cada boneco precisava de uma pessoa para tomar vida. A mão já não adiantava mais. Nem mesmo com o Quatre Mains no comando das varetas, já que nenhum deles podia mais ser considerado uma marionete. Eles agora eram gigantes. Estavam atônitos com seu novo tamanho, como se o mundo todo houvesse mudado. O que um dia fora grande agora era pequeno, e o que fora pequeno não tinha mais importância.

A garota da fazenda ergueu Kay de seu canto no celeiro, para levá-la até o ônibus escolar que aguardava lá fora. Ela oscilava nos braços da jovem, instável como um mastro em uma tempestade. Com um grunhido, a garota a colocou na horizontal e subiu no ônibus com ela, juntando-a aos outros bonecos no fundo. Quase todos os bancos haviam sido retirados, tendo sido instalada uma fileira de leitos de lona, onde repousavam os bonecos gigantes. Kay se retraiu quando a Fada Boa foi colocada sobre ela, ainda que ela fosse leve como uma pluma. Já a Rainha teve de entrar pela saída de emergência, no fundo do ônibus. Seu corpo ocupava, no comprimento, quase a terça parte do veículo.

Eles perambularam pelo interior de Vermont, ao longo da artéria que serpenteava em direção ao sul, entre as Montanhas Verdes. O pouco que Kay podia ver da janela já era o bastante para que ela se sentisse em casa, a paisagem fazendo com que se lembrasse do lugar onde ela havia se apaixonado pelo mundo pela primeira vez. As árvores estavam peladas, restando apenas algumas folhas marrons extraviadas, e o ar fresco entrava pelas janelas abertas. Uma minivan seguia o ônibus e, atrás dela, uma picape, com Nix e Noë na caçamba. O comboio passou por vacas pastando nos prados e pessoas vendendo maçãs na beira da estrada, passou por colinas e vales, chegando, por fim, a uma cidadezinha toda preparada para o Halloween. Eles estacionaram junto a uma simples igreja congregacionalista, toda branca, com um cemitério anexo, as fileiras de lápides projetando longas sombras na luz do fim de tarde. Do outro lado da rua havia uma mansão em ruínas, decrépita e acinzentada, e, ao ser retirada do ônibus, Kay não pôde evitar pensar em morte e decomposição, tudo reunido na paz de um dia comum do fim de outubro.

Ele deve estar imaginando onde eu estou.

Alguns estudantes de uma universidade próxima à cidade haviam sido recrutados para ajudar no cortejo. Garotas com *dreadlocks*, sandálias e saias. Um garoto descalço, um par de jovens apóstolos com barbas idênticas. Reunidos em um semicírculo, eles ouviram um breve tutorial do Quatre Mains e depois decoraram seus papéis, como se mover e por onde andar. Eles escolheram suas marionetes prediletas, manuseando-as desajeitadamente enquanto buscavam o equilíbrio correto, experimentavam como fazê-las se moverem, batendo suas enormes mãos com um giro certeiro das varetas. À frente do cortejo, a Deux Mains assumiu o papel do gorducho sr. Firkin. O Quatre Mains ficou com o Diabo; as estudantes, com as Três Irmãs; um garoto para Nix, uma menina para Noë. O Irlandês estava por baixo da Bruxa Velha, a garota da fazenda era Kay, e um dos barbudos, a Fada Boa. O colosso que era a Rainha foi erguido por Stern e Finch, um de cada lado, e em frente eles marcharam, ao apito de Firkin, descendo uma ladeira suave até a rua principal da cidade.

Usando fantasias de Halloween, crianças de várias escolas do condado foram levadas até a festa de ônibus. Elas estavam sentadas no meio-fio, de olhos arregalados. Atrás delas, nas calçadas, estavam seus pais, alguns com bebês de colo, e seus professores também acompanhavam o cortejo, junto com lojistas e moradores da cidade, reunidos para a festa anual. Bruxinhas, fantasminhas, esqueletos e monstrinhos aplaudiram entusiasmados quando os bonecos surgiram, e a banda do colégio começou a tocar a tradicional "O Piquenique dos Ursinhos",* carregando nos metais e na percussão. Enfeitada de laranja e preto, a cidade inteira vibrava com alegria e surpresa. Todos os cães pelos quais eles passavam começavam a latir ou ganir, como se soubessem o que havia por trás daqueles rostos altos e plácidos. No cruzamento de duas das principais ruas, uma equipe de TV da emissora WCAX, de Burlington, entrou em ação, e quando Kay chegou mais perto ela pôde ouvir uma mulher loura com um suéter de morcegos narrar o cortejo, entusiasmada com a aparência da Fada Boa, sua voz subindo uma oitava com a majestade da Rainha.

Eles chegaram ao fim do desfile, no estacionamento da cidade, com todas as crianças correndo atrás. Braços e ombros doloridos da jornada, os universitários se livraram de suas marionetes, mas os titereiros permaneceram em seus personagens, o Diabo balbuciando estranhos feitiços, o sr. Firkin rodopiando como um pião, e a Bruxa Velha esticando

---

* Canção infantil, composta por John Walter Bratton em 1907.

seus braços longos e finos para envolver cada pimpolho em um terrível abraço. Caminhando com seu câmera, a repórter parou para entrevistar a Rainha.

"É o último show da temporada", explicou o Irlandês, vindo de trás da marionete. "Retomaremos em abril. Não podemos sujeitar esses camaradas de papel ao inverno."

Risinhos agudos soavam, e os pequenos corriam em círculos por toda a área. Kay foi andando de lado até um grupo de crianças entre 8 e 9 anos, a princípio desconfiadas, até que uma delas, estimulada pelos adultos, ousou se aproximar e tocar a barra de sua saia de papel. As outras, ao verem que não havia perigo, apinharam-se ao redor e posaram para fotos segurando a gigantesca mão da marionete. Uma menina de óculos sorriu para ela, mostrando na boca vários dentes faltando. "Ela é de verdade?", perguntou. Kay se inclinou para ouvi-la melhor. "Você está viva?" A garota da fazenda balançou a cabeça de Kay de um lado para o outro e escapuliu de fininho para outro grupo de crianças. A emoção de se exibir e a balbúrdia dos estranhos lhe proporcionaram um prazer há muito esquecido. Ela quase se sentiu humana de novo.

Ele deve estar procurando por mim.

A noite estava chegando, e os ônibus das áreas rurais mais distantes foram os primeiros a partir, depois os moradores da cidade com filhos pequenos foram para casa. O Irlandês, Stern e Finch voltaram a pé para os veículos, e os universitários se empilharam em um calhambeque para retornar ao campus, no alto da colina. Uns poucos curiosos ficaram com os titereiros, perguntando como aquelas criaturas eram feitas. A Deux Mains distribuiu folhetos sobre os espetáculos da próxima primavera, passada a estação da lama. Empilhadas como cadáveres em uma fossa comum, as marionetes haviam sido praticamente esquecidas, vestígios das comemorações do dia, mas de tanta importância quanto os enfeites de Halloween.

Na longa viagem de volta, Kay ficou observando o sol sumir e reaparecer enquanto se punha nas tortuosas montanhas, os galhos das árvores nos cumes partindo a luz vermelha em lascas de fogo, até que a noite finalmente chegou e as janelas do ônibus ficaram escuras, e um milhão de estrelas surgiram sobre as resguardadas estradas rurais. O velho motor bufava e gorgolejava na subida, e Finch ligou o rádio em uma estação de música clássica, enquanto a garota da fazenda e o menino louro dormiam, esticados em dois bancos compridos atrás do motorista. Com uma leve inclinação da cabeça, Kay podia se aproximar do ouvido da Fada Boa. Ela arriscou um sussurro:

"Foi bom estar entre as pessoas hoje".

"Mais baixo", disse a Fada Boa, o que Kay achou irônico, pois sua voz rouca havia ficado mais grave depois da mudança de corpo, e sua boca de madeira estalava a cada frase.

"Quantas crianças no desfile. Como eu sentia falta de ver crianças."

"Melhor sentir falta delas do que tê-las por perto. Crianças sempre me apavoram. Algumas são tão jovens e sabem tão pouca coisa que percebem de cara o que nós somos. Mais próximas da natureza, elas percebem nossa verdadeira natureza. Crianças e cachorros. Nem vou falar dos cachorros. Tente ficar perto deles quando se é feito de pedaços de pau."

"Ainda assim, foi como uma lembrança da outra vida."

"Você deveria é tentar esquecer essa outra vida."

Rangidos altos vindos dos bancos dos passageiros as alertaram para o movimento dos humanos. O ônibus havia entrado na estradinha lateral, escura e esburacada, que levava até a fazenda. Haviam deixado luzes acesas do lado de fora da casa, o que lhe dava um brilho alegre, como o rosto de um avô paciente. As rodas esmagaram o cascalho quando o ônibus parou, logo seguido pela van e a picape, que estacionaram próximas. O ar noturno era sensivelmente mais frio, e da chaminé vinha o cheiro da bétula queimando. Agora esgotados, os humanos levaram muito mais tempo para reverter o processo diurno, ou seja, descarregar as marionetes dos veículos, levando-as de volta para o celeiro. O rapazinho louro perguntou se eles poderiam fazer isso pela manhã, e o Quatre Mains lhe deu um tapinha de leve na nuca. "Nunca", afirmou. "Nunca deixe essas marionetes sozinhas e fora do celeiro depois que escurecer."

Mortificado, o garoto retomou imediatamente o trabalho, apressando-se em guardar os bonecos. Ele se assegurou de trancar a porta do celeiro depois de a última marionete estar em segurança lá dentro. Quando ele passou o ferrolho na tranca com um tremor, o som ecoou no silêncio, uma nota para encerrar o dia. Assobiando alguns acordes de uma melodia melancólica, o garoto tomou o caminho da casa, deixando um rastro de notas. As marionetes foram reunidas em três grupos, acomodados em um cocho e duas cocheiras, com a Rainha apoiada contra uma parede, como que à cabeceira de todos. Não havia mais espetáculos ou exibições previstos para a estação, e a perspectiva de um longo inverno ali dentro deixou o humor de todos sombrio, fazendo com que eles se voltassem para seus próprios pensamentos.

Ele viria me buscar, se ao menos soubesse onde procurar.

A DANÇA DAS MARIONETES
Keith Donohue

17

luz vermelha piscava como um semáforo. Se Egon não houvesse percebido e chamado sua atenção, Theo nunca teria reparado na secretária eletrônica. A maioria das pessoas o contatava pelo celular, e ele praticamente já havia se esquecido do telefone fixo que ficava perto do seu computador. Ele apertou o botão Play e recuou ao ouvir uma voz do passado.

"Theo, aqui é sua sogra. Dolores. Você está em casa? Vi Katharine na TV. Kay. Ou algo parecido com ela. Por favor, ligue quando ouvir essa mensagem."

Ele ouviu de novo. Ecos de um fantasma.

"Você vai ligar para ela?", perguntou Egon. "Ou eu faço isso?"

Suas malas estavam junto à porta de entrada, e Theo havia acabado de se desvencilhar de seu casaco, que deixou dobrado no encosto da cadeira de sua escrivaninha. Cansado da viagem, ele só queria tomar um longo banho e dormir a noite toda. Ele esfregou os olhos sonolentos. "Talvez amanhã de manhã. É tarde, e ela deve estar dormindo agora."

Egon jogou as mãos para o alto. "Você enlouqueceu? Fale com ela!"

"Você não entende. Ela não gosta de mim. Não é só uma coisa de genro e sogra. Acho que, no fundo, ela ainda suspeita de que eu tenha algo a ver com o sumiço de Kay."

"Ela disse que viu Kay na TV. Não importa o quão louca..."

"Ela não é louca", disse Theo, pegando o telefone.

Ele a imaginou do outro lado da linha, em sua cadeira de rodas, indo atender o telefone. Depois do acidente, seu marido havia instalado um aparelho em cada aposento, mas, àquela hora, ela devia estar na cama, assistindo a uma daquelas séries de suspense britânicas que ela adorava. Kay com frequência se queixava de que a mãe não largava o programa para atender o telefone. Tocou e tocou. Onde estaria ela àquela hora da noite?

"Alô." Apenas uma palavra, e as lembranças voltaram. Sua voz era uma síntese de pedra e espinho, um antiquado sotaque aristocrático, como se ela fosse a herdeira de uma união entre Cary Grant e Katharine Hepburn.

"Olá, Dolores. Recebi seu recado..."

"Theo, querido. Vi algo muito estranho. Na televisão. O noticiário das 18h, na noite passada. Eles estavam mostrando uma reportagem sobre um cortejo de Halloween, algo hoje considerado como tradicional. Crianças fantasiadas, alinhadas junto à calçada. Você sabe, essas efígies gigantes são carregadas pelo meio da rua. Certamente algo católico. Como se estivessem levando santos em uma procissão. E foi quando eu a vi. Kay. Ela era uma dessas..."

"Marionetes?"

"Sim, uma marionete, uma enorme marionete. A imagem passou muito rápido, mas eu a reconheceria em qualquer lugar. Idêntica a ela. Como eles poderiam saber qual a aparência dela sem nunca tê-la visto? Veja bem, era um rosto estilizado, mas eu podia ver que era ela por causa dos olhos. Como se eu estivesse olhando novamente para minha menina. Você deve achar que eu sou uma velha tola, mas eu tinha de falar com alguém. Onde você estava?"

"Você sente falta dela", disse Theo. "Eu também. Eu vejo o rosto dela por toda parte."

"Não, não, não é isso. O boneco foi feito para se parecer com ela. Você tem alguma novidade?"

Ele hesitou por um segundo, sem saber se contava a ela. "Nada sólido. Na verdade, acabo de voltar de Quebec. Estive com a polícia, mas eles não avançaram, apesar de haver uma nova pista. Você lembra se ela tinha um par de sapatos azul-piscina?"

"Sapatos? Ela tinha tantos sapatos. Acho que seria possível."

"Eles encontraram um par de sapatos, um deles com o salto quebrado. Acho que pode ser dela, o par que ela usava na noite em que desapareceu."

Do outro lado da linha, ela ficou alguns segundos em silêncio. Seu rosto devia estar contraído, no mesmo movimento que Kay fazia quando estava para chorar. Tal mãe, tal filha. Ele queria atravessar a linha telefônica e abraçá-la, queria contar toda a história sobre a loja Quatre Mains, mas ele não ousava alimentar as esperanças dela. Ou confundi-la com as teorias simplórias de Egon.

"Não quero nem imaginar como ela pode ter perdido os sapatos."

"Eles não estão certos que sejam dela, e eu não posso saber..."

"Posso lhe pedir um favor? Você poderia encontrá-los. O pessoal das marionetes. Talvez eles a tenham conhecido, usando-a como modelo para aquela boneca gigante. Uma semelhança sobrenatural, fiquei sem respirar. Era a estação de tv de Vermont. E o cortejo foi na cidade de Bennington. Ontem. O pessoal da televisão pode ajudar a encontrar quem é responsável pelos bonecos."

"Dolores, não sei..."

"Não por mim, Theo. Por Kay."

"Por Kay", ele repetiu, para depois se despedir, com a promessa de ligar de novo dentro em breve.

Como um boneco de mola, Egon pulou de trás do sofá assim que a conversa acabou. Ele havia ficado bisbilhotando e tinha uma expressão de ansiedade no rosto, uma aparência alarmante, já que Theo se esquecera por completo de que ele estava ali. "E então, *mon ami*?"

"A mãe dela estava vendo o noticiário local na tv na noite passada, e apareceu uma reportagem sobre um cortejo de Halloween com bonecos gigantes em uma cidadezinha em Vermont." Theo falava devagar, como se tentasse convencer a si mesmo da história. "E um deles era exatamente igual a Kay."

"Poderia ser ela", disse Egon.

"Mas não eram marionetes pequenas, eram grandes. Gigantes."

"E ainda assim ela jura que uma delas lembrava Kay? Grande ou pequena, você precisa seguir todas as pistas."

Theo ignorou a observação dele. "Dolores quer que eu tente encontrar os fabricantes dos bonecos. A teoria dela é que eles devem ter usado Kay como modelo. Não sei. Pode ser que ela tenha apenas imaginado a semelhança. Ela tem estado subconscientemente buscando Kay esse tempo todo, e qualquer semelhança, por menor que seja, pode provocar uma reação. Ela obviamente está projetando sua dor em uma situação inusitada. Eu mesmo fiz isso, milhares de vezes. Pensava 'lá está ela'."

"E você está pronto para não acreditar em absolutamente nada. Você pensa que é uma mera coincidência termos encontrado todas aquelas pistas em uma loja de marionetes? Talvez sua sogra esteja vendo coisas, talvez ela esteja, como você disse? Projetando. Mas, se parece uma marionete e age como uma marionete, então ela deve ser uma marionete. Prepare seu laptop. Vamos fazer uma busca."

O vídeo ainda não havia entrado no site da estação de Burlington, mas, depois de verem trechos e mais trechos de desfiles, eles esbarraram em um filme amador do cortejo de Halloween em Bennington. Noventa segundos de uma câmera trêmula, praticamente apenas crianças, o cinegrafista mais interessado na variedade das fantasias, até surgir um plano longo de todas as marionetes que foram à cidade. Um homem arredondado com bigode de morsa, um diabo, três irmãs em roupas vitorianas, um malabarista e uma garota com cabelos de palha, uma bruxa velha. E, por uns poucos segundos, lá estava ela, aquela que se parecia com Kay, já sumiu, depois uma criatura feita de varetas e galhos, e no fim do cortejo uma rainha, com o dobro do tamanho dos outros.

Theo repetiu o vídeo e congelou Kay por alguns segundos, um pouco fora de foco, excesso de luz, mas era inegável que havia uma forte semelhança. O rosto se voltou rapidamente na direção da câmera, traços inexpressivos e estáticos, mas quem a fez havia capturado seu rosto em forma de coração, a curva de seu nariz, a boca larga de lábios carnudos, a cor e a textura de seus cabelos, e, como ressaltara sua mãe, uma certa vivacidade em seus olhos. Eles assistiram várias vezes, na esperança de uma outra visão, um ângulo diferente, talvez mais fechado, que pudesse confirmar a identidade, mas nada disso aconteceu. Apenas um vislumbre fugaz em diferentes resoluções, uns poucos quadros para congelar na tela.

"É ela?", perguntou Egon.

Theo ficou olhando para a tela. Quase seis meses haviam se passado. Tocando o vidro com os dedos, ele traçou o formato do rosto de papel. Ele queria que fosse ela. Ele queria uma maneira de encontrá-la.

Em algumas noites, todo o celeiro parecia desperto. As vozes no meio da noite vinham suaves e altas, súbitas ou em longos e prolongados sussurros. Vozes de outros pisos e câmaras, lugares aonde ninguém ousava ir. Quase sempre, não passavam de sons inarticulados, mas às vezes, uma palavra ou frase se extraviava e era conduzida pelo ar. Um homem gritava "rádio" a intervalos irregulares. Uma mulher de mais idade falara claramente: "não ligo para aipo". Passos faziam uma tábua ranger de vez em quando, e certa vez a lânguida melodia de uma valsa se sobrepôs ao som de muitas pessoas dançando em um sótão distante.

Eles não estavam sós.

A Rainha havia ordenado que eles não chegassem perto dos outros aposentos, para não se arriscarem a encontrar alguém que não fosse da trupe original. No início, os ruídos aleatórios perturbaram Kay e as outras marionetes. Eles estavam habituados a ser os únicos a circularem

no meio da noite, fosse na loja de brinquedos em Quebec ou no pequeno teatro em Montreal, onde qualquer som inesperado era um sinal de
que os humanos estavam por perto e eles precisavam retornar a seus
lugares e fingir serem inanimados. Mas, no celeiro, as vozes sugeriam
que outros de sua espécie rondavam pelos corredores e demais aposentos, como estranhos em um cemitério. Só que, nesse caso, as marionetes
do Quatre Mains eram os recém-chegados, os verdadeiros intrusos. Os
outros estavam ali há muito mais tempo, anos, talvez décadas. Eles se
comprimiam nas cocheiras, todos juntos, temerosos com o que poderia
estar lá fora. No Halloween, três noites depois de eles serem trancados
para a estação, todo o lugar soou com risos, às vezes alegres e estriden-
tes, mas, às vezes, com um toque de loucura.

Noë foi se aproximando de Kay, colou seu corpo ao dela e buscou o
consolo de sua mão. Falhas na palha que cobria sua cabeça revelavam
que ela andara arrancando os cabelos, e círculos escuros, que pareciam
traçados a carvão, marcavam sua pele de papel sob os olhos. "Não gosto
deste lugar."

"Você só não se acostumou ainda", disse Kay. "Barulhos estranhos."

No canto, o sr. Firkin se balançava para frente e para trás, a fim de
conseguir o impulso necessário para se levantar. Ele estava mais gordo
que antes, seu torso redondo como um barril, e precisou de três tentativas para se pôr de pé. Animado com o súbito movimento, o pequeno
cachorro de brinquedo pulou de onde estava, aos pés da Bruxa Velha, e
latiu alegremente, o que fez as cabeças se voltarem para as fileiras dos
bonecos adormecidos. Depois de bambolear pelo aposento, o sr. Firkin
se largou em frente às duas, mãos no que supostamente seriam seus quadris. Seu enorme bigode se eriçou como um porco-espinho enquanto
ele mastigava as palavras antes de pronunciá-las.

"O medo do desconhecido é o maior dos medos, e a imaginação
com frequência acha que qualquer garoa é uma tempestade. Não há
nada a temer nesses rangidos e estalos. Afinal, são nossos semelhantes
a nossa volta. Atores e artistas como nós. Estou surpreso com a atitude
de vocês, meninas, fugindo da própria sombra, encolhendo-se à vista
de meros reflexos."

Noë apertou a mão de Kay. "O celeiro é grande. Quem sabe o que há
nos outros aposentos?"

"Devemos investigar? Para aplacar seus temores? Se vocês se sentem relutantes, posso oferecer como voluntários Nix ou o Diabo. Todos têm medo
do Diabo, e estou certo de que eles vão preferir manter distância dele."

Ao ouvir seu nome, o Diabo apareceu para entrar na conversa. Como uma mocinha coquete, ele piscou suas pestanas de longos cílios e fingiu uma inocência que destoava dele. "Alguém citou meu nome?"

"Sim, isso mesmo", disse o sr. Firkin. "Para ser sincero, tenho uma missão importante para você. Já é hora de termos uma noção melhor dos arredores, bem como de nos apresentarmos a nossos vizinhos. Se você for bravo o bastante, pode sondar para nós? Descobrir o que, ou quem, está nos outros andares e câmaras, para depois nos informar? Você pode levar Nix se estiver preocupado com sua segurança."

"Sem problemas", disse o Diabo. "Desde que chegamos aqui, estou curioso sobre essas pobres almas. E irei sozinho. Não preciso de palhaços." De seu lugar, em um antigo bebedouro de animais, Nix gritou: "Ei, não gostei desse comentário sobre mim!".

Um pequeno espelho convexo pendia de uma viga junto à porta, e o Diabo tratou de dar uma ajeitada no visual. Os outros bonecos ficaram circulando em torno, discutindo, em voz baixa, a ideia de mandá-lo investigar os aposentos proibidos. Formaram-se dois campos: os que ousavam e os que se preocupavam. No fim, todos decidiram acatar a decisão da Rainha, que até então estava em silêncio, satisfeita em observar e escutar de cima. Por questão de cortesia, o Diabo se colocou diante dela, curvando-se servilmente, para depois se erguer com um sorriso largo que dividiu seu novo rosto ao meio.

"Faça nossas apresentações aos outros", disse a Rainha. "Preste homenagem, em nosso nome, ao Original, se você o encontrar. Banque o diplomata, com sorrisos e palavras amáveis. Mas investigue o máximo possível. Expresse nossa esperança e desejo de fazer parte da comunidade sob este teto, mas assegure-se de descobrir quaisquer segredos que eles possam esconder. Seja um bom espião e embaixador. Contamos com você."

"O Diabo sabe como adular", disse ele, afastando-se em direção à escuridão do corredor.

As marionetes ficaram à escuta, em um silêncio nervoso, depois que ele se foi. A Fada Boa pensou ter ouvido o som de seus pés cascudos acima deles. Irina afirmou ter ouvido ele caminhar no andar de baixo, mas eles logo se deram conta de que os ruídos vinham do Verme, que se retorcia no espaço apertado do porão. Entediado, Nix apanhou três bolas e passou a exercitar seus malabarismos, e as conversas reprimidas deram lugar a um falatório generalizado.

"Por que será que ele está demorando tanto?", perguntou Kay.

"*Querrida*, não precisa se preocupar", disse Olya. "Ele já é crescido, perfeitamente capaz de tomar conta de si próprio em qualquer circunstância..."

Um grito ensurdecedor ecoou à distância. Um grito quase humano, como o uivo de um coelho preso em uma armadilha. Um segundo som gutural perpassou os corredores. Toda a conversa cessou, e as marionetes trocaram olhares preocupados, sem que ninguém dissesse uma palavra sequer. Seguiu-se uma súbita agitação, sons de algo batendo e tombando que vinham do sótão, mas estes rapidamente cessaram, e o silêncio voltou, um vazio cheio de pavor e malignidade indizíveis.

"Coitadinho", murmurou a Fada Boa.

Eles aguardaram até o amanhecer, a luz que entraria pelas rachaduras e frestas das paredes do celeiro, o sinal para que eles retornassem a seus lugares. A luz diminuiu ao longo da manhã, e começou a chover, choveu sem parar até de tarde, uma chuva fria que espalhava melancolia nas cocheiras e umidade ao longo das paredes de madeira, um aperitivo do inverno. Nenhum humano entrou no celeiro, e o único som, além do tamborilar constante da chuva, era o gemido ininterrupto do Verme no porão lúgubre. Um dia interminável, com nada a fazer além de esperar e pensar.

À meia-noite, o sr. Firkin acendeu uma pequena lâmpada e anunciou o início da anistia. Alguns esperavam o retorno iminente do Diabo, mais uma vez livre das restrições lunares. Outros avaliavam o significado da comoção da noite anterior.

"Você acha que o pegaram?", perguntou Noë, e Kay fez um sinal para que ela se calasse.

A Bruxa Velha dava nós em um lenço. "Ele já deveria ter voltado a essa altura. O que pode estar retendo ele?" O cãozinho se enroscou a seus pés e choramingou com o tom melancólico da pergunta.

"Devo ir procurá-lo?", perguntou, por fim, Nix, mas os demais o repreenderam imediatamente.

"Vocês acham que o Original está com os outros?" A Bruxa Velha estremeceu. "Que pensamento horrível. Quem sabe o que ele pode decidir fazer?"

"Vamos manter a esperança por mais um pouco", disse a Rainha. "Não faz sentido organizar uma equipe de busca."

"Nem ver todos desaparecerem, um a um", disse Masha. Ela havia expressado o impensável, o que provocou um sentimento de tristeza em todos, que perdurou por toda a noite. Pouco antes do amanhecer, das entranhas do celeiro, emergiu um grito estranho, respondido com uma série de gargalhadas. As marionetes viram nisso um sinal de que o Diabo não voltaria.

"Ele se foi", disse o sr. Firkin ao apagar a luz. "Mas temos de continuar seguindo o protocolo. Aos seus lugares, por favor."

A tempestade chegara ao fim. As últimas gotas de chuva pingavam do beiral, uma música semelhante a um réquiem. A Rainha suspirou e levantou-se do trono. Com um assobio, a Bruxa Velha chamou o cãozinho, que pulou em seus braços e logo adormeceu. No cocho, as Três Irmãs deitaram seus corpos, e o palhaço guardou suas bolas e pôs-se a amarrar as varetinhas soltas dos pés e mãos da Fada Boa.

Desobedecendo ao toque de recolher, Noë se dirigiu a Kay: "Você acha que eles o mataram? Que ele foi desfeito?".

"Shh. Não sabemos o que aconteceu com o Diabo. Nem sabemos o que está lá fora."

Noë arrancou uma palha de sua cabeça, que ficou torcendo entre os dedos. "Você acha que eles virão atrás de nós? Eles vão nos matar também."

"Ninguém está morto. Ninguém foi assassinado. Ninguém sabe."

Do seu canto, o sr. Firkin chiou: "Quietas. Nem uma palavra depois do amanhecer. Nem uma palavra".

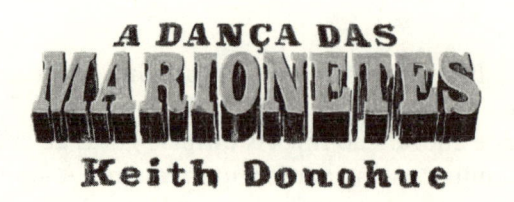

A DANÇA DAS MARIONETES
Keith Donohue

18

inguém entrou, ninguém saiu. Durante o dia, o celeiro era calmo e silencioso. Camundongos corriam ao longo das paredes, e, nos caibros, um pombo, relutante em fazer a migração do outono, arrulhava, à espera de uma resposta que nunca viria. Do nascer ao pôr do sol, as velhas tábuas palpitavam e gemiam, à medida que frio e calor se alternavam na briga pela madeira. As pessoas haviam ido embora, ou talvez estivessem fechadas na casa, era impossível saber, mas os sons familiares de motores e rodas de carro no cascalho haviam praticamente cessado. As noites eram ainda mais silenciosas; o latido de uma raposa, a tossidela de um veado, deixavam as almas sobressaltadas. E depois da meia-noite, quando normalmente eles seriam os donos do lugar, as marionetes estavam apavoradas demais para se mexer.

O desaparecimento do Diabo os levou a questionarem sua fé. Não no Quatre Mains — há muito tempo eles sabiam que não podiam confiar nele, devido a sua capacidade aparentemente aleatória de despachar qualquer um deles para o limbo. Mas agora eles temiam os outros, os desconhecidos que estavam escondidos logo ali ao lado do exíguo aposento no qual eles estavam confinados. Alguns aceitavam as instalações apertadas com uma paciência estoica. "Faça o melhor com o que você tem, este é o meu lema", falou o sr. Firkin mais de uma vez. Outros não conseguiam suportar a claustrofobia. Noë já havia arrancado quase toda a palha dos seus cabelos. As irmãs tinham um aspecto terrível, embrulhando-se como paxás no cocho que lhes servia de leito. Masha cobrira seus olhos com uma luva e se queixava de enxaqueca. Olya gastou a serragem do chão andando em círculos, desesperada por uma xícara de chá. Irina não falava, apenas suspirava.

Kay não gostava de seu novo corpo. Ela se sentia como Alice com 3 m de altura, grande demais para caber em uma sala tão pequena depois de tomar o líquido da garrafinha que dizia BEBA-ME. "Do que você gostaria mais", lembrou-se ela da versão do livro para crianças pequenas.* "Ser uma Alice pequenininha, do tamanho de um gatinho, ou ser uma Alice enorme de grande, batendo com a cabeça no teto?" Kay havia sido pequena como um gatinho, e, consideradas as circunstâncias, se lhe fosse dado escolher, era o tamanho que ela preferia. Ela estava agora mais alta do que quando vivia no mundo real. Ela estava mais alta que seu marido.

O que ele pensaria se de repente a visse no celeiro? Tão mudada que estava irreconhecível. Ele passaria direto por ela, como se não a conhecesse. Como se um dia ele nunca a houvesse conhecido. Havia tanta coisa que ela não havia lhe dito, aspectos de sua personalidade mantidos em segredo nos meses de namoro, mesmo depois que eles foram morar juntos, até depois do casamento. Ela sempre pensara que haveria tempo para a história completa. E ele também, escondido por seu passado, um desconhecido de muitas maneiras, a vida que ele tinha longe dela, como professor, ele era um homem generoso e paciente, e ela podia imaginar um bando de alunas se apaixonando por ele todos os semestres. A sedução francesa. Um homem de palavras. Muybridge, ela subitamente recordou. Barba branca, animais em movimento. Ela podia imaginar seu marido curvado sobre as páginas, fazendo Muybridge se mover de uma linguagem para outra. À mesa, as mangas da camisa enroladas até o cotovelo, e o cenho franzido pela concentração, o que algumas vezes a assustava. Theo.

"O que você disse?", perguntou a Fada Boa.

Ela teria enrubescido se houvesse sangue correndo sob sua pele. "Theo", ela acabou respondendo. "O nome dele era Theo. Acabei de me lembrar, mais uma vez. Às vezes minha memória sobre como as coisas eram vai e volta."

Com um estalo de ossos de madeira, a Fada Boa sentou-se ao lado dela e passou o braço por seus ombros, um fastio em seu movimento. Uma vareta enganchou na gola de Kay.

---

* *The Nursery Alice*, adaptação feita pelo próprio Lewis Carroll, publicada em 1890.

"É melhor esquecer tudo sobre ele", disse a Fada Boa, desenroscando-se dela.

"Eu não penso muito sobre ele, apenas fico imaginando se ele sente a minha falta. Se ele tem curiosidade em saber o que aconteceu, ou se já me esqueceu."

A Fada Boa esfregou suas costas em amplos círculos, os dedos ásperos aliviando uma coceira que não existia antes. "Eu era assim que nem você. Quando entrei nesse mundo, achei estranho demais. Imagine minha surpresa em me ver transformada nesse espantalho, nesse feixe de varetas, quando antes eu era alguém como você e todos os outros. Durante muito tempo, ansiava por voltar a ser quem eu era, rever meus familiares — céus, como eu sentia falta deles. Mas eu fiz as pazes com esta vida, segui os conselhos do sr. Firkin e da Rainha e simplesmente coloquei o passado onde ele pertencia. Não há passado, apenas o agora. É muito mais empolgante pensar no que está por vir."

"Bem, e o que está por vir?", perguntou Kay. "Ficaremos aqui por muito tempo? Ouvi a Deux Mains dizer para as pessoas naquela cidade que os próximos espetáculos serão na primavera. Isso significa que ficaremos trancados aqui por todo o inverno?"

"Você vai aprender", disse a Fada Boa. "Não se deve medir os dias como antes, não como algo que tem de ser suportado, e sim como uma oportunidade para descansar. E deve-se saborear os momentos pelo que eles lhe permitem fazer."

Por trás delas começou um tamborilar no chão, de início devagar e baixinho, depois aumentando em velocidade e volume. Noë batia os pés e resmungava, o acesso de raiva se intensificando, até que ela jogou os braços para cima, berrando e uivando. "O inverno inteiro, o inverno inteiro. Eu não aguento nem mais um minuto!" Aos gritos, ela atravessou o aposento correndo, acelerando em direção à porta do celeiro. As marionetes, espantadas demais para reagir de imediato, ficaram ali de pé, aturdidas, e os berros de Noë ricocheteavam pelas paredes, uma saraivada de pragas enquanto ela lutava com a tranca.

Nix e o sr. Firkin foram os primeiros a se mexerem, com os outros indo logo atrás, até o cachorrinho latindo enlouquecidamente devido à comoção. Kay e a Fada Boa ficaram na retaguarda, à frente apenas da Rainha, que parecia deslizar, suas vestes ondulando como a cauda de um vestido de noiva. Eles encontraram Noë rangendo os dentes e uivando descontrolada por causa da tranca inflexível. Assim que os viu, ela começou a bater o crânio contra a madeira. "Vou enlouquecer se não sair!"

Esticando o braço por cima das cabeças de todos, a Rainha agarrou Noë pela nuca, fazendo com que esta se calasse. Ela a ergueu como uma simples boneca de pano, cerrando-a estreitamente em seus braços. Noë soluçava contra o colo da Rainha. Trêmula, Noë tentou se acalmar, mas as tentativas apenas exacerbavam suas emoções. Os outros observavam, imaginando se a Rainha iria esmagar aquele corpo de arame e papel ou reconfortá-lo.

"Calma, calma, criança", disse a Rainha. "Não podemos fazer nada disso. Você sabe. Você sabe que é impossível sair por sua própria conta."

"Eu quero ir para casa", disse Noë.

A Rainha acariciou seu rosto e passou os dedos pelos tocos de palha eriçados de sua careca. Todos ficaram esperando que o soluçar amainasse, testemunhas relutantes do desespero dela.

"Eu quero... eu quero..." E Noë perdeu novamente o controle, enterrando-se ainda mais na vastidão ondulada da Rainha.

Kay não conseguia suportar ficar vendo o sofrimento de sua amiga. Ela se afastou do grupo, apoiou-se contra a parede e espiou por uma fresta entre duas tábuas. Mais um dia se aproximava. Em meio ao amarelo e lavanda, claro e escuro, ela podia ver a geada que forrava a grama. À luz irregular das estrelas sob a lua que se punha, o chão cintilava e dançava. Theo teria ficado hipnotizado. Envolvendo-a em seus braços, ele teria ficado por trás dela, abraçando-a até a noite terminar. Ela também ficaria louca se nunca mais o visse.

A bordo de um navio no Atlântico, Muybridge olhou para trás, para os Estados Unidos, pelo que seria a última vez. Voltando para casa afinal, para a Inglaterra, de uma vez por todas. Ele estava com 64 anos, mas sentia-se com a ambição de um jovem. Dirigindo-se ao Oriente, Hélios, o deus-sol, voltando para o nascente. Um ano antes, seu zoopraxiscópio* havia exibido imagens em movimento na Feira Mundial, em Chicago. Ele havia se encontrado com Thomas Edison e Étienne-Jules Marey, trabalhado na Filadélfia com o pintor Thomas Eakins. Ele havia viajado pelo país, ido e voltado da Europa, onde deu palestras para multidões entusiasmadas, fascinadas por suas imagens em movimento. Haviam sido lançadas as bases para suas duas obras-primas, *Locomoção Animal* e *A Figura Humana em Movimento*, mas, em

* Aparelho criado por Muybridge em 1879 para exibir suas fotos.

meio ao oceano cinzento e bravio, ele só conseguia pensar na sua esposa e no amante dela, Harry Larkyns, e na bala que atingira o coração deste. E em tudo que sua vida poderia ter sido.

"Somente a fotografia foi capaz de dividir a vida humana em uma série de momentos, cada um deles com o valor de uma existência completa", escreveu Muybridge. Cada momento parte de uma série, ainda assim, de alguma forma, separado e completo, o movimento não passando de ilusão, uma maneira de marcar o tempo. Ele podia ver sua esposa virando a cabeça, a percepção do que estava para acontecer claramente visível em seu rosto, a percepção, naquela fração de segundo, de tudo o que havia acontecido e do que estava por vir. Os olhos daquela safada mostravam um arrependimento permanente. Tudo no espaço de tempo entre o sorriso e a pressão no gatilho.

O porto de Nova York se afastava no horizonte. Muybridge cofiou sua enorme barba branca e cuspiu no oceano. Ele havia parado o tempo, certo, mas este não podia ser desenrolado, revertido, repassado. Havia somente uma direção: para frente.

Theo acrescentou a última página ao manuscrito e pousou a caneta. Terminado, exceto pela revisão final. Logo que Kay desapareceu, ele havia culpado aquele homem do circo, o velho e maltrapilho mestre de cerimônias, e Theo teria atirado nele se tivesse uma arma. Mas agora ele não tinha tanta certeza. Agora ele estava convencido de que ela havia entrado na loja de marionetes Quatre Mains naquela noite e desaparecido dali.

Ela já havia desaparecido antes.

Eles estavam saindo há uns três ou quatro meses e haviam marcado um encontro no Zoológico do Central Park em uma tarde de domingo. Ela queria ver os pinguins. Ele queria vê-la. Queria tanto que chegou uma hora mais cedo e se acomodou em um dos bancos que davam para a piscina circular onde os leões-marinhos brincavam nas pedras, o horário de alimentação atraindo crianças e famílias como num passe de mágica. Theo observava as pessoas indo e vindo, especulando indolentemente sobre seu futuro com Kay, na possibilidade de um dia levarem seus filhos ao zoo, ao parque. E naquele momento, no banco, ele decidiu que, em breve, pediria Kay em casamento.

Quando ela não apareceu no horário combinado, ele voltou seu olhar para a cerca de ferro que separava o zoológico da rua, e lá estava ela. Inicialmente, ver Kay entre a multidão de turistas era uma boa surpresa. Mas havia algo errado. À distância, ele podia ver apenas os gestos dela. Ela gesticulava com um homem que chegou mais perto, o rosto vermelho de cólera. Eles estavam brigando, era fácil ver, e, sentindo-se inseguro, ele ficou congelado no banco, olhando a cena, com desânimo. Quando Kay tentou se afastar, o homem a agarrou pelo braço, sem deixá-la partir. Theo deu um pulo e correu até a cerca. Ele reconheceu o homem da festa no terraço perto do Flatiron. O ex-namorado dela.

"Tire suas mãos dela!", gritou Theo, seu rosto pressionado contra as barras, e, assim que ela o ouviu, seus olhos se arregalaram, alarmados, e o homem teve o reflexo de largá-la, e ela girou sobre seus calcanhares e se dirigiu à Quinta Avenida, correndo o mais rápido que podia em meio ao aglomerado de pessoas na calçada. Ao hesitar por um instante, Theo perdeu a chance de alcançá-la, e, quando finalmente encontrou a saída do zoológico, não conseguiu vê-la em lugar algum. Ele subiu a avenida em um passo apressado, buscando-a enquanto caminhava para ver se ela havia retornado ao parque para encontrá-lo, mas não a encontrou.

Ela não atendia o celular. Ela não atendia o porteiro eletrônico quando ele tocava no apartamento dela, e ele ficou sentado na entrada do prédio até o anoitecer, na esperança de encontrá-la. Nessas longas horas, tudo o que ele podia ver era a imagem da corrida louca dela pelas ruas de Nova York, e sua imaginação disparou em conjecturas sobre o homem na calçada e o porquê de ela ter fugido em vez de simplesmente conversar com Theo. Tudo o que ele sabia sobre ela parecia escapar, todos os sonhos pareciam se congelar. À meia-noite, ele desistiu e foi para casa.

Um dia inteiro se passou antes que ela reaparecesse, na manhã de terça-feira, pelo olho mágico de sua porta. Com uma caixa de croissants e dois cafés, ela tinha um ar de arrependimento. A preocupação que o havia corroído deu lugar a um arroubo de alívio. Ele a abraçou efusivamente e a fez entrar.

"O que aconteceu com você no domingo? Onde você estava? Estava morto de preocupação."

Puxando-o para junto de si, ela o beijou, tremendo em seus braços até que ele a beijasse de volta.

"O que está havendo, Kay? Qual é o problema?"

Soltando-se de seus braços, ela se colocou atrás de uma poltrona, segurando o encosto por proteção. "Não posso dizer. Se eu contar, você não vai querer mais nada comigo."

Theo passou a considerar aquele momento como uma encruzilhada na relação deles, mas, na ocasião, sua resposta foi espontânea e explícita. "Não há nada que você possa dizer que vá me fazer querer terminar. Tem algo a ver com o homem com quem você estava discutindo? É seu namorado?"

Ela teve um risinho nervoso, ao dar-se conta do que passava pela cabeça dele. "Barry? Não da maneira como você está pensando. Não há nada mais entre nós, sério. Nada romântico, se é disso que você tem medo, se é isso que você quer dizer."

"Mas você estava gritando, e ele não soltava você."

"Você vai me odiar."

"Fale alguma coisa."

"Ele é um erro, uma péssima influência", disse ela. "Não, não é isso. Ele é alguém que tem acesso à drogas. Era por causa disso que estávamos discutindo. Foi por isso que eu fugi de você."

A confissão dela o deixou atônito.

"Eu precisava de anfetamina. Tenho emendado um teste de elenco no outro e estou me sentindo fraca e exausta. Quando vi você ali... você chegou cedo, você não deveria estar lá àquela hora. Não queria que você soubesse, então saí correndo."

"Você ainda toma isso? Você ainda vê aquele cara?"

"Céus, não", falou ela. "Só uma ajudinha para enfrentar uma fase turbulenta. Eu não o via há séculos, mas sabia que ele podia me arranjar algo. Eu parei. Vou parar."

"Exceto pelo domingo."

"Uma vez", disse ela. "Ele disse que estava interessado, entende, mas eu não estou. Era por isso que estávamos discutindo. Eu estava tentando pôr um ponto final. Desatar os nós."

Aquele momento se mostrou um ponto crucial entre a dúvida e a confiança. Ele cancelou as aulas daquele dia, e eles passaram a manhã toda conversando, removendo camadas do passado. Logo conseguiram se reconectar um com o outro, apaziguados por aquele momento. Não era pelas drogas, já que ele mesmo havia experimentado, em sua própria juventude tola. Era o sumiço dela, o fato de ela não ter confiado nele, de ter, em vez disso, fugido dele. O fato de Kay não ter se dado conta de que ele ficaria tão apavorado. "Não quero viver sem você", ele lhe disse aquela noite na cama, e ela o abraçou com força e afirmou que não o deixaria. E aqui estava ele, vivendo apesar da ausência dela.

Diga-me onde você está, e eu vou buscá-la.

O computador soou ao ser ligado, e Egon, no sofá, resmungou no sono. Passava das 2h. Cuidadosamente, para não acordá-lo, Theo colocou os fones de ouvido e clicou no vídeo armazenado. Ele viu o cortejo mais uma vez. O vídeo começava no meio da parada, um segundo de tremedeira enquanto a câmera procurava seu objetivo. A luz oscilava, escuro demais, claro demais, depois uma exposição equilibrada.

Vozes sem corpo vinham da multidão, crianças soltando exclamações de surpresa a cada marionete que aparecia. "Vejam aquela", disse claramente alguma criança quando Kay surgiu, e ele congelou a imagem. Ela estava linda de marionete, o semblante sereno, quase em paz. Ela parecia um exagero *art nouveau*; era ela, mas não era ela. Os escultores haviam captado o formato de coração de seu rosto, enquadrado por uma cabeleira estilizada. E o arco do seu maxilar pronunciado sob a suave pele de papel, a arcada superior um pouco à frente, o que destacava seu sorriso, a delicadeza de suas orelhas pequenas, o conjunto de seus olhos sob as sobrancelhas arqueadas. Com um clique no mouse, ele colocou o vídeo para rodar de novo, e ela se foi tão rapidamente como havia aparecido, e aí as crianças gritaram de prazer quando surgiu a enorme rainha, seus manipuladores lutando para mantê-la ereta e firme, e então ela preencheu toda a tela antes de tudo ficar subitamente preto. O último instante era quase assustador naquele close extremo, como se a gravação se tornasse, de repente, intensa demais para quem filmava, como se a cena engolisse a câmera. Ele sussurrou para a tela: "Por que você foi embora?".

Madrugada adentro, ele digitou suas correções de Muybridge, um ouvido no ronco de seu amigo Egon e um ouvido sintonizado com a música da tradução. Ainda que o editor certamente fosse ter mais dúvidas e correções, Theo estava atordoado por estar praticamente acabado, o trabalho tendo ocupado uma boa parte de sua vida. Ao amanhecer, ele preparou um bule de café e lutou com a transcrição de sua própria letra, algumas páginas levando-o de volta a Quebec, de volta àquela aflição. A manhã clareou. Havia apenas uma direção: adiante.

"Terminei", disse ele a Egon assim que este acordou. "Vamos encontrar essas marionetes."

LIVRO 3

A DANÇA DAS MARIONETES

Keith Donohue

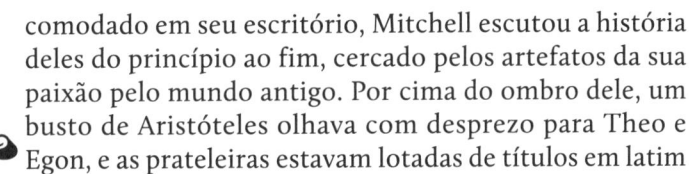

19

Acomodado em seu escritório, Mitchell escutou a história deles do princípio ao fim, cercado pelos artefatos da sua paixão pelo mundo antigo. Por cima do ombro dele, um busto de Aristóteles olhava com desprezo para Theo e Egon, e as prateleiras estavam lotadas de títulos em latim e grego. Ele parecia aberto e crédulo, assentindo com a cabeça em determinados pontos, como se reconhecesse elementos que espelhavam seu vasto conhecimento de mitologia. Quando Theo e Egon terminaram, ele se recostou na cadeira e brincou com uma lasca de cerâmica adornada com uma fieira de tímidas donzelas unidas em uma dança ritual.

"O que eu sei sobre marionetes? Gostaria de dizer que elas foram inventadas pelos gregos, mas elas são mais antigas que eles, em milhares de anos. Os egípcios enterravam bonecos de cerâmica junto aos cadáveres mumificados em seus túmulos. Bastava puxar os cordões, e aquelas marionetes eram capazes de amassar pão. Até os mortos sentem fome na vida após a morte. Na Índia, há milhares de anos, foi fabricado um macaco de terracota que podia subir por um poste, e há menção a marionetes no Mahabharata e no Kama Sutra."

"Kama Sutra, nem fale", murmurou Egon para si próprio. "Isso eu gostaria de ver."

"Marionetes de sombra da China antiga, os *bunraku* do Japão, os *wayang* de Java, em uso até hoje. Os aborígenes da América tinham seus bonecos totêmicos cujos braços e pernas se moviam, e Cortez, que havia trazido seus próprios titereiros, encontrou tais figuras entre os astecas. Eles estão conosco há milênios, em todo o mundo. Um impulso arcaico."

Theo pigarreou. "Havia um desses bonecos aborígenes primitivos na vitrine da Quatre Mains. Nativo. Inuíte, talvez? Kay se apaixonou por ele."

"O boneco e a marionete são, na verdade, uma expressão de nosso desejo de criar e controlar a vida", prosseguiu Mitchell. "Fazemos um homenzinho..."

Egon se retorceu na cadeira e fechou a cara.

"Mil perdões", disse Mitchell. "Figurativamente, hã, em todos os sentidos, um simulacro. Um homúnculo, uma máquina humana. Como nós, mas não como nós. Um dublê, um ator que pode ser colocado em movimento, que pode imitar a fala e sofrer ignomínias, ou levar-nos à transcendência. Pode-se ver a mesma coisa em ícones e ídolos. Essas efígies que você me mostrou no computador."

Na borda da cadeira, Egon interveio. "Bonecos gigantes. De tamanho real. E extremamente realistas."

Deixando de lado o caco de cerâmica, Mitchell se inclinou sobre a mesa. "Pequeno ou grande, na ponta de um dedo ou erguido por uma dúzia de homens, a ideia é a mesma. O que disse Horácio? 'O homem não passa de uma marionete presa por um fio'?

"Sabem, quando eu tinha oito anos, fui levado a um espetáculo do tipo Punch e Judy, e durante todo o tempo em que Punch brigava com Judy, o crocodilo se esgueirava por trás dele, e o homem erguia o porrete para bater na mulher e acertava o crocodilo quando tomava impulso. Totalmente sem querer. Todas as vezes. Nós, garotos, gargalhávamos e gritávamos 'Cuidado, cuidado', mas Punch nunca se dava ao trabalho de olhar para trás. As mandíbulas se escancaravam, uma bocarra cheia de dentes afiados, e pá!, lá ia ele. Depois de algumas pancadas, o crocodilo ficou esperto e se esgueirou até o outro lado. Por trás de Judy."

"E o que aconteceu?", quis saber Theo.

"Ele a comeu. Na primeira tentativa."

Egon riu. "Há uma lição aí."

"E aí Punch começa a deliberadamente bater no crocodilo com o porrete, e todas as crianças urraram. A lição aí depende do seu ponto de vista. Tudo dá certo para o sr. Punch, mas não se pode dizer o mesmo de Judy e do crocodilo. Lembro-me como se fosse ontem."

"Então você vai nos ajudar?", perguntou Theo.

"Tive pesadelos com aquele crocodilo durante meses. Uma mordida, e ela se foi."

Batendo com o punho na mesa, Egon falou: "Basta dos seus gregos e crocodilos. Seu carro, cara. Viemos pedir seu carro emprestado".

"Para caçar marionetes?"

"Ou, pelo menos, os titereiros", disse Theo. "Para ver se conseguimos descobrir o que aconteceu com minha esposa."

"E você acha que ela é uma marionete? Que ela passou por uma metamorfose?"

"Isso mesmo", disse Egon.

Theo o desmentiu na mesma hora. "Bem, não exatamente. Apenas precisamos de um carro. Para ir a Vermont por alguns dias. Ver minha sogra e descobrir o que for possível sobre essa marionete que se parece com minha esposa."

"Por que vocês não disseram logo? Claro que empresto o carro", disse Mitchell. "Com uma condição. Quero ajudar. Vocês vão deixar que eu dirija."

"Nossas malas estão prontas", disse Egon. "Sabíamos que você toparia."

"Uma expedição", falou Mitchell. "Rapazes, eu iria até o Hades por uma boa aventura."

Eles optaram pela estrada com paisagem, margeando o rio Hudson, embrulhado na melancolia do início de uma tarde de novembro. Mitchell dirigia sua velha perua Ford vagarosa e cuidadosamente, entretendo seus passageiros cativos com lendas da mitologia. No banco de trás, Egon se intrometia, mostrando a polícia estadual no acostamento muito antes de os outros perceberem. Eles entraram em Vermont sem nem se dar conta, devido à distração do tempo e da paisagem. As montanhas se erguiam, de forma dramática, na estrada que levava a Bennington. Usando o mapa de seu smartphone, Theo mostrava a direção a tomar, e eles chegaram à parte norte da cidade, na chácara de sua sogra, ao escurecer.

Depois de tudo o que acontecera, ele não estava preparado para ver Dolores de novo. Agora que eles haviam voltado a se falar, ele percebera um tom de perdão e esperança pelo telefone, especialmente depois de ela ter compartilhado a notícia do cortejo de Halloween. Ainda assim, ele não sabia ao certo o que ela poderia falar ou fazer pessoalmente. Muito menos como ela reagiria a seus dois amigos a tiracolo.

Mitchell e Egon subiram pela rampa, enquanto Theo foi pela escada. À espera deles na porta da frente estava a sra. Mackintosh. Ele havia se esquecido da vizinha escocesa que costumava tomar conta de Dolores e ajudá-la com as tarefas do dia a dia. Fazendo um sinal com o indicador, ela pediu que eles ficassem em silêncio ao entrar na casa.

"A pobrezinha estava nervosíssima", disse ela. "Agora, ela está exausta, por causa de toda a excitação desde que você ligou e disse que estava vindo. Eu a coloquei na cama para uma sonequinha, e ela vai desabar ao ver você depois de tanto tempo."

Os viajantes se acomodaram na sala da frente, e a sra. Mackintosh foi até a cozinha preparar o chá. A casa guardava lembranças de Kay em lugares inesperados. Dezenas de quadrinhos com fotos na parede marcando a infância de Kay, além de algumas imagens mais recentes. O pai havia sido o fotógrafo da família, e ele era obviamente louco por ela. Filha única. Mas os objetos vinham com um poder, que era o de recordar o mundo de onde ela viera. A sensação da maçaneta em sua porta, as cúpulas dos abajures nas mesinhas laterais, o pote de vidro lapidado com balinhas na mesa de centro. O assado no forno o lembrou das noites de domingo. Sobre a lareira, um enorme relógio tiquetaqueava, um exemplar antigo com retratos ovais pintados de Washington e Lincoln, que teria pertencido ao filho deste último, Robert, em Hildene.* O ruído de unhas no piso de madeira anunciou o surgimento de um enorme animal vindo dos fundos. O velho *coonhound* malhado chamado Sal, uma derradeira conexão com o pai de Kay, reconheceu Theo imediatamente, com uma simples mirada de seus tristes olhos castanhos. Seu rabo não parava de balançar enquanto ele ia para Theo, enterrando a cabeça no colo dele, e, quando este o acariciou, o cão sentiu o cheiro dele e deitou no chão, de barriga para cima, pedindo carinho.

"Levanta daí", ralhou a sra. Mackintosh com o cão. Ela colocou na mesa o bule de chá e as xícaras, além de uma travessa com bolinhos, e os homens atacaram, afastando o nariz curioso do cão.

"Quero que você saiba, Theo, que sinto muito por sua perda. A senhorita Kay era uma jovem admirável, muito amada, e sentiremos muito a falta dela."

Theo ergueu seus olhos do cão. "Ela está desaparecida, mas não morreu."

O sorriso murchou nos lábios dela. "Dolores diz a mesma coisa. Ela vem falando daquelas marionetes desde que as viu na televisão, mas temo que isso não vá dar em nada. Você não deve alimentar as esperanças dela."

Mitchell e Egon comiam e se mantinham em silêncio.

"Pode ser uma tentativa absurda", disse Theo "mas queremos encontrar as pessoas que fizeram essa marionete que se parece com Kay. Você tem de admitir que há uma semelhança. Tenho razões para acreditar que eles podem me dizer algo."

---

* Propriedade da família de Abraham Lincoln na cidade de Manchester, estado de Vermont.

"É, mas a estrada é longa e não tem volta", retrucou a sra. Mackintosh, usando um velho ditado escocês.

"Inescrutável como sempre, querida." Dolores havia entrado na sala, silenciosamente, em sua cadeira de rodas. O cão se afastou de Theo e correu para ela. Com aparência mais velha agora, e parecendo aflita, ela estendeu os braços para Theo, e, ao abraçá-la, ele teve de se conter para não chorar. Ela era um fantasma. Ele havia apagado de sua mente o quanto Kay se parecia com ela, uma semelhança que o feriu, reabrindo a ferida em seu coração.

Eles depuseram Noë em um canto, embrulhada em uma velha e mofada manta de cavalo, e, nas três noites que se seguiram, sempre havia alguém ao lado dela, segurando sua mão e falando que tudo ficaria bem. Ela puxava a pele de papel de sua cabeça, arrancando pedaços, o que levou Firkin e Nix a prenderem as mãos dela em luvas sem dedos, feitas de um cordão grosso. Os momentos mais difíceis eram logo depois da meia-noite, quando todos despertavam, grogues de sono, e imediatamente antes do amanhecer, quando todos tinham de voltar para seus lugares e, consequentemente, abandoná-la. Noë gritava ao acordar e xingava antes de dormir, sempre a mesma lamúria, para que a deixassem ir para casa, e, no início, eles a lembravam de que isso era impossível, como ela poderia sobreviver, uma marionete exposta ao vento e à chuva, sem falar no gelo e na neve que logo chegariam. Essas previsões amargas do inverno, porém, apenas pioravam as coisas.

Na quarta noite, foi a vez de Kay tomar conta de Noë. Ela cantou para a amiga canções que sua mãe costumava cantar, cantigas de ninar e de roda, e a música parecia acalmar aquela mente atormentada. Elas se aconchegavam no canto do estábulo, protegidas do frio noturno. "Você é a única que se importa", disse Noë. "A única que me entende. Há alguma coisa dentro da minha cabeça. Por favor, solte minhas mãos."

"Você sabe que eu não posso fazer isso", disse Kay. "A Rainha mandaria cortar minha cabeça."

"Você precisa me soltar. Não dê atenção à Rainha."

"Mas o sr. Firkin descobriria."

"Você está me gozando. Ele não passa de um panaca."

"Não posso, Noë, sério, gostaria de ajudá-la."

Ela deixou escapar um longo silvo. "Escute, então, e diga-me se você consegue ouvir também. Quem sabe ouvindo os barulhos dentro da minha cabeça você muda de ideia." Abrindo bem sua boca, Noë colou seus lábios no ouvido de Kay e se manteve parada. Tudo que Kay podia ouvir era a respiração da amiga, e ela balançou a cabeça. Noë, então, resolveu colar sua orelha contra a de Kay, e elas ficaram de rosto colado por algum tempo, até começar um zumbido, fraco e distante. Uma corrente elétrica cujo volume subia e descia, como um ventilador oscilante.

Assustada, Kay mirou a amiga. "Realmente há alguma coisa na sua cabeça, além de pensamentos e ideias."

"E eu não posso fazer nada estando desse jeito." Noë ergueu suas mãos inúteis, presas nas luvas improvisadas. "Meu cérebro vai explodir. Vou enlouquecer."

"Não posso soltar você."

"Então faça um buraco na minha cabeça", disse Noë. "Não precisa ser grande. Um furinho, o bastante para aliviar a pressão, senão eu vou arrebentar."

A ideia de perfurar a cabeça de sua amiga deixava Kay mortificada, mas ela podia ver a agonia e a necessidade nos olhos de Noë. Assegurando-se de que os outros estavam ocupados, ela procurou um objeto pontiagudo. Quando se pôs de quatro, Kay ainda teve de afastar o cãozinho, que achou que ela estava a fim de brincar. No chão, ela encontrou, em um canto, um velho prego de ferradura, um pouco enferrujado, mas afiado o suficiente. Ela o espetou em seu polegar, surpresa pelo fato de praticamente não sentir dor, e, voltando para junto de Noë, conferiu mais uma vez o ruído, colando seu ouvido ao da amiga. "Não quero machucar você."

"Você não vai me machucar. Apenas um pequeno corte, em um lugar onde ninguém veja." Noë se virou e curvou a cabeça, exibindo a base de seu crânio.

O prego perfurou facilmente o papel lustroso, mas Noë deu um pinote naquele instante, o que resultou em um pequeno corte vertical. Kay ficou boquiaberta ao ver o que havia feito.

Uma gota de um líquido cor de âmbar se formou na parte de baixo do corte, escorrendo em um longo fio e pingando no colo de Kay. Noë gemeu de alívio, e o zumbido aumentou, e do corte surgiu uma abelhinha preta e laranja, que parou na borda da pele de papel, cheirando o ar e testando suas asas antes de sair voando. Logo surgiu uma segunda abelha, também saindo da cabeça de Noë, e, de repente, apareceram dezenas de abelhas irritadas, zumbindo cada vez mais alto. Nix foi o primeiro a perceber o enxame. Deixando cair um aro, o palhaço deu o grito de alerta, e os estábulos rapidamente foram tomados por gritos e braços que se sacudiam, enquanto as abelhas brotavam, girando tumultuadamente em torno das cabeças das marionetes, pousando e levantando voo novamente. O sr. Firkin circulou pelo aposento, pedindo ordem. As Irmãs gritavam, assustadas, e a Bruxa Velha aninhou o Cão em seu peito, pois ele latia para os insetos, desesperado para morder e engolir aqueles brinquedos estranhos.

O mel escorria livremente e fazia uma poça no chão, atrás de Noë, que havia desabado sobre seus joelhos e jogado a cabeça para trás, e algumas das abelhas dispararam até o local para recuperar o alimento derramado. Assim que sua cabeça se esvaziou, Noë desmaiou, e umas poucas abelhas subiram em seu corpo, zumbindo raivosamente enquanto procuravam uma maneira de voltar para dentro. Apertando o prego em sua mão, Kay se ajoelhou junto à amiga, imaginando se a havia matado. Quando ela tentou afastar os insetos, sentiu uma abelha pousar em sua mão e enterrar o ferrão na pele entre o polegar e o indicador. Ela ficou olhando fascinada quando a abelha levantou voo, a arma arrancada de seu abdômen, hesitou no ar e mergulhou para a morte. Estavam todas morrendo ao seu redor. Aquelas que não sacrificaram seus ferrões caíam na engenhosa armadilha do sr. Firkin. Ele havia colhido o mel do chão e colocado em um saco de aniagem, atraindo-as até lá, fechando-o com uma corda depois que a maior parte da colmeia havia entrado. As poucas abelhas que conseguiram escapar desses dois destinos acabaram por encontrar uma maneira de sair do local e partiram rumo ao desconhecido.

Enquanto as abelhas eram reunidas e afastadas, a Fada Boa ocupou-se de Noë. Ela limpou-a o melhor que pôde do mel grudento e, pegando o prego de Kay e um pedaço de barbante, costurou as bordas irregulares da ferida de papel. Noë ficou o tempo todo em silêncio, seu rosto inexpressivo como o de uma boneca. Kay ficou assistindo a operação, dividida entre a culpa e a esperança, e, quando a ordem foi finalmente restabelecida, eles a retiveram para uma explicação. As marionetes se posicionaram em duas fileiras ao longo dos estábulos, e a Rainha andava de um lado para o outro entre as tropas, fervendo de raiva.

"E de quem foi essa ideia brilhante? Infestar tudo com esse enxame?"

"Minha, Vossa Alteza", adiantou-se Kay. "Mas eu não pensei que fossem abelhas...—"

"Você não pensa. Você ouve um som dentro de uma cabeça e aí abre um buraco? O que diabos fez você pensar que isso era permitido?"

Noë finalmente se pronunciou. "Fui eu que pedi, Vossa Majestade. Eu estava enlouquecendo e precisava de algum alívio."

"E você achou que abrir um buraco no cérebro ajudaria? Você não pensou no fato de que abrir sua cabeça significaria soltar tudo o que havia lá dentro?"

Kay analisou a pergunta, considerando-a muito injusta. "Ela tinha abelhas dentro do crânio."

"E o que lhe dá o direito de deixar que elas saiam para atacar todos nós? Você nunca ouviu falar em guardar seus pensamentos para si própria? Se não fosse pela esperteza do sr. Firkin, aquelas coisinhas detestáveis poderiam ter voado para dentro do meu nariz, ou entrado no seu ouvido, e aí o que seria de nós? Loucos como chapeleiros. Loucos como lebres de março. Loucos como a sua amiga aqui, mocinha."

"Sinto muito, mas eu só estava tentando ajudar."

Noë deu um passo à frente para se defender. "Eu me sinto muito melhor agora, de verdade. Acabou a confusão na minha cabeça."

"Você por acaso pensou", perguntou a Rainha, "que essas abelhas não eram a causa dos seus problemas, mas um sintoma deles? Acho que não. Ninguém mais vai abrir buracos na cabeça de quem quer que seja, entendeu? E nada mais de vocês duas, conspiradoras, ficarem juntas."

A mágoa estampada em seu rosto, Noë não conseguia nem olhar para Kay. A Rainha parou à frente de Noë e, com um gesto, mandou que ela se curvasse. "Você não vai mais se queixar de abelhas em seu cérebro. Eu ordeno que você deixe de lado essa loucura absurda e o desejo de fuga. Você é uma marionete do Quatre Mains, e já passou da hora de se comportar como uma."

Suas vestes se agitando no ar, a Rainha se virou rapidamente para Kay. "E quanto a você, aprenda seu lugar e agradeça por ele. Ou eu vou esmagar você até que você aprenda. Quero que você vá para aquele canto e fique lá até que eu a libere. E você ficará encarregada de se assegurar que nenhuma abelha chegue perto de nossa pessoa... nem uma só, entendeu? E ainda terá de limpar os cadáveres. Bem, o que está esperando?"

Kay sentiu-se como uma colegial, sentada sozinha em um canto, mas estava feliz por ter tentado ajudar Noë, que já parecia melhor, uma agradável inércia em seus movimentos. Quanto à pequena tirana que governava o mundo deles, era preciso obedecer à Rainha, mas a lealdade é melhor quando conquistada, não coagida. Kay esperaria o momento propício. Ela encontraria uma maneira de mostrar que copas derrotam Rainha.

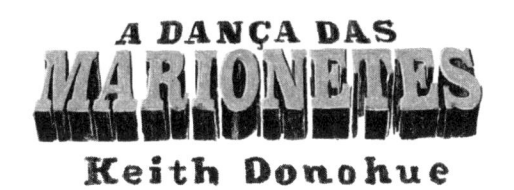

A DANÇA DAS MARIONETES

Keith Donohue

20

les se reuniram em frente à televisão, como uma família. Theo, Egon e Mitchell no sofá, a sra. Mackintosh acomodada em um divã e Dolores em sua cadeira de rodas, o cão cochilando aos seus pés. Não havia sobrado nada da carne assada, nem da torta de maçã, e da noite restavam as horas impacientes entre o jantar e a cama. Com muita persistência, Dolores havia obtido uma cópia do vídeo da estação de TV em Burlington, e eles agora estavam prontos para ver outra versão do desfile de Halloween.

A maior diferença entre as duas gravações estava na qualidade e na resolução das imagens. O vídeo havia sido montado como uma história, não como um simples enfileirado de cenas passando pela tela. No entanto, mostrava menos os bonecos que o vídeo amador. Mais momentos de crianças e pais assistindo à parada, e dez segundos de fofura com uma menininha contando à repórter de qual marionete ela havia gostado mais. "A de varetas", ela disse. Kay havia aparecido duas vezes, ambas muito rapidamente — durante o desfile e depois dele, no estacionamento.

"É surpreendente que você tenha conseguido vê-la", disse Theo.

"Ela é mais perspicaz do que você imagina", falou a sra. Mackintosh.

"Quietos, vocês dois", interrompeu Dolores. "Eu os perturbei para que mandassem também o bruto."

Mitchell se inclinou à frente. "Bruto?"

"As imagens de apoio que eles fazem para inserir no vídeo principal. Apenas assistam."

O câmera havia começado com uma panorâmica das ruas enfeitadas da cidadezinha, as crianças reunidas na calçada, sentadas no meio-fio, à espera do espetáculo. Daí a imagem pulava para o desfile em si, três minutos inteiros, com bons enquadramentos de cada uma das marionetes, do gorducho homem-barrica, que liderava o desfile, até a gigantesca rainha no final. Kay aparecia em um ângulo diferente daquele do vídeo caseiro. A imagem era clara e nítida, e a câmera a enquadrou por mais tempo, enquanto a pessoa que a conduzia oscilava com ela. No momento em que as lentes se aproximaram mais do rosto da marionete, Dolores congelou o vídeo.

"É ela. Eu reconheceria minha própria filha em qualquer lugar."

A sra. Mackintosh girou no divã e olhou para os três homens. "Quase desmaiei quando a vi. Quem a fez certamente conheceu a senhorita Kay."

Theo olhou fixamente para a imagem na tela. Havia se passado muito tempo desde a última vez em que ele a vira. Ultimamente, ele vinha se perguntando o quão verdadeira seria a imagem que ele evocava em sua mente, algo entre o idealizado e o real, o desejo de vê-la novamente tão grande que ele não se lembrava mais exatamente de como ela era. Às vezes ele não conseguia recordar suas feições de maneira alguma, e, em outras, fechava os olhos e recriava todas as cores de seus olhos, um pedacinho áspero na pele de sua mão, um sinal de nascença atrás de sua orelha esquerda. O paradoxo se desmanchou quando ele olhou para aquele rosto na TV. Ele também estava seguro de que a marionete era uma cópia fiel do rosto de sua esposa.

Dolores apertou a tecla play, e Kay saiu do enquadramento. Havia a fantástica criatura feita de varetas e a titânica rainha, daí a imagem mudava para o estacionamento, entrevistas com crianças que não eram fofas o bastante para irem ao ar. As marionetes se moviam ao fundo e, vez por outra, ele vislumbrava Kay. Perto do fim, alguns dos manipuladores se retiraram de sob as marionetes. Eram apenas estudantes universitários, iguais aos alunos de Theo. Alguns segundos dos bonecos encostados em postes e muros, como uma gangue de baderneiros, e de repente surgiu um borrão e apareceu outra história, algo sobre um alce, em cima da qual haviam gravado. Assim como devia ter acontecido com o bruto original a essa altura. Theo ficou grato pelo raciocínio rápido de Dolores e por sua obstinação em garantir uma cópia antes que fosse tarde. Eles tinham uma prova. Mas de quê?

"Eu sei quem eles são", disse Dolores. "Eu os rastreei."

"Ela é uma Sherlock da internet", disse a sra. Mackintosh.

Dolores pegou um folheto na mesa lateral e exibiu a prova com um ar triunfante. "Companhia Museu das Marionetes do Reino Nordeste, fundada em 1973. Bem aqui em Vermont. 'Fazendo arte de rua e teatro político para reencantar e reconquistar o mundo.' Seja lá o que isso signifique."

Mitchell pigarreou. "Então, como sua filha veio a se transformar em marionete?"

Ninguém pareceu se dar conta do que ele realmente havia expressado.

"Isso, meus amigos, é o que eu espero que vocês descubram e voltem para me contar. Pode ser que alguém ainda se lembre dela, do tempo em que ela vivia aqui, mas já se passaram muitos anos, além disso, por que esse boneco apareceu agora? Se há alguma relação, talvez possamos descobrir o que aconteceu com Kay."

Do meio do sofá, Egon deu um pulo. "Vamos lá, se queremos encontrar esse lugar."

"Não esta noite", disse Dolores. "São três horas de viagem por algumas estradas cheias de curvas, quase na fronteira com o Canadá, e vocês garotos precisam de uma boa noite de sono. Mackintosh preparou camas para todos. Pela manhã vocês estarão repousados."

A sra. Mackintosh mostrou a Egon e Mitchell o quarto em que ficariam, no andar de cima, que havia sido limpo e arejado para a estada deles, deixando Dolores e Theo sozinhos na sala. Eles viram o filme de novo, parando a fita sempre que Kay surgia, passando quadro a quadro, até ficarem esgotados. Ela desligou o aparelho, e o silêncio desabou sobre eles.

"Eu culpei você", disse Dolores. "Achava que você deveria ter tido mais cuidado com ela."

"Não foi apenas isso. Você me considerou responsável. Você parecia suspeitar que eu tivesse algo a ver com o sumiço dela. Como se eu fosse capaz de machucá-la."

"Eu não conheço você, Theo. Não a fundo. Apenas um homem, o homem mais velho que levou minha filha embora. Então, sim, eu pensei que você pudesse ter se cansado dela, que o motivo de você se manter à distância quando eu tentava ajudar fosse uma traição. Eu achei que você estivesse apenas se protegendo, mas eu me enganei. Vejo agora o quanto você amava Kay."

"Estou inconsolável."

Ela fez um gesto para que ele se aproximasse e lhe estendeu a mão. Eles ficaram ali sentados por alguns minutos, sem palavras, em busca de reconciliação. Dolores acariciou a mão dele, disse que ele podia dormir no antigo quarto de Kay e partiu para seus aposentos nos fundos da casa, seguida devotadamente pelo cão.

Nada havia mudado desde a última vez em que ele ficara no quarto de Kay. Dolores não o havia mantido exatamente como um santuário, já que a maior parte das lembranças de infância havia sido removida, e a nova mobília era simples, quase austera. Ainda assim, o simples fato de Kay ter vivido por um bom tempo naquele espaço lhe deu a impressão de que ela acabara de partir. A essência dela permanecia ali. Na mesinha de cabeceira havia, junto ao abajur, uma fotografia tirada há dois ou três anos, Kay em sua melhor forma, exibindo roupas de esqui em um chalé no norte, neve sobre as árvores do lado de fora da janela, as bochechas coradas. A cômoda, que já havia abrigado as coisas dela, estava vazia, mas no closet estavam a roupa de festa que ela usara na formatura do colégio e seu vestido de noiva. O casamento. Alguns livros de criança estavam enfileirados em uma prateleira de madeira. Ele correu os dedos pelas lombadas, procurou o nome dela nas folhas de rosto.

Ele se arrastou para a cama dela e, para dormir, lutou contra os espíritos que circulavam pela casa e se esgueiraram até o quarto. No meio da noite, enquanto ele sonhava com Kay pendendo de um conjunto de fios de marionetes, ele foi acordado por alguém vagando pela escuridão. Não Mitchell ou Egon rondando atrás de sobras de comida, havia algo de diferente no som. Quando ele colocou a cabeça no corredor, viu a cadeira de rodas passando. Dolores também ficou surpresa ao vê-lo, seus cabelos brancos soltos para dormir, seus olhos castanhos brilhando na escuridão. Ela levou o dedo aos lábios e fez um sinal para que ele a seguisse.

Canecas nas mãos, eles se sentaram à mesa da cozinha, o relógio marcando o passar das horas. Ela acreditava piamente no poder soporífero do leite quente, e ele não desfrutava de tal prazer desde que era garoto. Ele bebeu rapidamente, como quem engole uma poção. Eles sussurravam, o silêncio da noite um tanto enervante e persistente. "Não é só você que está inconsolável."

"Sinto muito, Dolores."

"Não durmo há meses, e esta é minha primeira esperança em tempos. Você tem de encontrá-la. Ou descobrir o que aconteceu com ela."

"Você acha que, a esta altura, nós a encontraremos? Ela pode..."

Ela sorriu para ele. "Ela é uma garota independente. E forte. Se alguma coisa aconteceu com ela, ela está apenas perdida. Vamos pensar que ela está apenas perdida. Ela vai sobreviver, e você vai encontrá-la."

"Mas não podemos ter certeza."

O sorriso se apagou. Ela terminou o leite e deixou que ele levasse as duas canecas vazias até a pia. "Eu sei o que Mackintosh realmente pensa, e talvez esse dr. Mitchell que você trouxe. As marionetes não passam de coincidência. Talvez sim, talvez não. A mente vê o que quer ver, mas tudo o que eu sei é que você não vai encontrá-la se não procurar. Vou me deitar agora, afinal tenho de preparar o café para todos vocês pela manhã." Sentado, ele concordou com um sinal de cabeça, e, ao passar com a cadeira por trás dele, ela colocou a mão em seu ombro para dar boa-noite, um gesto simples e gentil, mas ele continuou a sentir o peso daquela mão muito depois de ela partir, algo que evocava uma complexidade de emoções, lembranças da última vez em que Kay o havia tocado da mesma maneira. Ele se perguntou, pela milionésima vez, se a veria de novo.

A porta do celeiro se escancarou, e o sol da tarde acertou em cheio as sombras, pedacinhos de palha velha e pó rodopiando na luz. Uma gata tricolor entrou furtivamente e foi até onde estavam as marionetes, esfregando a cabeça e o corpo nas Três Irmãs e parando para coçar suas costas na Fada Boa. Atrás da gata, veio caminhando pesadamente o Quatre Mains, vestido como um autêntico fazendeiro, com botas de cano alto e uma jaqueta militar, e a Deux Mains, usando uma camisa de flanela verde-musgo e jeans novos. Ele carregava uma pequena sacola de ferramentas. Ela comia uma maçã, cada dentada soava como um tiro. Um corvo, curioso com os visitantes, voou e caminhou pelo chão. Juntos, os titereiros inspecionaram suas criações, ajeitando um membro torto, dobrando a barra das vestes da Rainha, limpando um rastro de pó deixado por cupins dos ombros de Nix.

"Onde está o Diabo?", perguntou a Deux Mains. "Você guardou o Diabo?"

"Não o vejo. Talvez o garoto o tenha colocado por engano em algum outro aposento. Teremos de perguntar." Parando diante de Noë, o Quatre Mains viu as falhas em sua cabeleira de palha. "O que aconteceu aqui?"

"A pobrezinha."

Ele estranhou as mudanças na boneca e, com a delicadeza de um pai, pegou-a em seus braços e a colocou no chão. A Deux Mains, que estava ajeitando as varetas da Fada Boa, correu para olhar de perto.

"Você acha que isso pode ter acontecido quando os levamos para fora da última vez? No desfile? Ou será que alguém não se comportou direito?"

"A última hipótese", disse o Quatre Mains, virando Noë de lado, o que revelou os pontos grosseiros na base de seu crânio. Ele decidiu agir rapidamente e arrancou a cabeça dela, colocando-a sobre um mourão.

A Deux Mains sumiu no labirinto de aposentos na parte de trás do celeiro e voltou com um pedaço de musselina e um maço de palha de sorgo, de cores vivas, alguns dos talos com as panículas intactas, delicadas como aveia. Enquanto isso, o Quatre Mains tirava os folículos quebrados do topo da cabeça de Noë e removia as suturas de barbante. Ele improvisou um remendo com a musselina, fixando-o no lugar com um pouco de cola de madeira, e, juntos, eles trançaram uma cabeleira nova para ela, fio a fio.

"O que será que aconteceu com ela?", perguntou a Deux Mains enquanto eles trabalhavam.

O Quatre Mains parou, ergueu a cabeça dela e deu uma boa sacudida. Do buraco do pescoço, os corpos secos de duas abelhas caíram em sua mão aberta. Ele os soprou, e estes flutuaram suavemente até o chão, como flocos de neve. Os dois terminaram a cabeleira e, enquanto sua esposa mantinha a cabeça na posição correta, ele a costurava no corpo. Satisfeitos com seu trabalho, eles a recolocaram no lugar, dando um esbarrão em Kay. Ela teria caído no chão se o Quatre Mains não a segurasse. Ela sentiu o toque das mãos dele como uma descarga elétrica.

"Não quero mais saber de gracinhas", disse ele a todos. "O inverno está chegando, e não quero ter de caminhar até aqui no meio da neve para checar vocês, e certamente não quero encontrar problemas na próxima primavera, depois da hibernação."

As marionetes ficaram impassíveis, mas estavam escutando. Dando o braço a ele, a Deux Mains ficou ao lado dele enquanto encaravam o sr. Firkin e a Rainha. "É uma espera longa, eu sei, mas não é para sempre. Tenham juízo. Vocês podem ir a qualquer lugar, desde que não tentem sair do celeiro. Cuidem-se, meus queridos. E onde se enfiou aquela gata?"

Eles ficaram em silêncio e apuraram os ouvidos. Um ronco surdo veio das entranhas do celeiro, e a Deux Mains chamou: "Mimi, Mimi", mas, quando a gata não respondeu, sua voz deixou passar um tom de pânico. "Venha, *ma minette*, é hora do jantar." Do piso inferior veio outro rosnado, mais alto, e ela largou o braço do marido e saiu correndo.

"O Verme", disse o Quatre Mains. "Não, aquela gata tola e destemida."

As tábuas do chão se ergueram, em um movimento súbito, e o Quatre Mains desceu correndo as escadas para ajudar sua esposa. Alguma coisa comprida e larga estava se contorcendo no porão, removendo a terra úmida e batendo nas paredes. A gata sibilou e berrou. A Deux Mains gritou um alerta em francês, e o Quatre Mains urrou para que tudo parasse. Um animal miou, um som profundo como o de um violoncelo. Mais ordens foram dadas — pare, largue —, e então o Verme ficou quieto.

Segundos depois, a gata reapareceu nos estábulos, aparentemente intacta. Ela passou por entre as pernas de Kay e serpenteou até a porta da frente. Bufando da subida, o Quatre Mains ficou parado na entrada. "Vão aonde quiserem. Exceto ao porão. Aquele ali saiu um pouco do controle. E, pelo amor de deus, fiquem de olho no Diabo."

"Tenham um bom e longo descanso", disse a Deux Mains. Ela pousou rapidamente a mão na bochecha de papel de Kay. "*Bonne nuit, mon chouchou.*"

Depois de eles terem fechado e trancado a porta, um choro baixinho veio do piso inferior. O lamento de uma oportunidade perdida.

À meia-noite, a conversa explodiu entre eles. Nix ficou de joelhos, procurando rachaduras e falhas nas tábuas do piso, para tentar localizar o Verme, mas, àquela hora, ele não via nada além do porão escuro e, talvez, segundo ele, a silhueta de uma forma que ocupava quase todo o espaço lá embaixo. Ele sussurrou: "Verme, Verme", mas a coisa não respondeu. Curioso, o cãozinho farejou em busca de pistas, cavando a serragem cada vez que Nix espiava por um buraco. As Três Irmãs defenderam a ideia de que o Diabo havia sido deixado fora de lugar, enquanto a Bruxa Velha insistia em dizer que ele estava morto, que fora assassinado por aqueles que se ocultavam nos outros aposentos. Por um capricho do Original. A Rainha e o sr. Firkin se engajaram em uma discussão sobre as novas regras e restrições impostas pelo Quatre Mains e sobre qual era a melhor forma de manter a lei e a ordem.

Juntando os retalhos de musselina, a palha de sorgo, a bola de barbante e as tesouras que a Deux Mains havia deixado, a Fada Boa sentou-se em um antigo depósito de grãos e começou a fazer bonecos. Primitivas minimarionetes, que podiam ser colocadas nas pontas de suas mãos de vareta. Ao lado dela, Noë, resplandecente com sua nova e farta cabeleira, brincava indolentemente com cada boneca que era terminada. Kay se sentiu atraída pelo jogo, e as três ficaram ali sentadas, perseguindo a meta de uma marionete para cada dedo.

Kay observava atentamente a amiga, em busca de sinais de perturbação. "Tive medo, quando tiraram sua cabeça, de que não a colocassem de volta."

Noë balançou a boneca para frente e para trás. "Vou chamar esta de Mindinho, porque ela cabe direitinho no meu menor dedo."

"E tive medo pelo que poderia acontecer com aquela gata quando ela foi para o porão."

"Gatos têm sete vidas", disse a Fada Boa. "Talvez ela ainda tivesse uma para gastar."

"Os pés", disse Noë. "Seria terrível perder os pés. Ou as mãos, como você brincaria com uma marionete? Não, acho que o pior seria perder todo o seu corpo. Não, retiro o que disse. A mente! Talvez seja a cabeça, no fim das contas?"

"Eles fizeram um bom trabalho com o seu novo cabelo."

"Você gosta? Eu me sinto bem melhor sem abelhas. Vou chamar este de Pequeno Polegar. Ele está apaixonado pela Mindinho, da outra mão. Você já se apaixonou, Kay?"

"Sim, claro. Pelo meu marido."

"Theo."

"Isso mesmo, Theo. Eu fui apaixonada por Theo. Quando estava no outro mundo."

"Que outro mundo?"

Inclinando-se para o ouvido de Kay, a Fada Boa sussurrou: "Há coisas piores a perder que um amor, querida".

"O mundo de verdade", insistiu Kay. "O mundo dos vivos. De onde você veio, as pessoas de verdade, você não se lembra?"

Noë levantou os olhos, onde brilhava um lampejo de loucura, e mostrou às outras duas um boneco colocado em seu dedo do meio. "O nome deste é muito grosseiro para falar."

Com uma gargalhada, elas retomaram o trabalho, fazendo bonecos, para montar um espetáculo em plena madrugada.

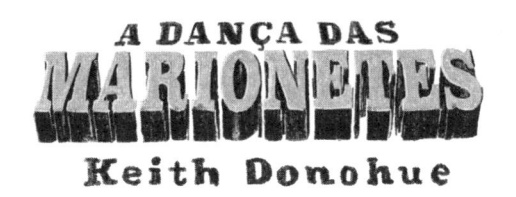

21

 cachorro queria acompanhá-los até o carro, mas tinha medo da chuva. Assim, os viajantes se despediram na varanda, Sal pulando entre os três, e Dolores estoica em sua cadeira de rodas, com a sra. Mackintosh fielmente parada atrás dela. Eles saíram mais tarde que o previsto, jogando conversa fora enquanto comiam panquecas com xarope de bordo. Quaisquer discussões sobre a missão foram deixadas para o último segundo.

"Mantenham contato", disse Dolores. "E me avisem no instante em que vocês descobrirem algo. Liguem assim que conseguirem sinal de celular. Fica no meio do nada, então vou entender."

"Não se esqueçam... estaremos ao lado do telefone", disse a sra. Mackintosh.

Theo prometeu e deu um beijo em sua sogra. "Você tem minha palavra."

Com uma ligeireza desconcertante, ela prendeu a mão dele nas suas, segurando-a com firmeza, silenciosamente implorando e desejando-lhe boa sorte. Mitchell e Egon correram, sob a chuva, até o carro.

"Você sabe o caminho?", perguntou ela.

"Tenho meus guias de confiança. Escute, se for possível encontrá-la..."

Ele olhou para trás quando começaram a se afastar, e o quadro permanecia igual. O cão abanava o rabo, pensando se corria ou não atrás do carro. As mulheres ergueram as mãos, em um aceno final.

Eles se perderam no caminho, pararam para almoçar, pararam de novo para pedir informações, até que chegaram à fazenda no fim da tarde. A chuva havia dado lugar a uma garoa nevoenta, que revestia de cinza o celeiro vermelho. Duas galinhas encharcadas ciscavam na grama em frente a casa amarela. Uma seta rústica, na qual se lia a palavra Museu, apontava para o celeiro. Um ônibus escolar caindo aos pedaços — na lateral, os dizeres Companhia de Marionetes do Reino Nordeste — estava parado na entrada, mas não havia outros veículos por perto, e nenhuma luz brilhava nas janelas em meio à obscuridade.

"Ninguém em casa", disse Mitchell, ao volante.

"Parece abandonada", disse Egon. "Como um cemitério depois do último funeral do dia."

"Batei, e vos será aberto", disse Theo.

Ninguém respondeu quando eles bateram na porta externa. Egon foi até a janela e espiou a sala, escura e vazia. "Acho que deveríamos ter ligado antes."

"Tente mais uma vez", falou Mitchell.

Theo martelou a porta.

Um adolescente de cabelos louros, quase brancos, surgiu, enquadrado no vidro da porta. Ele tinha um olhar abobalhado, surpreso por ver visitantes e sem saber o que fazer. O impasse durou alguns instantes.

"Boa tarde, meu jovem", Mitchell rompeu o silêncio. "Esta é a Companhia de Marionetes do Reino Nordeste?"

O garoto assentiu com a cabeça, apontando o celeiro e o ônibus.

"Viajamos um bocado", disse Mitchell. "Será que poderíamos ver as marionetes?"

O garoto pareceu ainda mais confuso e não abriu a boca.

Egon se aproximou. "Há algum adulto por perto? Alguma pessoa encarregada, com quem pudéssemos falar?"

O garoto fez que não com a cabeça.

"Você poderia abrir a porta?", perguntou Theo. "Seria possível beber um copo d'água? Uma chance para ir ao banheiro? Não queremos fazer nada de mais, só ver as marionetes."

Empurrando com o quadril, o garoto abriu a porta externa e deixou que eles entrassem. Nas paredes do corredor de entrada havia cartazes de shows antigos. A adaptação para marionetes de *O Processo*, de Kafka, com um boneco triste por trás das grades. *Eu, Cláudio*, com um títere imperador erguendo um punho sangrento. *Um Dia na Vida de Ivan Deníssovitch*, uma fila de bonecos atormentados marchando pela neve. O garoto os levou até a sala, onde até a mobília parecia artesanal e primitiva, e fez um sinal para que eles se sentassem.

Theo fez as apresentações. "Sou Theo Harper. Estes são meus amigos Egon e... dr. Mitchell. Viemos de Nova York para ver as marionetes."

O garoto olhava nervosamente de um lado para outro.

"E você, garoto?", perguntou Egon. "Tem um nome?"

"Drew", disse ele por fim. "Estamos fechados."

"Olá, Drew", disse Mitchell. "Seus pais estão por aqui? Você não está aqui sozinho, está?"

Ele estalou os dedos, escondendo as mãos atrás das costas. "Ela está aqui. Mas ela não gosta de ser perturbada durante o dia, não quando está lendo."

"Sua mãe?"

"Não tenho mãe. Nem pai. Eles me acolheram."

"Sinto muito", disse Mitchell. "Quem o acolheu?"

"Os fazedores de marionetes."

No andar de cima, uma porta se abriu, batendo depois com força. Passos pesados no corredor. Drew olhou para a escada. "Vocês conseguiram. Ela ficará furiosa. Cuidado."

Uma jovem magrela, de longos cabelos ruivos presos em uma trança, desceu correndo a escada e irrompeu na sala, com ar irritado. Quando Mitchell, por hábito, se levantou, Theo e Egon imitaram o gesto.

"Sentem-se", ordenou ela. "Não estamos em 1893. O que posso fazer por vocês, cavalheiros? Estou certa de que Drew lhes disse — como eu pedi que fizesse — que o museu está fechado para a estação, então, se vocês vieram ver as marionetes, terão de voltar daqui a seis meses, sinto muito. E se vocês estão aqui por outro motivo — nem posso imaginar qual — caiam fora. Estou tentando ler."

Mitchell ousou falar. "Estávamos agora mesmo dizendo a seu irmão...—"

"Não é meu irmão." Ela riu.

"Drew. Viemos lá de Nova York somente para visitar o museu das marionetes."

"Vocês deveriam ter pesquisado sobre nós na internet, então saberiam que fechamos de 1º de novembro a 1º de abril. É frio aqui em Vermont. Vocês teriam evitado um bocado de trabalho."

Egon entrou na discussão: "Somos de uma grande agência de talentos de Manhattan e ouvimos muitos elogios ao trabalho de vocês."

A jovem o olhou de cima, com desdém. "Não abrimos exceções."

"Há outra pessoa com quem possamos falar?", perguntou Egon.

"Vocês podem falar com o mestre. A fazenda é dele, as marionetes são dele. Mas ele não está aqui."

"Quando ele volta? Ainda esta noite?"

"Não sei."

"Ele tem celular?", perguntou Egon. "Poderíamos marcar uma reunião."

"Sem celular", respondeu ela.

Da cadeira de balanço, Mitchell disse: "Você certamente podia deixar que nós déssemos apenas uma espiada rápida, daí sumiríamos da sua vista".

Ela deu um puxão na própria trança. "O celeiro está trancado. Não tenho a chave."

Tapando a boca com o punho, Drew reprimiu uma risada tola.

Pela janela panorâmica, via-se o celeiro vermelho, com um brilho suave na névoa de fim de tarde. Não seria possível fazê-la mudar de ideia, e eles teriam de encontrar outra solução. Theo se levantou de repente e avisou que eles iriam embora. "Tentaremos de novo amanhã, depois de uma boa noite de sono. E, se você estiver com esse mestre das marionetes, pode por favor informar que estamos por aqui e temos grande interesse no trabalho dele?"

"Vou falar com ele sobre vocês de Nova York quando estiver com ele, mas realmente não estamos interessados nesse tipo de coisa."

"Obrigado por sua hospitalidade. Não precisam nos levar até a porta."

Eles entraram numa estrada lateral, seguindo em frente até a casa estar fora da vista, aí Theo pediu que Mitchell estacionasse e desligasse o carro. No lusco-fusco, eles voltaram a pé, esgueiraram-se por trás do ônibus e chegaram ao celeiro. Egon tentou a porta da frente, mas estava trancada, como a jovem havia dito.

"Deve haver outra maneira de entrar", disse ele em voz baixa, e eles foram contornando o celeiro, a grama molhada e mole sob seus pés.

Uma cerca de madeira confinava o silo que havia na parte traseira esquerda do celeiro; por trás dele quase não havia grama, e algumas placas de granito formavam um ressalto. Na área delimitada pela cerca, uma pastagem se estendia, por cerca de 50 m, em um declive gradual até um riacho, que marcava o limite da propriedade. Do outro lado do riacho, uma floresta de bétulas e pinheiros levava a uma estrada na base de outra montanha.

"Vou pular naquele prado", disse Egon, "e ver se há alguma entrada pelos fundos. Veem aquele ressalto ali? Aposto que era onde as ovelhas ou cabras costumavam ficar vendo o dia passar. Alguns desses celeiros antigos em colinas como essa têm um abrigo para pequenos animais no piso inferior. As ovelhas entram e saem pela porta do porão, digamos assim."

"Arriscado demais", disse Mitchell. "Você pode quebrar o pescoço se cair por aquela colina."

De dentro do celeiro veio um latido abafado, que lembrava o ladrar mecânico de um boneco de corda. Com um aceno, Theo os conduziu até a porta da frente, mas o latido se intensificou e mudou de direção. Vindo da casa, um mastim preto corria diretamente para eles, orelhas para trás, dentes expostos. Eles se imobilizaram, e o cão parou a cerca de 1 m deles, retesado e pronto para saltar se eles dessem mais um passo. Ele fez um movimento giratório, exibindo suas mandíbulas arreganhadas para os três, de forma tão rápida que parecia ter três cabeças. A porta externa da casa bateu, e a jovem ruiva veio correndo pelo gramado, seguida pelo garoto. Ela corria como em uma série de Muybridge, uma sequência de movimentos espasmódicos que a deixavam parecida com uma marionete, e o garoto também parecia fora de compasso. O menino agarrou o cão pela coleira, e este relaxou.

"Achei que tinha dito a vocês que estamos fechados", falou a jovem. "Eu disse a vocês que estava trancado. Agora, acho melhor vocês darem o fora, e não apareçam bisbilhotando por aqui outra vez."

"Vocês ouviram aquilo?", perguntou Kay.

Olya se espreguiçou e bocejou vigorosamente. Tinha acabado de dar meia-noite, e elas eram as primeiras a se mexerem. "Que *barrulho*. Quem consegue dormir com tanto *barrulho*?"

Suas irmãs resmungaram ao ser perturbadas e se afastaram da luz que o sr. Firkin havia acendido antes de ir ver a Rainha. Nix acordou logo depois e imediatamente pegou suas peças de acrobacia. Uma a uma, as marionetes foram acordando.

"Era o cachorro", disse Kay. "Vocês não o ouviram latindo lá fora? E vozes estranhas. Alguém tentando destravar a porta."

"*Querrida*, entendo que alguém queira sair deste lugar velho e cheio de correntes de ar, mas por que alguém arrombaria a porta para entrar?"

"Ninguém mais ouviu?", Kay perguntou de novo. "Três vozes."

A Bruxa Velha colocou a mão em concha no ouvido. "O que você disse?"

No canto delas, a Fada Boa e Noë penduravam seus dedoches, com fios de barbante, em uma viga sobre o estábulo. Com um gesto, a Fada Boa a chamou. "Eu também ouvi. No fim do dia, depois de o sol se pôr atrás das montanhas. Noë também ouviu, não foi?"

"Os homens. Três novos homens, e depois a moça que vive na casa, e o garoto, e o enorme cão preto."

As minimarionetes giravam sobre suas cordas, como feiticeiras enforcadas. A Rainha estava passando, e a prodigiosa cauda de seu vestido se agitava no ar. Por ser muito grande, seu olhar dominava o espaço exíguo, e todos estavam sempre atentos e cientes de sua presença. As três se juntaram mais para que a Rainha não as ouvisse, mas é difícil manter um segredo a salvo de alguém cujas orelhas têm o dobro do tamanho das suas. Agachadas, elas esperaram até que a Rainha estivesse a uma distância segura.

"Não confio na Rainha", disse a Fada Boa. "Nem acho que ela sempre age de acordo com nossos interesses."

Pela primeira vez em muito tempo, Kay sentiu alívio e uma certa camaradagem para com outro boneco. Noë havia sido sua aliada por muito tempo, mas ela provavelmente havia enlouquecido. Ou estava deixando todos loucos com seu fingimento. Ver a Fada Boa abrir caminho para uma traição, um ímpeto que ela também tinha, deixou Kay delirante de felicidade. "Concordo com você em relação à Rainha. Ela ficou grande demais para seu próprio bem."

Olhos brilhando de maldade, Noë colocou um dedo sobre a garganta. "Cortem-lhe a cabeça!"

Cobrindo o buraco que era sua boca, a Fada Boa segurou o riso. "Shh, mais baixo."

"Fico pensando no que deve haver dentro da cabeça dela", disse Noë. "Delírios de grandeza e desejo de poder."

"Você precisa ser mais silenciosa e discreta", disse a Fada Boa. "Kay, o que você entendeu da balbúrdia na porta essa tarde?"

"A garota e o menino estavam irritados. Por que outra razão eles soltariam o cachorro preto? Acho que os homens estavam tentando entrar, mas foram barrados na porta."

"Quem seriam eles?", quis saber Noë. "Aposto que estavam aqui para nos resgatar. Precisamos apenas de uma pessoa para acompanhar — qualquer um serve —, desde que esteja disposta a assumir o comando."

Kay acariciou o braço dela e sorriu. "Você acha que eles chegaram a entrar antes de ser pegos?"

"É possível. Só há uma forma de saber se a porta ainda está trancada", disse a Fada Boa. "Mas precisamos passar pela Rainha e pelo sr. Firkin."

"Precisamos de algo que os distraia", disse Kay. "Algo que ocupe a atenção deles enquanto escapulimos para checar a porta."

"Se eu tivesse um fósforo", disse Noë, "poderia começar um incêndio..."

"Nem brinque com isso", disse a Fada Boa, erguendo seus braços de varetas. "Não precisa ser nada grave, apenas algo para que eles não deem pela nossa falta. Vamos lá e voltamos em um piscar de olhos."

Uma nova ideia brotou do cérebro confuso de Noë. Ela apanhou um pedaço de corda largado no chão atrás do depósito de grãos, fez um nó corrediço em uma das pontas e mediu o quanto sobrava. Balançando a corda rapidamente, ela a arremessou por cima da viga transversal e amarrou uma das pontas em uma barra do estábulo. Masha e Irina observaram em silêncio, chafurdadas demais em seu próprio tédio para impedi-la ou alertar os outros. Noë subiu na barra, equilibrando-se. Tomando cuidado para não bagunçar sua novíssima cabeleira de palha, ela passou o nó corredio sobre a cabeça, ajustando a corda em seu pescoço. Com um aceno para Kay e a Fada Boa, ela suspirou o mais alto que pôde. Como ninguém deu a mínima, ela pigarreou e bateu palmas três vezes.

"Se neste mundo eu não posso ser livre, então eu não posso permanecer neste mundo", anunciou ela.

"Pule daí imediatamente", gritou o sr. Firkin assim que a viu. "Não, espere..."

As russas espantaram o sono e se puseram de pé. Nix deixou cair uma de suas bolas, que saiu rolando pelo aposento, o que fez o cachorrinho sair correndo, o que assustou a Bruxa Velha. A Rainha, aflita com tal execução inesperada, arremeteu para enfrentá-la. Vendo uma oportunidade, Kay e a Fada Boa saíram em disparada em meio à comoção. Noë havia se lançado em uma diatribe política, exprimindo sua longa frustração, em um acesso de oratória.

Elas viraram em um pequeno vestíbulo que servia como entrada para o museu. O aposento estava iluminado pelo luar, que entrava por uma janela octogonal acima da porta que dava para fora. Em cima de uma mesa raquítica havia uma latinha de café onde haviam pregado um papel com os dizeres "Donativos são bem-vindos". Junto dela havia um livro de assinaturas, com anotações escritas à mão: os Millers, de Woodstock, acharam tudo "fantasmagórico". Andi *und* Christian Ludwig de Ulm, na Alemanha, escreveram "*fantastisch*" e "nunca *avimos* algo assim". Junto à parede oposta, cestos ofereciam cartazes de espetáculos anteriores, ao custo de uns poucos dólares. O local produzia um estranho efeito estereofônico. As vozes dispersas dos outros aposentos soavam mais alto, mas elas também podiam ouvir o Verme rastejando no porão, resmungando sozinho, bem como seus companheiros nos estábulos, fazendo uma confusão por causa das advertências de Noë.

"Você acha que ela vai realmente até o fim?" Kay fez a mímica do puxão da corda, o pescoço quebrado, a língua para fora.

"Duvido. Mas, e se for? O pior que pode acontecer é seus pontos arrebentarem e a cabeça pular fora. Nós apenas teríamos de costurar tudo de novo."

Deslocada do centro daquele aposento, surgia a grande porta dupla da entrada. Uma trava de madeira atravessava horizontalmente o portal, sustentada por um suporte de metal, e elas perceberam imediatamente que ninguém poderia ter passado por aquela barreira. Quem quer que a houvesse trancado deveria ter usado uma outra passagem, talvez a subterrânea, que era guardada pelo Verme. Exatamente em frente havia uma escada que levava ao porão, mas a porta para este também estava trancada. Os visitantes daquela tarde deviam ter voltado para casa decepcionados.

A tentação era grande demais. Kay perguntou: "Vamos?".

Ela segurou uma ponta da trava e puxou, enquanto a Fada Boa empurrava do outro lado. A luz da lua entrou pela estreita fresta da porta dupla, e os puxadores eram frios ao toque. Com toda a força que tinham, elas puxaram, e as portas se escancararam.

O ar noturno crepitou. O jardim se abriu à frente delas, a geada brilhando na grama, a casa escura e silenciosa. A poucos passos de tudo isso, elas hesitaram no portal, a ouvir e observar, analisando a brusquidão e a impossibilidade de um mundo que parecia tão falso como uma pintura num cenário. Como na primeira vez em que ela foi ao circo, segurando as mãos de seus pais, e subitamente irrompeu o espetáculo, de cores, sons e movimentos que não pareciam reais. O mundo fora do celeiro alterava sua percepção do que era artificial e impenetrável. Ainda assim, não havia como negar a brisa gelada que entrava no celeiro, as estrelas que se multiplicavam no céu infinito. Uma coruja piou em uma árvore distante, e elas se viram rindo daquela cena toda. Kay queria sair pulando por aquela superfície, mas tinha medo. Ela fechou os olhos e assistiu a um filme fabricado a partir de imagens oriundas de milhares de memórias diferentes, cada momento distinto, mas todos se combinando para formar um quadro de tudo o que ela havia amado e deixado para trás. Seu pai, sua mãe. Theo. Logo ali, mas fora de alcance.

"Você não pode sair", disse a Fada Boa, colocando a mão em seu ombro. "Você só pode ser resgatada deste lugar por alguém do outro lado. Alguém que concorde em levar você daqui."

"Mas eles estavam aqui", disse Kay. "Eu sei. Eu posso sentir isso."

No jardim, a gata miou, uma estranha luz amarela refletida em seus olhos enquanto ela caminhava em direção ao celeiro. A gata se aproximava, cada vez maior, até estar praticamente na borda, e então ela penetrou na paisagem, como se saísse de um quadro bidimensional na noite. Ela foi diretamente para a alcova escura que abrigava a porta para o porão. Uma luz se acendeu na casa, uma janela se abriu, a jovem chamou na noite por sua gata.

Uma voz surgiu por trás delas.

"É melhor vocês fecharem essa porta."

Assustadas, elas se viraram ao mesmo tempo, e, em meio a um fraco círculo de luz, com um sorriso forçado, a despeito de seus esforços, estava o Diabo em pessoa.

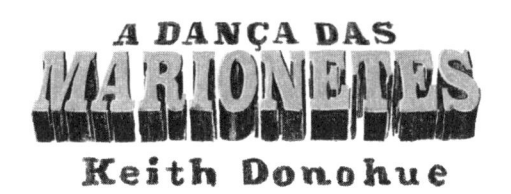

22

Diabo se curvou ligeiramente, apresentando-se mais uma vez às suas amigas, que o acreditavam mortinho da silva. Kay e a Fada Boa correram até ele e o amassaram alegremente em seus braços. Tivesse ele a capacidade de corar, teria passado do escarlate ao carmim. Sem jeito, ele se livrou do abraço delas e pegou a gata, que esfregava o focinho contra seus cascos, acariciando o pelo dela com suas mãos de unhas afiadas. Colocando-a cuidadosamente no chão, ele sussurrou "passa", e a gata saracoteou porta afora, sua cauda empinada lembrando um ponto de interrogação, para depois voltar correndo para a casa amarela.

"A porta, minhas amigas, fechem essa porta antes que nos peguem."

Kay e a Fada Boa correram até a entrada e fecharam a porta, cuidando de não colocar a trava de volta no lugar. No canto junto ao porão, o Diabo arrumou uma lanterna a querosene, que acendeu riscando um fósforo em sua coxa, e a Fada Boa se assustou com a chama.

"Por favor, não se preocupe", disse o Diabo, com um sorriso demoníaco. "Quem senão eu pode controlar um foguinho?"

"Pensamos que você havia sido desfeito", disse Kay. "Pensamos que você havia morrido."

"O que aconteceu com você?", perguntou a Fada Boa.

"Morto? Nada disso. Venham comigo e eu mostrarei o que aconteceu, mas vocês não podem ficar com medo."

O tropel de seus cascos nas tábuas de madeira fazia pensar em um bode atravessando uma ponte, e elas seguiram seus chifres até o aposento contíguo. Uma dezena de marionetes estava imóvel em uma fila. Azuis da cabeça aos pés, suas roupas eram farrapos, e eles portavam barbas ásperas e cabelos desgrenhados, formados por cachos de papel emaranhados. Cada homem tinha uma das mãos sobre o ombro do homem a sua frente, exceto pelo primeiro da fila, curvado, enquanto eles se arrastavam sinistramente na direção de uma cela primitiva, com barras de ferro de verdade, e seus sapatos despedaçados estavam mergulhados em uma neve feita de raspas de madeira. Eles pareciam enregelados, infelizes e desesperançados.

"Acho que nunca vi um grupo de criaturas mais miseráveis", disse a Fada Boa.

O Diabo segurou a lanterna junto ao rosto do primeiro da fila. Ele tinha uma expressão fixa de mais puro desespero imóvel. "Esses camaradas estão se dirigindo para o gulag. Alguma peça russa — as Três Irmãs devem saber o nome. Talvez um dia possamos arranjar um encontro entre essas almas solitárias e aquelas charmosas jovens."

O primeiro prisioneiro abriu um sorriso, e um risinho passou por toda a fila, aumentando a cada homem, até que o último prisioneiro irrompeu em uma gargalhada.

"O Diabo adoça a mulher dos outros", falou o primeiro da fila. "Há muito tempo esperávamos por você."

A fila se desfez à medida que os bonecos ganhavam vida, rindo e batendo nas costas uns dos outros. Dois prisioneiros começaram a cantar uma canção de bar, e o líder abraçou o Diabo e sacudiu a mão deste efusivamente. Um dos homens piscou para a Fada Boa e, por meio de mímica, mostrou como apreciava a habilidade com que ela havia sido construída a partir de varetas de madeira.

"Sigam-me, camaradas", disse o Diabo. "Há mais maravilhas a contemplar."

No aposento seguinte, outras marionetes saudaram a chegada deles. A variedade delas era estonteante, altas e baixas, gordas e magras, alegres ou sombrias. Três enormes cabeças sem corpo — bufões há muito esquecidos, criados para uma sátira política — avançaram à frente, impelidos pelo movimento de suas mandíbulas. Um quarteto de esqueletos sacudia os ossos enquanto dançava uma mazurca. Velhos conhecidos de histórias infantis cantavam: os Três Porquinhos, rosados como presuntos; um Prato e uma Colher, com a excitação de quem acaba de fugir; uma velhinha sentada junto a um sapato gigante, com oito cabecinhas espiando pelos ilhoses; e uma criança usando a língua do calçado de escorrega. Todas felizes em ver as recém-chegadas e tentando atrair a atenção delas.

"Não é de estranhar termos ouvidos vozes em nosso aposento", disse Kay.

"Espere", falou o Diabo. "Você ainda não viu nada."

Alguns dos refugiados do gulag ficaram para trás na celebração improvisada, mas o Diabo e sua trupe se espremeram no corredor estreito e foram até o aposento seguinte. Parando subitamente e erguendo a mão em um pedido de silêncio, ele fez um sinal para que Kay e a Fada Boa se juntassem a ele. O local era escuro e fresco, e surgiu um pequeno círculo de luz, que se expandiu do tamanho de uma moedinha para o de um prato. Notas delicadas de um coto deram o tom, e uma boneca *bunraku* tomou seu lugar no palco, uma linda mulher japonesa, vestida com um quimono maravilhosamente bordado, cujos movimentos se harmonizavam com a música em seis compassos. De repente, como se apertassem um botão em sua cabeça, ela girou os olhos para trás, deixando à mostra um amarelo medonho, chifres brotaram de sua testa e ela fez uma careta horrível, revelando duas fileiras de dentes afiados. Kay deu um grito com a súbita transformação, e o demônio rapidamente voltou a ser a jovem, que começou a rir histericamente de sua própria brincadeira. Um macaco enlouquecido bateu alucinadamente em um gongo. Dois samurais desembainharam suas espadas, brandindo-as no ar tão rapidamente que pareciam borrões, e um tipo fanfarrão ficou mexendo suas sobrancelhas espessas.

Seguiram-se as apresentações, e, curvando-se quase até o chão, a *ningeyo* mostrou-se afável e pediu desculpas por ter assustado as visitas. O Diabo se deliciava com as maquinações do grupo, mas não podia conter o entusiasmo em que estava para lhes mostrar o aposento seguinte. Ele as guiou até um *tableau* que Kay reconheceu imediatamente como sendo de *Sonho de uma Noite de Verão*. Fadinhas-marionetes penduradas no teto giravam lentamente, a luz se refletindo em suas asas de seda — Teia de Aranha, Flor de Ervilha, Semente de Mostarda, Mariposa e todas as outras, cercando um Oberon e uma Titânia em tamanho real, recostados em uma pilha de travesseiros bordados com fios de ouro e prata. A criança trocada, um príncipe indiano, feito como uma marionete manipulada por vareta, repousava na cama entre o rei e a rainha das fadas, e ali perto estava recostado o tecelão Fundilhos, sua cabeça de asno coroada com uma guirlanda de hibiscos de papel. Os quatro joviais amantes eram marionetes de sombra, encostadas na parede, e, encarapitado num barril de cidra, Puck aguardava sua deixa.

"Meu povo!", exclamou a Fada Boa.

"Céus, que tolos são esses mortais!", exclamou Puck, e, de repente, todos os bonecos ganharam vida, gritando seus hurras! Fundilhos zurrou. Os amantes trocaram de lugar, depois destrocaram. Oberon brincou com Kay, "Cruel encontro ao luar", e as fadinhas dançaram no ar, presas em fios invisíveis. Kay se sentiu como se estivesse de novo no circo e alongou seus membros, imaginando se um dia seria novamente tão flexível a ponto de dar cambalhotas e se equilibrar. Aqueles que estavam nos outros aposentos se espremeram no local, que estava prestes a explodir com tantas marionetes loucas para se apresentar diante de uma nova plateia.

"Não imaginava que havia tantos", disse Kay a Puck.

"Este é apenas o piso inferior. Espere até levarmos você ao sótão. Espere até ver o Original." Ele apontou para a escada de madeira que levava ao piso superior.

"O Original?"

"O homem na redoma de vidro." Puck bateu na boca com a mão, subitamente dando-se conta de que havia deixado escapar um segredo.

Sentindo-se fascinada por essa perspectiva, Kay foi perturbar o Diabo, puxando o rabo dele para chamar sua atenção. "Você vai nos levar até lá? O andar de cima."

Em meio à algazarra, ele fingiu não ouvir a pergunta de Kay. Os russos cantavam sobre vodca, a feiticeira *bunraku* tocava música de surfista no coto, e Puck corria enlouquecido por todos os lados, fazendo travessuras. Até a Fada Boa havia entrado no ritmo da festa, erguendo seus braços de varetas no ar, deixando que as crianças que moravam no sapato a escalassem.

"Quero ver mais", disse Kay.

O Diabo a tomou pela mão. "Tudo a seu tempo. Precisamos voltar. Não podemos deixar Noë pendurada em uma corda a noite toda."

"Como você sabia o que estava acontecendo nos estábulos?"

"Este celeiro tem, pelo menos, cem anos, e está cheio de rachaduras, frestas e buracos, que facilitam muito a tarefa de espionar. Você não acha que eu seria capaz de abandonar meus velhos amigos sem ficar de olho em vocês. Já cobrimos todo o perímetro do primeiro andar e estamos quase no ponto de onde partimos. Dê uma olhada..."

Por uma rachadura na parede, Kay pôde ver os estábulos e o cocho, as costas da Rainha tapando quase todo o campo de visão, mas conseguiu vislumbrar Noë na viga, a corda em seu pescoço, discursando sem parar.

"Antes de seguirmos em frente, devemos resgatar nossos antigos camaradas. Eles têm de saber que este celeiro é de todos e que não há nada a temer dos chamados 'outros'. Não há outros, apenas nós, todos iguais. Uma família grande e feliz."

"E quando você vai nos levar até o sótão?", perguntou Kay. "Para ver o Original?"

"Mesmo que vocês não houvessem decidido investigar os ruídos junto à porta, eu teria ido buscar o grupo. Haverá uma grande festa esta noite em nossa honra, as marionetes do Quatre Mains. Tudo o que temos de fazer é convencer o velho Firkin e a Rainha para que deixem o pessoal comparecer. Agora, vá chamar sua frondosa amiga. Temos de entrar em cena. Não é todo dia que alguém volta dos mortos."

"Até logo, até logo", exclamaram as fadinhas em suas vozes cintilantes.

"Voltem depressa", disse um samurai. "Não percam o arrasta-pé." Um dissidente russo soprou um beijo e piscou quando elas passaram. Elas refizeram o caminho de volta pelo labirinto, surpresas, mais uma vez, pelos novos mundos a cada esquina.

Eles haviam se perdido. Dirigindo pelo interior de Vermont no escuro, em busca de um lugar para comer, eles não apenas estavam desesperadamente desorientados, como abalados pelo que se passara na fazenda. Aquele cão estava pronto para atacar, e aquelas crianças do milharal davam calafrios. Em dado momento, Mitchell propôs que eles voltassem a Bennington para passar a noite ou, melhor ainda, deixassem tudo para lá e retornassem a Nova York, mas, com a ajuda do GPS, eles encontraram uma pousada cujo restaurante ainda estava servindo comida.

Enquanto atacavam anéis de cebola e cerveja, eles traçaram um novo plano. No verso do cardápio, Theo desenhou um tosco mapa da propriedade, com as posições da casa, do ônibus e do celeiro. Ele traçou o pasto, o riacho e o pequeno bosque. Com a ajuda de seus amigos, ele acrescentou a estrada que fazia uma curva por trás da propriedade.

"Voltaremos quando eles estiverem dormindo. Dr. Mitchell, você nos deixará na estrada atrás do celeiro, para depois dar a volta, passando em frente à casa, e estacionar fora da vista. Vamos atravessar pelo bosque, vadear o riacho, pular a cerca e subir a colina. Egon, você tem certeza de que haverá uma entrada pelos fundos?"

Erguendo sua cabeça embriagada, Egon oscilou. "*Mon ami*, nunca se pode ter certeza de uma teoria até ser confrontado pela evidência, e, mesmo assim, não estou seguro de nada que tenha a ver com as marionetes e os lunáticos daquele lugar. Antes de eu conhecer você, a vida era muito simples: uma cama quente, uma cerveja gelada, de vez em quando, uma mulher fervendo. Mas vamos deixar isso tudo de lado. Estamos aqui e agora, e precisamos levar isso a cabo. Qual era mesmo a sua pergunta?"

"Outra maneira de entrar no celeiro?"

"Sim, por onde as ovelhas e cabras entram e saem. O aprisco. Por que eles trancariam a porta dos fundos? Talvez nem haja uma porta, apenas um buraco na parede."

Theo encarou o amigo, tentando descobrir se estava sóbrio. "Ótimo, então nós entramos, procuramos essa marionete..."

"Como vocês vão enxergar no escuro?", perguntou Mitchell.

"Lanternas." Egon esfregou as mãos. "Nunca viajo sem elas. E sei o que fazer se encontrarmos aquele cão do inferno." Dando uma olhada em torno para se assegurar de que nenhum garçom os observava, ele embrulhou um pedaço de bife em um guardanapo, enfiando-o no bolso de seu casaco.

"Isso é mais complicado do que eu imaginava", disse Mitchell. "E mais perigoso."

Theo propôs uma alternativa para ele. "Deixe-nos levar seu carro, então. Você pode passar a noite na pousada, estaremos de volta pela manhã."

"De jeito algum. Passei toda a minha vida lendo sobre deuses e monstros, as grandes jornadas, e nunca fui além de um livro na poltrona. Pode contar comigo, Harper. Sinto-me honrado em ser um dos argonautas."

Supridos de comida e bebida, a rota bem traçada, eles se puseram a caminho, chegando à fazenda pouco depois da meia-noite. Havia luz em uma das janelas do segundo andar, mas nenhum veículo novo estacionado na entrada. A garota talvez estivesse lendo em seu quarto, o garoto dormindo, eles torciam, ao lado do cachorro. Mitchell seguiu em frente, como planejado, e fez a curva até o ponto em que a estrada estava colada ao bosque.

"Por quanto tempo devo esperar?", perguntou Mitchell. "Até começar a ficar preocupado?"

Egon calculou a distância. "Quinze minutos andando, vinte se houver algum contratempo."

"Dê-nos outra meia hora, mais ou menos, para encontrar as marionetes no celeiro", disse Theo. "Havia o que, uma dúzia no desfile de Halloween? Podemos não achar Kay logo de cara. Espere umas duas horas, assim estaremos seguros. Se não aparecermos, vá até a casa, encontraremos você lá."

Assim que eles desceram do carro, Mitchell os chamou. "O que eu faço se algo acontecer com você?"

Theo enfiou a cabeça pela janela do carona. "Faça com que meu livro seja publicado. E diga à mãe de Kay que tentamos."

"Não", disse Mitchell. "Nada assim tão definitivo. O que eu quis dizer foi: o que eu faço se vocês não aparecerem na casa?"

"Bata à porta e acorde aquela bruxa e o panaca", disse Egon. "Conte a verdade e reze para que o cachorro esteja dormindo."

"*Audentes Fortuna iuvat*", * disse Mitchell. Ele acenou em despedida enquanto eles passavam por cima da mureta lateral para desaparecer em meio às árvores.

"Avante", disse Theo.

Na ausência de uma trilha a seguir, Theo e Egon tiveram de escolher um caminho que descia por entre as árvores, em alerta para raízes ou buracos ocultos sob o tapete de folhas caídas. Lá em cima, na estrada, Mitchell ligou o carro e foi até o local marcado para o encontro. Eles haviam decidido, de antemão, caminhar às cegas na floresta, sem usar as lanternas até chegarem ao celeiro, de modo a não revelarem sua presença. Mas isso significava ficarem sozinhos na escuridão, sujeitos aos feitiços da floresta. Os pinheiros roçavam seus rostos e braços, e as bétulas brilhavam como esqueletos. Qualquer ruído se transformava em uma raposa ou urso-pardo. Um movimento no solo só podia ser uma cobra. A respiração formava uma pequena nuvem. Theo podia sentir seu coração batendo, ouvir a brusquidão de seu arfar. Eles tropeçaram e decidiram parar para descansar ao pé da colina.

O riacho estava logo à frente, fragmentos de luar irrompendo na água que deslizava. Eles estavam quase entrando, mas perceberam que era bastante largo e, claro, não tinham como saber o quão fundo seria. Bufando do esforço, Egon apoiou as mãos nos joelhos quando eles alcançaram as margens do riacho. Theo acendeu sua lanterna e iluminou a superfície: algumas poucas pedras sobressaíam das águas escuras.

"Um barco até caía bem", disse Egon.

"Uma balsa para atravessar o Estige, diria Mitchell."

---

* "A sorte favorece os ousados", verso da *Eneida*, de Virgílio.

"Podemos voltar. Ou podemos tentar encontrar uma forma de atravessar o riacho pedra a pedra."

Egon pulou da margem para a primeira pedra, e Theo o seguiu, ciente da música das águas contra as rochas. Eles vadearam o riacho, até chegar à última pedra. Egon calculou mal a passada e caiu no riacho, borrifando água por todos os lados. "Jesus!", ele gritou, pulando para a margem. "Gelado como um túmulo."

Graças a suas pernas maiores, Theo pulou com facilidade para a margem. "Você está bem?"

"*Mes souliers sont chiés*", disse Egon. "E minhas meias também estão encharcadas. Mas aqui estamos."

Circundando o pasto havia uma cerca de madeira, encimada por um fino fio de arame.

Theo acendeu a lanterna e analisou o obstáculo. "Você acha que é eletrificada? Não quero que você leve um choque, molhado desse jeito."

"A sorte ajuda os ousados", disse Egon, que, sem hesitar, subiu na cerca e pulou para o outro lado, sendo rapidamente seguido por Theo. Na outra ponta do pasto, o celeiro assomava na escuridão, eclipsando a lua e as estrelas.

Uma coruja, branca como um fantasma, guinchou ao passar sobre eles. Com um bater de asas suave como um murmúrio, ela voou até a cúpula que encimava o telhado do celeiro. Notas lânguidas de um bandolim reverberaram quando ela pousou, e do sótão veio o som de risos.

"Que diabos é isso?", sussurrou Egon.

"Música."

"Caralho."

"Será que vem do celeiro ou da casa? Você acha que estão dançando lá dentro?"

"São os bonecos."

"Você tem certeza disso?"

Egon então disse: "Tenho certeza de que, de alguma maneira, ela é um deles. Uma marionete. Magia oculta. Há dois tipos de pessoa que chegam ao sobrenatural, os que não acreditam e os que abordam o mundo em todo o seu inexplicável horror e fascínio. Só há uma maneira de saber se estou certo ou não. Se estiver errado, que mal nos fará? E, se estiver certo, há uma chance de encontrarmos sua Kay".

"Ridículo, isso não pode..."

"Não deixe a dúvida ser sua inimiga, *mon ami*. Confie no que você ouve e vê, e deixe o seu coração guiar você."

Seguindo as antigas trilhas das cabras, eles ziguezaguearam colina acima. A meio caminho do celeiro, eles podiam ver luzes que se filtravam pelas frestas entre as tábuas e ouvir vozes dispersas e o som de pés dançando, que vinha do sótão. Todo o imóvel parecia estranhamente vibrante e cheio de vida. No topo do ressalto de pedras junto ao aprisco, eles encontraram uma pequena porta, do tamanho ideal para uma cabra ou uma ovelha.

"Eis minha entrada", disse Egon. "É inútil você se arrastar de quatro por essa imundície. Dê a volta até a frente, vou entrar por aqui e destrancar a porta principal, a não ser que eu seja arrastado para o baile. Apenas tome cuidado com aquele cão do inferno. Vá. *Bonne chance.*"

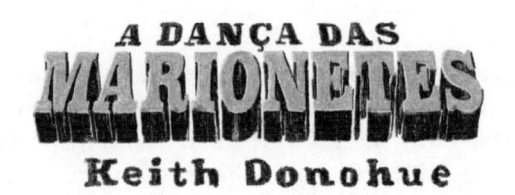

A DANÇA DAS MARIONETES
Keith Donohue

23

oë gritava e lutava para se equilibrar quando viu as duas voltarem, com o Diabo a reboque, e quase se enforcou de verdade sem querer. Todas as marionetes do Quatre Mains se voltaram ao mesmo tempo para testemunhar a chegada do Diabo, um risinho demoníaco em seu rosto, seu rabo pontudo balançando como o de um cachorro. Eles se esqueceram da ameaça de suicídio de Noë e correram para recebê-lo, surpresos, com abraços. Passando os braços em torno da barriga do Diabo, o sr. Firkin o colocou no topo do depósito de grãos, para ser aplaudido e admirado mais facilmente. Enquanto isso, Noë se livrou da forca e cercou suas amigas.

"Então ele estava se escondendo esse tempo todo?"

"Não", respondeu a Fada Boa. "Ele estava bancando o diplomata. Conquistando novos amigos para nós. Você vai adorar conhecê-los."

Ignorando a comemoração, Noë buscava teimosamente por respostas. "E a porta da frente? Estava trancada? Alguém tentou nos buscar?"

"Com toda essa excitação, quase esqueci", disse a Fada Boa. "Não havia ninguém na porta."

Kay sussurrou no ouvido da amiga: "Mas deixamos destrancada. Para qualquer eventualidade".

A fim de que o cãozinho parasse de choramingar e importunar, o Diabo o pegou em uma das mãos e, para seu azar, foi sufocado por lambidas. Ele passou o animalzinho a Nix, já que as marionetes aguardavam um discurso.

"Senhoras e senhores", ele se inclinou para a Rainha, "Majestade. Voltei dos mortos com grandes notícias. Os outros somos nós. Ou talvez eu devesse dizer que nós somos os outros. Ou, melhor, não há outros, apenas nós."

"Mas eles tentaram matar você", disse a Bruxa Velha. "Todos nós ouvimos os gritos aquela noite. Era um barulho assustador, e você certamente foi desfeito, ou esteve próximo da morte."

"Nada do gênero, madame."

"Foi sim, foi sim", insistiu Nix. "Nunca ouvi nada parecido na minha vida."

"O que vocês ouviram foram gritos de alegria e surpresa. Há grandes maravilhas e encantos nos outros aposentos. Perguntem a suas amigas Fada Boa e Kay."

Ordenando que ficassem em silêncio, a Rainha ficou de pé e começou a andar em círculos, projetando sua sombra pelo aposento, todos ansiosos para saber qual seria sua reação à história do Diabo. Ela estava pensando, o que não era um bom sinal. Colocando as mãos às costas, o sr. Firkin começou a andar atrás dela, um ar de profunda consternação em seu rosto, enquanto o cãozinho pulava junto aos pés dos dois.

"Não estamos achando graça", falou por fim a Rainha. "Nem um pouco. Em primeiro lugar, Diabo, você deixou nossa pessoa sem permissão, sem qualquer autorização, e ficou ausente por várias noites, causando dor e consternação a todos nós. Pensamos que você havia sucumbido, meu caro amigo, nas mãos dos outros. Mas, em vez disso, você estava na farra. E foi muito indelicado de sua parte não nos informar de seu paradeiro ou de seu estado geral de saúde e bem-estar."

O Diabo abaixou a cabeça, com ar contrito.

"Em segundo lugar, e vejo agora o quão sem-vergonha vocês são, as três — Noë e Kay eu entendo, mas você também, Fada Boa? Vocês três conspiraram e tramaram para pôr em prática essa artimanha de extremo mau gosto. Que vocês fossem inventar um enforcamento, não como uma simples execução pública, mas como uma cortina de fumaça para que as conspiradoras pudessem escapulir para procurar pelo Diabo..."

"Não foi isso o que aconteceu", interrompeu Kay. "Ouvimos um barulho junto à porta e..."

"Silêncio!" A Rainha bateu o pé com força no chão. Do porão veio um bocejo horrível, lábios estalando num misto de resmungo e gemido, o que mostrava que o Verme havia acordado de seu sono e se sacudia em seu compartimento apertado, batendo contra as paredes. Nix se ajoelhou e olhou pelas frestas do piso.

"Agora você conseguiu", disse. "A coisa acordou."

O sr. Firkin pegou uma velha pá e bateu com o cabo no chão, três vezes. "Não precisam se preocupar com o Verme. Ele só está agitado. Ele é completamente inofensivo e pode ser treinado como um cachorro, basta mostrar quem manda."

A Rainha levou a mão à testa e balançou a cabeça. "Chega dessas interrupções. O que, por favor, me digam, vou fazer com vocês?"

"Tenho de pedir licença", disse o Diabo. "Fomos convidados para uma *fête* esta noite. Em nossa honra, lá em cima no sótão. Vocês terão a chance de conhecer as outras marionetes e comprovarem que não temos absolutamente nada a temer. Vejam bem, o Original em pessoa estendeu o convite..."

"Chega!", gritou a Rainha. "Basta. Não haverá qualquer celebração, e eu proíbo todos vocês de deixarem este aposento sem minha autorização expressa."

"Mas eu asseguro a Vossa Majestade, a todos você. Vocês têm a minha palavra. Trata-se de uma gentileza, uma maneira de conhecermos os vizinhos e nos juntarmos à trupe das marionetes do museu."

"Como podemos saber se isso não é mais uma intriga, outra fantasia? Não, reafirmo, eu proíbo. E não quero ouvir nem mais uma palavra sobre esse assunto."

A Fada Boa deu um passo à frente para falar, mas o sr. Firkin ergueu a pá sobre sua cabeça. "Uma só palavra a mais", ele falou, "e você vai alimentar o fogo. Você ouviu a Rainha. É proibido."

A ameaça de violência os assustou, e todos voltaram a seus lugares. Nix pegou três bolas e retomou seu malabarismo. As Três Irmãs se retiraram para o cocho e desfaleceram. Visivelmente abalada, a Rainha buscou os conselhos do sr. Firkin em um canto isolado.

Sob os dedoches que pendiam da viga, os conspiradores se agruparam, o mais distante possível dos demais, dado o espaço exíguo. O Diabo sentou-se sobre seu rabo e o retorceu por baixo das pernas. Noë lutava contra a tentação de ficar brincando com sua nova cabeleira, já a Fada Boa permanecia imperturbável como uma árvore. Eles ficaram em silêncio, no início, fingindo estarem amuados, mas Kay podia ver nos olhos de seus amigos a determinação de contrariar a ordem real.

"A Rainha, dessa vez, foi longe demais", disse o Diabo. "O poder reside na monarquia ou no povo?"

"Desde que chegou a Vermont", disse a Fada Boa, "você age como um socialista."

"Quando em Roma..." Ele sorriu e cofiou a barba. "Precisamos convencer os demais a enfrentá-los, a nos acompanhar, daí o velho Firkin não vai conseguir apelar para sua estratégia do medo."

Kay apontou para a Rainha em seu trono, com Firkin cochichando no ouvido dela. "Não vamos convencer esses dois. Nem Nix — ele faz o que o gorducho manda. E não acho que a Bruxa Velha seja corajosa o bastante para se juntar à causa. Isso significa quatro do lado deles, quatro do nosso."

"E as Três Irmãs?", perguntou a Fada Boa. "Elas parecem libertinas demais para se incomodarem com política."

O Diabo estalou seus dedos de unhas longas. "É preciso dar aos eleitores uma razão para votar. Deixem comigo."

Cansadas de tudo, prisioneiras de sua percepção de que a vida é uma situação sombria e melancólica à qual é preciso suportar, as Irmãs estavam deitadas, em uma indolência profunda e apática. O Diabo se esgueirou no boudoir delas.

"Velho *chort*."* Olya mal ergueu a cabeça. "Tão feliz em ver você, *querrido*."

"*Mesdames*, vocês estão com uma aparência ótima. Linda Olya, elegante Masha e encantadora Irina."

Suspirando, elas se sentaram para ouvir os elogios dele.

"Estamos planejando uma revolução. Juntem-se às massas, e seremos sete contra quatro. Cinco, se contarmos o Cão, mas não sei se ele é um radical. Quero tirar vocês desse lugar. Um pouco de música, de dança. Um romancezinho, talvez?"

Ajeitando seu cabelo algodoado, Irina se endireitou no assento.

"Há um grupo de dissidentes russos. *Refuseniks*.** Eles não veem uma conterrânea há séculos."

Enquanto as duas mais jovens mostraram interesse na notícia, Olya permaneceu impassível.

"Há outros, querida", disse o Diabo. "Um samurai, quem sabe? Uma dupla de jovens tolos que gostam de trocar suas amantes. E, no sótão, há ainda muitas outras marionetes."

"Eu vou", disse Olya. "Não por causa de algum homem, mas por amor à liberdade e à revolução."

---

*   "Demônio", em russo.
**   No regime soviético, pessoas que não conseguiam vistos para sair do país.

A conspiração das marionetes foi até o outro lado do aposento, para enfrentar a Rainha. Ela oscilou e quase desmaiou quando eles lhe disseram que estavam indo para o sótão e não seriam, nem poderiam ser, impedidos. Quando o sr. Firkin tentou pegar a pá, foi interrompido pela firmeza férrea da mão esquerda do Diabo.

"Isso é traição! Solte-me, diabrete."

A Rainha o afastou com um gesto imperial das mãos. Ela balançou a cabeça, com ar triste. "Acho que esse dia era inevitável, com tanta rebelião a nossa volta. Mas vocês precisam saber que meus atos visam aos interesses de meu povo. Sim, pode parecer um convite encantador, e há algum tempo estamos realmente ansiosos por novas companhias, novas conversas. Mas as regras foram feitas para proteger vocês. Vocês devem se lembrar de que nós não convivíamos com o Original lá na loja de brinquedos. Ele no Quarto da Frente, nós no Quarto dos Fundos. Era melhor assim. Resguardados da natureza imprevisível dele."

As marionetes se reuniram junto à porta, no escuro.

A Rainha abdicou de seu poder. "Vão, se quiserem, mas prestem atenção: não percam seus lugares nem esqueçam seus papéis. Somos como somos e éramos muito antes de vir para este... celeiro. Comportem-se sempre de forma a manter sua integridade e linhagem intactos. Como marionetes do Quatre Mains."

Nix pôs de lado suas bolas e prostrou-se aos pés dela. "Também gostaria de ir, Vossa Alteza."

"Para onde estamos indo?", gritou a Bruxa Velha, colocando a mão em concha no ouvido.

A Rainha e seu lacaio sr. Firkin ficaram sentados, tristemente, no aposento vazio, enquanto os outros partiam para a festa. Até o Cão se uniu à comitiva do Diabo. Mal eles dobraram no corredor do vestíbulo, dirigindo-se às escadas, um ruidoso suspiro de lamento filtrou-se pelas tábuas do piso, seguido por uma pancada nas paredes do porão, enquanto o Verme contorcia-se em seu covil.

Egon esquadrinhou as constelações no céu, recordando sua infância em Quebec, quando seu pai havia lhe ensinado os nomes das estrelas. As noites constituíam os momentos compartilhados pelos dois. Sob o manto da escuridão e longe de olhos inquisidores, eles se refugiavam nos domínios da noite, as diferenças entre os dois minimizadas quando estavam a sós. Ele acendeu um charuto e soprou a fumaça na imensidão do céu, imaginando o que teria sido feito do velho bastardo. Ele desfrutou de seu pequeno charuto até o fim."

Como ele havia sido enredado em uma trama tão estranha?, pensou. Em um dia, comandando os bastidores do circo, um trabalho estável, no outro, caçando mulheres desaparecidas e dando de cara com marionetes. Em uma missão de resgate com aquele sabichão Mitchell, cheio de história e mitologia, e com o outro sabichão Harper, filosofando e obcecado por aquele fotógrafo pervertido. O mundo gira de uma maneira bem louca. Seus pés estavam molhados, e ele estava com frio e cansado, e não muito animado para descobrir o que havia naquele celeiro. Marionetes lhe davam arrepios.

Na pequena entrada para o aprisco havia uma porta de vaivém, e ele imaginou as ovelhas e cabras de antigamente abaixando a cabeça e dando marradas até que ela abrisse. Com um bom empurrão, ela cedeu, e ele entrou. O cheiro de amônia velha encheu suas narinas e o obrigou a tampar o nariz. Ele apontou a lanterna para as vigas do teto, pontilhadas por ninhos de andorinhas, e quase tropeçou em um saco de cal virgem largado perto da porta. Ao longo do porão, uma massa escura se estendia do chão ao teto, tomando quase todo o espaço disponível. Seu instinto era sair correndo daquele lugar, o mais rapidamente possível, mas ele se sentia atraído por aquele estranho objeto. Vermelho metálico e dourado brilhavam no círculo de luz da lanterna. Escamas como as de uma cobra, mas do tamanho de pratos, estavam dispostas em perfeita simetria. À medida que se aproximava, ele podia ver que cada escama era adornada nas bordas com delicadas faixas de verde. Incapaz de resistir, ele correu os dedos pelas escamas, aliviado ao perceber que elas eram de papel-alumínio. Na ponta e ao longo da espinha dorsal, havia uma plumagem frágil e irregular. Um dragão, como aqueles que ele havia visto nas festas de rua no Ano-Novo Chinês, uma coisa comprida que lembrava um verme e que demandava vários homens sob sua pele para a manobrarem. Um pé terminado em garras repousava sob o ventre daquela coisa, a dois metros de distância, com outro um pouco mais à frente, e ele se deu conta de que estava na ponta da cauda da besta.

"*Maudite marde*", ele murmurou para si próprio. "Este é um verme grande pra caralho."

Pezinhos com garras arranharam o piso de madeira, e ele temeu dar de cara com um camundongo ou, pior ainda, um rato. Não há nada pior que um rato. Ele varreu o local com a lanterna e viu a escada, perto de onde devia estar a cabeça do dragão. Entre o monstro e a fileira de estábulos para as cabras, havia um espaço pelo qual ele teria de se espremer para passar. Com uma das mãos à frente para assegurar o equilíbrio, Egon avançou cautelosamente. Cada passo o deixava agitado, pois a lateral do dragão ondulava com a pressão. Egon parou e colou a orelha nas escamas brilhantes, pensando se a besta realmente respirava ou se ele estava apenas ouvindo o bater de seu próprio coração. Do piso superior, vozes abafadas aumentavam e baixavam o tom, como no final de uma discussão. Ele adoraria fumar outro charuto para se acalmar.

A parte de trás da cabeça do dragão lembrava uma flor. Chamas floreadas se assemelhavam a brilhantes pétalas amarelas e, bem no topo, dois chifres estilizados terminavam em curva. Egon deu uma espiada na temível cabeça e viu imediatamente o brilhante olho verde, morto como uma bola de gude, o longo focinho de bigodes, com narinas abertas para expelir fogo, duas fileiras de dentes afiados como adagas e uma enorme língua vermelha e amarela.

"A sorte ajuda", ele disse, tocando com os dedos um dente pontiagudo. De cartolina e oco.

O dragão suspirou, em uma súbita golfada de ar, seguida de uma exalação lamuriosa que fez Egon retirar sua mão e pensar de novo. Da cabeça aos pés, o corpo da besta ondulou, movimento que se repetiu na direção contrária. As mandíbulas se escancararam. Parecia um truque, um brinquedo autômato que havia entrado em ação graças a alguma alavanca ou botão escondidos que ele teria tocado por acidente. Ele direcionou a lanterna para a garganta do dragão, tinta e papel, real e irreal. A curiosidade superou o bom senso. Egon entrou na boca do dragão. As mandíbulas se fecharam, e ele se foi.

Cor de sangue na noite, o celeiro assomava-se contra o céu, quase eclipsando as estrelas. Theo esticou o pescoço para ver a pálida luz delas. Aos seus pés, erva-dos-cancros e capim secos cercavam o celeiro, e ele encontrou arreios enferrujados largados no mato. A coruja na cúpula soltou um guincho e levantou voo, à caça de alguma coisa que se movia em meio às folhas mortas. Theo não tinha pressa em alcançar a porta da frente, pois o cão abominável ainda estava fresco em sua memória. Perto da entrada do aprisco, subia fumaça de charuto, e ele considerou a hipótese de voltar até seu amigo, em busca de um pouco de coragem.

Do outro lado da estrada, a casa de fazenda estava silenciosa, com a garota, o menino e, tomara, o cão adormecidos. Ele caminhou até a porta do celeiro e ficou esperando que ela se abrisse, com Egon trazendo boas notícias. Das entranhas da construção, veio um gemido mecânico e o som de alguma coisa pesada se chocando contra as paredes. Criaturas sobrenaturais. Ele tentou a porta, certo de que estaria trancada, mas, para sua surpresa, ela se abriu. Frente a frente com a oportunidade de encontrar alguma pista sobre Kay, ele hesitou. Nas horas mais sombrias, ele pensava que ela deveria estar morta. Durante meses, não surgira qualquer sinal dela, à exceção da perseguição a essas marionetes, não havia qualquer pista. Não havia qualquer motivo para que ele duvidasse de que ela havia morrido, mas algo nele não conseguia abrir mão da esperança, por mais escassa que fosse, de que ela estivesse viva. Amor é a loucura que nos permite acreditar em mágica.

Ele entrou no celeiro e, quando seus olhos se adaptaram à escuridão, percebeu que havia ali uma lojinha de lembranças. À venda, pôsteres e folhetos sobre como fazer sua própria marionete. Uma velha lata de café anunciava que donativos eram aceitos. Pescando moedas em seus bolsos, ele as despejou pela fenda, e elas fizeram barulho, em meio a todo aquele silêncio, ao bater no fundo da lata. Ele percebeu uma luz vindo de um aposento localizado em um corredor, e foi para lá como uma mariposa.

Na parede dos fundos, perpendicular a duas fileiras de antigos estábulos, havia duas marionetes. Sentada no chão estava a rainha gigante, três metros de altura, envolta em vestimentas reais, e, ao lado dela, havia um boneco em tamanho natural de um homem com chapéu-coco, bigode de morsa e corpo de barrica. A presença deles o assustou em um primeiro momento, mas eles estavam imóveis como manequins. Theo os reconheceu do vídeo do desfile de Halloween e ficou imaginando onde poderiam estar os outros bonecos. Onde estava aquela feita de varetas? Onde estava o palhaço malabarista? A velhota? Onde estava aquela que se parecia com Kay?

Espalhadas pelo chão, cascas de abelhas mortas, secas e leves quando ele as pegou nas mãos. Sobre o estábulo mais distante de onde ele estava, minúsculos bonequinhos pendiam, por cordas, de uma viga. Bonecas rudimentares com corpo de musselina, que lembravam o trabalho de uma criança, talvez da garota que vivia na casa. Ao se aproximar, ele viu que cada uma tinha um rosto grosseiro, feito com agulhas e botões, a boca, um traço de lápis. Uma das pequenas marionetes o fez pensar em Sarant, a contorcionista do circo, e outra tinha óculos de aviador desenhados, igual a Reance, o homem que havia seguido Kay. Ele ficou de pé sob as bonequinhas, pensando em qual seria a conexão delas com o tempo que Kay passara em Quebec. Egon saberia. E onde ele teria se metido? Theo não estava seguro se poderia inspecionar os outros aposentos sem ele.

Dominando o lugar, os dois bonecos encostados na parede tinham uma aparência sinistramente natural, que o deixava nervoso, ainda que fosse visível que eles eram feitos de arame e papel, pintados e vestidos com roupas velhas. Ele se aproximou para estudar seus rostos. A rainha mirava um ponto próximo ao teto, mas os olhos do homem-barrica estavam fechados, ainda que parecessem prontos para piscar a qualquer momento. Seu bigode parecia ter sido feito com os pelos de uma vassoura. Curioso, Theo tocou o bigode com os dedos, e o boneco se contraiu e espirrou.

24

Perplexos como crianças de escola, eles subiram as escadas, flutuando no ar. O Diabo ia à frente, e um enorme estrondo ressoou entre a multidão de marionetes no sótão quando sua cabeça chifruda apareceu. Um a um, os demais também foram recebidos com salvas de palmas e hurras, uma imensa cacofonia que os fez se sentirem celebridades.

Kay parou no topo da escada, espantada com a enorme quantidade de marionetes no espaçoso sótão. Espremidos como em um coquetel em Manhattan, dezenas circulavam pelo salão. Altos como a própria Rainha, os quatro presidentes do Monte Rushmore — Washington, Jefferson, Lincoln e Teddy Roosevelt — estavam ocupados em um debate político. As Crianças do Sapato brincavam de pique-esconde, rindo e tagarelando em vozes esganiçadas. A feiticeira *bunraku* assustava os Três Porquinhos com sua transformação demoníaca, e eles guinchavam fingindo ter medo. Oberon batia papo com uma jovem Julieta, enquanto Romeu flertava com Titânia. Quatro tipos fantasmagóricos, montados em lustrosos cavalos pretos, remexiam nas fadinhas, enroscando seus fios e dando risadas com suas bocas destruídas. Pendurada nos caibros, uma gigantesca lua rolava seus olhos de uma cena para outra e sorriu para as marionetes do Quatre Mains; sob a lua, um gato tocava canções populares em uma rabeca, acompanhado por um homem alto e branco, com longos cachinhos escuros, que dedilhava um ukulele e cantava em falsete.

O Diabo pegou Kay pelo braço. "Viu? Eles são como nós."

"Opa!", gritou alegremente uma voz grave no meio do salão, e os músicos responderam acelerando o ritmo. Os bonecos se posicionaram ao longo das paredes e começaram a bater palmas ritmadamente, de início devagar, depois acelerando. Em uma entrada triunfal, emergindo de um buraco na parede junto ao silo, seis jovens mulheres se precipitaram, levando os convivas ao êxtase.

Arrebatadoras em seus vestidos primitivos, as moças fulguravam, com braços, pernas e pés nus, cabelos longos e desgrenhados, um brilho de loucura em seus olhos. Duas traziam lanças nas mãos, muito semelhantes às que Kay havia visto em sua metamorfose de tamanho de boneca para sua forma atual. Duas estavam vestidas com túnicas feitas de pele de animais, e duas levavam odres de vinho atravessados no peito. Elas acenaram para a plateia, e a música desacelerou quando elas começaram a girar, dar saltos mortais e cambalhotas no centro do salão. Cada salto, cada cambalhota eram recebidos com aplausos entusiasmados. Kay pensou em seus amigos acrobatas do circo e ficou hipnotizada pelo caleidoscópio de cores e pelo poder da dança delas.

"Quem são essas mulheres?", perguntou ela ao Diabo.

Ele cofiou sua barba. "São as bacantes. Não chegue muito perto."

Por trás deles surgiu o tropel de passos na escada, e as marionetes do Quatre Mains abriram espaço para a entrada de outras seis criaturas, de peito nu e gargantas vigorosas, aos gritos. Eles saíram dançando pelo salão em seus pés de cascos fendidos, a parte inferior de seus corpos coberta de pelos, os cascos batendo no piso de madeira. Os sátiros perseguiram as bacantes, puxando as roupas delas, arrancando os odres para beber e derramar o vinho tinto. Animados pela bacanal, três dos dissidentes do gulag foram até as Irmãs e as puxaram para dançar. Nix aproveitou a deixa e pegou três das Crianças do Sapato e as jogou no ar, fazendo seu número de malabarismo, os bebês desmanchando-se em gargalhadas. O cachorrinho se juntou ao gato da rabeca, uivando no refrão. Pegando a Bruxa Velha em suas mãos gigantes, Teddy Roosevelt a colocou nas suas costas e ficou andando de gatinhas, como um grande alce, enquanto ela gritava: "Bravo, bravo!". O Diabo tomou a Fada Boa em seus braços e os dois saíram em um foxtrote pelo salão. Gargalhadas explodiam aqui e ali. Gritos de fingido protesto eram recebidos com prazer e rendição.

Uma mão apertou a mão de Kay, e ela reconheceu imediatamente o toque melancólico de Noë. Ela se deixou levar a um canto mais tranquilo, onde as duas deslocadas podiam ficar sozinhas, mas elas tinham de gritar para se fazerem ouvir em meio à barulheira.

"Parece, afinal, que nós não somos mesmo os únicos", disse Kay.

"Há muitos. De onde eles vieram?"

"Do mesmo lugar que nós, eu suponho. Você deve estar aliviada em ver que há tantos outros semelhantes a nós."

"Aliviada?" Noë olhou para a festa alucinada que se desenrolava em torno delas. "Para mim, isso torna as coisas ainda piores."

"Mas veja como eles estão se divertindo!"

"Não tenho nada a ver com esses bonecos." Ela abaixou a cabeça para não ter de olhar para eles.

Kay se curvou, de modo a olhar sua amiga nos olhos. "Por que você diz uma coisa dessas?"

"Você já se esqueceu de quem você é?" Ela parecia mais desnorteada que nunca, a loucura havia voltado.

"Noë." Kay acariciou a bochecha pintada da boneca. "E quem ainda é o que foi um dia?"

Quando a música parou, o Diabo e a Fada Boa atravessaram a pista de dança e pararam para descansar junto delas. O rosto dele estava mais vermelho que nunca, mas a Fada Boa não mostrava qualquer sinal de cansaço. A banda fez uma pausa, e o barulho diminuiu, de modo a permitir uma conversa normal.

"Ah, suas desmancha-prazeres", brincou o Diabo. "Juntem-se à festa. Você me acompanha, Kay? Alguém está louco para dar um oi."

Puxada para longe, Kay lançou um olhar para Noë, abatida, encostada na parede, a Fada Boa passando seu braço de madeira pelos ombros da amiga. O Diabo abriu caminho entre a multidão com os cotovelos, os rostos pintados olhando de soslaio quando ele passava com Kay. As outras marionetes pareciam saber um segredo.

Um sátiro muito gordo e peludo, com orelhas de cavalo, estendeu os braços, impedindo-os de seguir. "Nem mais um passo", disse ele com um soluço. Ele oscilava, mostrando instabilidade, e piscava seus olhos injetados. "Não perturbem as damas, afastem-se. As bacantes só trazem sofrimento e violência. Voltem para sua vida de ignorância e prazer."

"Sileno", disse o Diabo. "Deixe-nos passar, tio. Só queremos conversar com o Original. Minha amiga aqui o conheceu no passado, entende? Antes que ela se tornasse um de nós."

"É melhor manter as coisas do passado no passado", disse o velho bêbado. "As pessoas estão sempre perseguindo quimeras, tentando transformar as coisas naquilo que elas foram um dia, mas vou lhes contar um segredo, irmãozinho. É um jogo perdido. O passado não está mais aqui, nunca esteve. Não da maneira como nos lembramos dele, da maneira como o reconstruímos ao longo de anos, embebido pela nossa imaginação. Deixe para lá, é o que eu digo. Melhor manter o passado aqui dentro." Ele cutucou a cabeça com o dedo, com tanta força que quase caiu. "Mantenha o passado na velha cachola, que é o lugar dele."

"Seu irmão Fundilhos está a sua procura", disse o Diabo. "Bancando o asno completo, mas ele tem um garrafão cheio de vinho novo..."

Sileno bufou e saiu trotando, mas seu posto foi imediatamente ocupado por duas bacantes, uma selvagem em pele de leopardo, outra envolta em hera e portando uma lança de aspecto ameaçador. Elas bloquearam a passagem com braços cruzados e caras fechadas.

"Senhoras", falou o Diabo. "Encantadoras como sempre..."

"Nada de visitantes", disse a guarda de hera.

"Mas foi ele mesmo que mandou buscar esta doce criança. Ela é uma das marionetes do Quatre Mains, que veio fazer uma visita de cortesia."

As duas mulheres se consultaram e, depois de algum debate, liberaram a entrada. Kay passou entre as duas, tensamente consciente da raiva mal contida de ambas, que poderia explodir com um simples movimento em falso.

O barulho no lugar sumiu quando ela o viu de novo. O homem na redoma de vidro, o *poupée ancienne* da vitrine da loja de brinquedos em Quebec, agora livre e vivo como todos os outros. Ele não havia mudado nada. Nem menor nem maior, era o mesmo boneco pelo qual ela havia se apaixonado — há quanto tempo? Parecia que há uma eternidade. Ele se movia lenta e cuidadosamente, caminhando na direção dela em passadas curtas e ritmadas, típicas das marionetes de corda.

"Você é aquele que eu encontrei", disse ela.

"Eu me lembro de você", falou ele. "Você ia me visitar na vitrine quase todo dia."

"Eu queria você para mim."

O Diabo sussurrou no ouvido dela. "Ele é muito antigo, o mais velho de nós. Ele é o Original."

"Você é o primeiro?", perguntou ela.

"É o que alguns dizem." Os olhos escuros do boneco arderam com vida, e ele mirou em torno de si, o local fervilhando de rostos conhecidos. "Vejo que vocês trouxeram quase todos do Quatre Mains para nossa festa de boas-vindas, mas estou triste em ver que o sr. Firkin não sobreviveu."

"Ele está aqui sim", disse Kay. "Lá embaixo. Ele preferiu não vir esta noite. Em lealdade à Rainha."

O boneco antigo deu um longo suspiro e pareceu atormentado. "E ela não quis vir. Minha velha amiga e rival."

"Ela disse para termos cuidado com os outros. Para termos cuidado com você."

À volta deles, as bacantes retomaram sua dança frenética e os saltos mortais. Os sátiros fizeram uma algazarra e saíram perseguindo todas as mulheres do local. Elas gritavam, e os homens uivavam. O volume da música subiu, e os ânimos, encorajados pela celebração, se exaltaram, pairando no ar. Ele estava bastante agitado. Kay não podia acreditar que eles finalmente se encontravam face a face, alguém que ela tinha certeza de que jamais veria de novo. Mas ali estava ele, diante dela, no centro do universo.

Quando o homem do bigode de morsa espirrou, Theo levou a mão ao peito, temendo um ataque cardíaco. Ele queria sair correndo, vomitar, acreditar em qualquer coisa menos no que estava vendo bem na sua frente. O boneco esfregou o nariz e abriu os olhos, mirando apatetadamente o homem com um sorriso envergonhado, por ter sido apanhado fazendo algo que não deveria.

"Que lugar estranho é este?", perguntou Theo. "E que raio de coisa é você?"

O homem em formato de barrica deixou cair a mão e ficou olhando para longe, fingindo que nada havia acontecido.

"Eu vi você", disse Theo. "Eu ouvi você espirrando. Que diabos está acontecendo?"

Incapaz de resistir, o boneco arregalou os olhos e sacudiu seu enorme bigode. Pressionando uma alavanca oculta, ele magicamente ergueu seu chapéu-coco à guisa de saudação. "Sr. Firkin", disse. "A seu dispor. E posso saber quem é você?"

"Você pode falar..."

"É claro que eu posso falar", disse Firkin. "Você também. Permita-me refazer minha pergunta original: qual é o seu nome?"

"Theo Harper. Mas você é uma marionete."

"Como vai, Theo Harper? Um artista, na verdade."

"Feito de papel maché."

"Preferimos ser chamados de atores. É o que fazemos."

"E como você fala e se move sem um homem por dentro? Há alguém manipulando os controles?"

Firkin ergueu as sobrancelhas de maneira cômica e olhou para sua enorme barriga, para verificar se era oca. "Pode me informar as horas?"

Theo consultou o celular. "Passa da meia-noite. É quase uma hora."

"Depois da meia-noite e antes do amanhecer, somos livres para nos movermos dentro de nossa casa. Desde que estejamos sozinhos." A voz soava como se não viesse dele, mas de fora, como um boneco de ventríloquo, com um leve falsete e desafinada.

A gigantesca rainha permanecia inerte contra a parede. Theo apontou na direção dela com o polegar. "Só você? Ou aquela ali também está viva?"

Como um boneco de corda, Firkin pôs-se em movimento com alguns estalos e, mostrando o caminho com o braço, acompanhou Theo até o estábulo mais distante, olhando por sobre o ombro para checar. "Não zombe da Rainha."

"Puta merda, ela está viva também? Só descansando os olhos?"

Agitando os braços, Firkin fez com que ele se calasse. E sussurrou: "Se você quer tranquilidade, não a acorde. É melhor deixar monarcas adormecidos dormirem. Por que você está aqui, Theo Harper? Você é um titereiro?".

Ele ignorou a pergunta. "Há outros por aqui? Outros como você, que podem andar e falar como se estivessem vivos?"

"Outros? Há muitos outros."

"Só vim por causa de uma. Minha esposa, Kay."

Ao ouvir o nome, a Rainha abriu seus olhos do tamanho de pratos e o encarou diretamente. Ela dobrou os joelhos e se ergueu do chão, levantando-se devagar até ficar de pé, com seus 3 m de altura. O topo de sua cabeça quase roçou o teto quando ela caminhou à frente. Cada passada de suas pernas rígidas demandava um esforço considerável, e seu caminhar fazia Theo pensar em uma sequência de Muybridge, uma série de imagens congeladas, simultaneamente fluidas e estáticas. Ele poderia fugir dela, pois era mais rápido, se ela quisesse agredi-lo, mas o rosto dela mostrava curiosidade, não medo ou rancor. Firkin colocou sua mão pesada no ombro de Theo, encorajando-o a ficar parado. A alguns passos, ela parou, olhando-os de cima e oscilando como uma árvore no vento.

"Não há nenhuma Kay Harper aqui", disse ela. "E você também não deveria estar aqui. Caia fora enquanto pode."

"Mas eu a vi", retrucou ele, "no desfile de Halloween. Também vi você e o gorducho aqui, além de vários outros. Você se importa se eu der olhada por aí?"

A Rainha endireitou os ombros e inflou suas vestes, para parecer o mais larga possível. "É claro que eu me importo. Você não tem nada a fazer por aqui. Suma e esqueça o que viu aqui."

"Você a ouviu, amigo", disse Firkin. "Não haverá uma segunda chance. Vá e não diga nada sobre o que testemunhou neste lugar."

"Vocês não me assustam. Meus amigos logo estarão aqui. Aliás, um deles já deve estar chegando, pelo porão."

"Céus", disse o sr. Firkin. "Imagino como ele conseguirá passar pelo Verme. Ele talvez fique retido por mais tempo do que o esperado."

Do andar superior vinha o som de música e dança, tão estridente que as minimarionetes acima de sua cabeça começaram a balançar no ar, revelando os velhos rostos de Quebec. Ele tinha certeza de que Kay estava lá em cima e começou a se dirigir para a escada.

"O que você pensa que está fazendo?", perguntou a Rainha. "Digamos, hipoteticamente, que ela esteja aqui. Digamos que você, de alguma maneira, a encontre. Você acha que pode simplesmente entrar e levá-la embora? E, ainda assim, o que você faria com uma marionete? Ela não seria mais a pessoa de quem você se lembra. Ela não seria mais como era antes. Vá para casa enquanto pode. Se você insistir nessa loucura, não poderei fazer nada por você."

"Mas eu a amo", disse Theo. "Sinto saudades dela. Ela é a outra voz na minha cabeça. O sangue no meu coração, a música no meu cérebro. Vocês não têm o direito de tirá-la de mim. Tenho procurado por ela todos os dias, e agora que estou tão perto de encontrá-la não vou desistir. Mesmo que ela tenha se tornado outra pessoa. Mesmo que seja uma marionete."

O sr. Firkin esfregou o chão com os pés. "É melhor esquecê-la, meu caro. Não há nada a fazer. Sinto muito por sua perda."

A Rainha se abaixou e sentou sobre os calcanhares para encarar Theo. Os ombros agora relaxados, ela cruzou as mãos no colo. "Terei eu adquirido um coração mole? Terei perdido a mão de ferro que eu tinha quando nós estávamos no Quarto dos Fundos? Meu tamanho, temo, apenas fez crescer minha compaixão. É muito melhor para uma rainha ter um coração de gelo. Há alguma coisa que eu possa lhe dizer, meu caro, para convencê-lo a mudar de ideia? Dê tempo ao mundo e ele partirá seu coração, mas o coração vai se curar com o tempo, para pertencer ao mundo de novo." A Rainha segurou o rosto dele em suas mãos. Ela se sentia como uma mãe, ele se sentia como uma criança.

"Preciso encontrá-la e, se possível, levá-la de volta comigo. Minha esposa é um ser humano de verdade. Se há alguma maneira de fazê-la voltar ao normal, por favor me diga."

"Kay está aqui, mas primeiro você terá de encontrá-la. O caminho não é tão difícil, apenas continue virando à direita que você encontrará a escada. Mas eu não posso dizer se há alguma coisa escondida nos aposentos ao longo do caminho. Há marionetes por aí, estranhas criaturas sobre as quais não tenho qualquer poder. E você ainda terá de passar por todos os outros que não querem de jeito algum que Kay se vá. Eles o reconheceriam, claro, na sua forma atual, como um homem. Então é preciso arrumar um disfarce, ainda que nem a melhor máscara seja capaz de esconder sua verdadeira identidade por muito tempo."

Ela tocou os bonequinhos fantasmagóricos que pendiam em cordas. "O melhor, nessas circunstâncias, é ser simples. Você tem de agir depressa. Eles estão distraídos com a festa, então você pode conseguir enganá-los como um fantasma."

O sr. Firkin interveio: "Talvez ainda haja alguma sobra de musselina. Você precisará de uma capa para cobrir suas roupas".

"Se", disse a Rainha, "você conseguir evitar ser descoberto, precisará de habilidade para não alarmá-la. Será preciso convencê-la de quem você é, e mesmo assim ela pode não querer partir. Há outros que podem querer ir com você."

"Noë, por exemplo..."

"Obrigada, Firkin. Outros que ficariam mais do que felizes em tentar uma fuga. Mas você terá de assegurar Kay de seu amor e fazer com que ela acredite que a vida — a antiga vida dela — é possível fora dessas paredes."

O rosto de Theo se iluminou. "Tenho fé suficiente para nós dois."

"Você vai precisar dela", disse a Rainha. "Há duas saídas. Vocês poderiam refazer o caminho até a porta da frente, mas os outros certamente perceberão, e vocês não irão muito longe. A melhor opção é por um buraco na parede, em algum lugar no silo, creio. Sinto não poder ser mais específica, pois não vi como é por dentro. Mas sei que está lá. Eu vi do lado de fora, quando chegamos, e o vento sopra por ele algumas noites. Vocês terão de planejar a rota de fuga antes de começar. Velocidade é crucial. Assim que perceberem que vocês estão tentando escapar, os outros virão atrás, e rapidamente."

"Vocês só terão uma chance", disse o sr. Firkin.

"Faça isso antes do amanhecer, e ela retomará sua forma humana assim que vocês estiverem lá fora. Não subestime as outras marionetes. Elas são fortes e ferozes, e provavelmente não vão permitir que vocês escapem. Assim que estiverem lá fora, corram o mais rápido que puderem e não contem a ninguém, em qualquer circunstância, o que se passa aqui."

"Isso é tudo?", perguntou Theo.

"Outra coisa: não olhem para trás quando estiverem passando pela saída", completou a Rainha. "Se ela ama você, ela o seguirá. Se não, você pode perdê-la para sempre. Mas você tem de confiar nela."

Lá em cima, alguém estava dando cambalhotas pelo chão. "Sr. Firkin", disse Theo, "estou pronto para me tornar uma marionete. Vamos fazer esse disfarce."

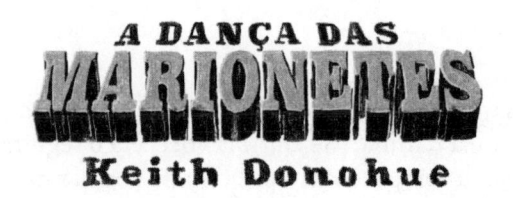

25

Para a cabeça, eles cortaram um pedaço de musselina engomada, que costuraram como um saco e encheram de trapos. Quando ficou pronta, a cabeça falsa parecia três vezes maior que a dele, e ele teve dificuldade para encontrar o equilíbrio e mantê-la no lugar. Por trás da mesa no vestíbulo onde os pôsteres eram vendidos, o sr. Firkin encontrou um pote de tinta preta, que eles usaram para rabiscar uma boca torta e dois olhos grosseiros, furados para que Theo pudesse enxergar pelos buracos. Para cobrir seu corpo, ele usou um simples lençol, que ia até o chão, também de musselina, amarrado no pescoço com a forca que Noë fabricara. Ele parecia uma versão gigante dos dedoches pendurados nos caibros.

"Mantenha as mãos escondidas quando estiver no sótão, e ninguém vai perceber. Você está um fantasma bastante aceitável."

"Vire-se", falou a Rainha. "Deixe-me ver. Hmm, vai servir. Ninguém conhece você, Fantasma. E as circunstâncias estão a nosso favor. Os outros pensarão que você é um de nós, e os bonecos do Quatre Mains acharão que você é um dos outros. Cuidado com o Diabo, no entanto, porque ele conhece todo mundo."

"O Diabo?"

"Roupa vermelha, chifres, barba pontuda. Preste atenção nele. Mova-se o mais furtivamente que puder e torne-se invisível. Pense como um boneco, caminhe como um boneco. Quando chegar a hora de escapar, dirija-se às pressas para a saída."

Firkin aparou a ponta esgarçada da corda da forca. "E, se tudo der errado, corra como o demônio. Você está pronto, hora de partir. Atravesse as salas até as escadas. Não tem erro."

"Não sei como agradecer..."

A Rainha ergueu a mão. "Não é necessário. Se vocês conseguirem escapar, vão esquecer tudo o que viram e aprenderam aqui, inclusive a vida secreta das marionetes. Vá e encontre sua amada. Mas cuidado com o boneco de madeira primitivo que está no centro de tudo, uma marionete simples e modesta que fará coisas indescritíveis se pegar você."

Theo foi caminhando pela escuridão. O primeiro aposento pelo qual passou estava vazio, apenas com alguns ramos sem folhas e lascas de madeira branca pelo chão, um cenário abandonado de alguma fábula invernal. Um enorme sapato vazio dominava o segundo aposento, e ele não queria imaginar o tamanho do boneco que calçava aquilo. No centro do terceiro aposento havia uma única *shōji*, porta de correr japonesa, pintada com uma delicada amoreira em flor. Depois de verificar se havia alguma marionete escondida atrás dela, ele se apressou para ver o ambiente contíguo, um cenário de conto de fadas. Repousando sob um caramanchão, havia um homem de tamanho natural, roncando suavemente, ao lado de um garrafão. Em uma das mãos ele segurava firmemente um cacho de uvas rosadas, e a outra estava pousada sobre um burrinho adormecido, fatigado pela labuta.

"O que há, espírito?" A marionete se sentou, um sátiro gordo e peludo vestido apenas com uma coroa de louros na cabeça, de barba desgrenhada e orelhas de cavalo. "Por onde você vaga?"

Se eu ficar parado, pensou Theo, ele vai pensar que está sonhando e vai dormir de novo.

O homem gordo arrotou e riu para si próprio. "Você não vai falar nada, alma penada, nem me dizer por que está aqui? Você finalmente veio me buscar? Teria meu comportamento devasso finalmente me derrotado? Era de se esperar. Ora, bem, quem vive despreocupado ignora seu infortúnio. Venha, sente-se um pouco comigo e me conte como é estar morto. E se não seria mais sábio nunca haver nascido."

Theo alterou a voz, falando com um tom mais grave, com um ritmo bem mais lento que o normal: "Se você não houvesse nascido, não saberia o que é estar vivo, e, sem a vida, é impossível compreender a morte".

Levando a mão a sua testa, o homem gordo parecia sofrer. "Você é um espírito estranho, com uma estranha filosofia, e está me dando dor de cabeça. Meu nome é Sileno, amigo. Que nome lhe deram quando você estava sobre a terra? Ou os nomes que recebemos são coisas sem valor? Venha e tome um drinque, seja você quem for, e juntos celebraremos sua fuga de uma razão melancólica." Sileno deu um leve tapinha no dorso do burrinho, que gemeu e rolou para outra almofada, a fim de continuar dormindo.

Theo ajeitou a pilha de almofadas e, dobrando as pernas para esconder seus sapatos, sentou-se ao lado do entorpecido bêbado. Quando este lhe ofereceu um gole do garrafão, Theo polidamente recusou.

"Para que um fantasma precisa de vinho, não é mesmo? Quando se está morto, os apetites crassos desaparecem, mas, quando se é imortal, o apetite é tudo, sinto dizer." Sileno acariciou sua enorme barriga. "Diga-me quem você veio buscar, amigo, para que eu beba a sua boa sorte."

"Vim por minha amada..."

"Ha! É uma velha história. A mais velha de todas. Amor."

"Você conhece uma marionete chamada Kay?"

"De novo com os nomes. Tenho sorte em lembrar o meu. E o do meu irmão. Fundilhos, é isso? Você está procurando pelo Fundilhos?"

Theo fez que não com sua imensa cabeça fantasmagórica. "Estou procurando por Kay."

Sileno coçou a cabeça, tirando do lugar a coroa de louros, mas não percebeu que ela havia tampado um de seus olhos. "Estão todos lá em cima, no Eliseu. Tive de me retirar daquele arrasta-pé enlouquecido. Era demais para mim. Mas pergunte ao Original, ele conhece todo mundo. Antes de ir, faça uma pausa, Velho Fantasma. Não tenho ninguém com quem falar, além deste burrinho."

O burro exprimiu sua queixa com um zurro.

"Tenho de ir", disse Theo. "Tenho um encontro marcado antes do amanhecer."

"O amor distante o aguarda", falou o velho bêbado. "Corra atrás dela, se preciso for, mas lembre-se: é necessário guardar aquilo que se apanha." Ele se virou de repente e pegou no sono antes mesmo que sua cabeça encostasse no travesseiro. O burrinho se ajeitou até que os dois ficaram lado a lado, como amantes em conchinha.

Levantando-se cuidadosamente, Theo ajeitou seu disfarce e ensaiou como parecer flutuar enquanto se dirigia à escada. A música crescia de volume a cada degrau que ele subia, as conversas aumentando e diminuindo em harmonia e dissonância. Pelos pequenos buracos de sua máscara, Theo distinguia lampejos de luz e cor, até que, ao chegar ao topo da escada, todo o salão explodiu em cacofonia. Um sótão enlouquecido, lotado de pesadelos. Marionetes por todos os lados, tantas que ele ficou assustado o bastante para considerar a hipótese de voltar para a paz e o silêncio do caramanchão. Esperar por Egon — onde diabos ele estava? Mas Theo avançou, ergueu-se do último degrau e, afastando-se da entrada, encontrou um canto de sombra junto à parede, para absorver aquilo tudo.

Pequenos e grandes, fadinhas que rodopiavam presas a fios, gigantes que andavam como se com pernas de pau. Gordos e esqueléticos, uma pessoa-árvore, sombras achatadas acionadas por varetas, efígies, cães e gatos, e os Quatro Cavaleiros do Apocalipse sobre cavalos de cartolina, pretos como carvão. Três porquinhos e nove bebezinhos. Enormes cabeças que se movimentavam abrindo e fechando as mandíbulas. Um carnaval movido a ácido, uma louca festa a fantasia na qual as roupas vazias andavam, falavam, dançavam, cantavam. Um casal de marionetes abraçadas. Um malabarista que girava um pássaro na ponta de uma corda, fazendo um movimento circular infinito.

Sentindo calor em sua cabeça recheada, Theo sentia o cheiro de papel e cola, madeira e arame. Na sua boca, um gosto de serragem e tinta. Como a máscara não tinha buracos para os ouvidos, Theo tinha dificuldade em distinguir a direção dos sons, que pareciam vir de todos os lugares e de lugar algum.

Um cachorrinho, do tamanho de um brinquedo, percebeu Theo imediatamente. Ele ficou cheirando a bainha da roupa e choramingou ao sentir o cheiro estranho, e Theo tentou afastá-lo com a ponta do pé. Uma linda japonesa, vestida com um quimono luminoso, correu para ajudá-lo, mas parou quando percebeu sua roupa.

"Um fantas-tas-tas-ma!", berrou. Seus olhos viraram nas órbitas, mostrando um amarelo pavoroso, e de sua testa brotaram chifres vermelhos, enquanto seu sorriso se transformou em um horrível esgar de dentes pontiagudos. Theo empalideceu e pensou que aquele deveria ser o demônio sobre o qual os outros o haviam alertado, mas, assim que ele lhe dirigiu a palavra, um samurai se esgueirou por trás dela e, com um único golpe, cortou sua cabeça. Esta rolou pelo chão, rindo. Latindo e rosnando, o cachorrinho perseguiu a cabeça, uma macabra brincadeira de pegar. Com os braços estendidos, o corpo decapitado saiu às cegas, tentando encontrar a cabeça antes.

"Não se preocupe", disse o samurai. "Ela logo vai tropeçar na cabeça, e nós a consertaremos antes do amanhecer."

Theo flutuou para longe da balbúrdia, em busca de um canto de onde pudesse ver melhor a multidão, tentando distinguir o familiar do estranho. Ao procurar os bonecos do desfile de Halloween, ele imediatamente encontrou as três irmãs. Em um grupo de homens com roupas russas, a mais alta delas havia erguido suas saias para

dançar o *kazotsky*, suas pernas articuladas chutando o ar à maneira de um cossaco, um enorme sorriso no rosto. Duas crianças esca-
lavam os ombros da marionete feita de varetas e galhos, e ele viu a
velha adormecida em uma cadeira de balanço, alheia ao caos que a
rodeava. O Diabo não estava à vista.

O primeiro lampejo que ele teve dela foi fugaz e de costas, um pedaço de cabelo, a curva de um braço desnudo. A mulher da cabeleira
de palha estava voltada para ele, exatamente em frente, em um canto
do salão. Mesmo de longe, era possível ver que ela estava amargura-
da, e outra mulher se aproximou, no que parecia um gesto de consolo. Parcialmente oculta pela multidão, ela se virou lentamente para
ele, uma série de imagens congeladas que se aglutinavam, formando
o movimento completo. Ele viu o rosto dela de novo. Kay. Viva. Em
um corpo de marionete, mas, finalmente, Kay. Ele sucumbiu, desmoronou. Finalmente, finalmente, finalmente.

O Original não conseguia conter sua raiva. Enquanto a sua volta as
bacantes e os sátiros davam pinotes, ele andava em círculos, no seu
passo rígido e rangedor, resmungando para si próprio. "Ter cuidado
comigo? A Rainha disse para ter cuidado comigo. Dos chamados outros. É uma bela ironia, vindo dela. Ter cuidado com a Rainha, isso
sim. Ela é uma monstra, uma tirana, a própria rameira do poder e
da falsidade."

Kay se agachou em frente ao pequeno boneco de madeira, sem saber
o que dizer para acalmá-lo.

"Eu fiz a oferta", disse ele. "Eu estendi o ramo de oliveira, e qual foi a
resposta dela? Não posso ir à sua festa. Ela alerta você e todos os meus
amigos do Quatre Mains sobre mim? Eu pergunto a você, quem perdeu
a razão aqui? Aquela petulante, aquela sem-vergonha, aquela insignifi-
cante casca de papel e cola." Ele coçou a cicatriz que dividia seu peito
ao meio, e suas órbitas brilhavam com fúria.

"Para ser honesta, senhor, ela nos deu permissão para vir, e estávamos temerosos de que você houvesse levado nosso amigo, de que você
tivesse desfeito o Diabo."

"Assassinado o Diabo, foi nisso que ela fez vocês acreditarem? E
aposto que o amigo gordo dela esteja nessa também. Firkin, hah. Por
que iríamos querer nos livrar do Diabo? Por que iríamos querer perder
quem quer que fosse? A Rainha está desorientada, se essa é a história

que ela anda espalhando. Sou a favor da harmonia entre todos os brinquedos. Cada boneco em seu lugar, basta seguir as regras e você encontrará a felicidade. E paz, ordem e liberdade."

"Liberdade?", perguntou Kay. Através do turbilhão dos dançarinos, ela procurou Noë, encontrando-a sozinha, de pé e ansiosa, em contraste com toda a festança em torno dela. "Então estamos livres?"

Ao ouvir a pergunta, o Original parou e lentamente virou-se para encará-la. Ela viu, então, o quão velho e gasto ele era. As rachaduras ao longo dos veios da madeira haviam se aprofundado, e os buracos em seus braços e no topo de seu crânio, onde há muito não se colocavam cordas, estavam escurecidos pela sujeira dos séculos. "Somos todos livres", falou o velho boneco. "Livres como o destino nos permite ser."

"Você poderia então ajudar minha amiga Noë?" Ela apontou para a figura infeliz do outro lado do salão. "Ela está enlouquecendo lentamente com essa vida de marionete e quer seu velho eu de volta. Você pode conceder-lhe essa liberdade?"

Uma sombra de decepção passou pelo rosto dele, e as dobradiças de seu pescoço rangeram quando ele curvou sua pesada cabeça de madeira. "Criança, você me toma por algo que eu não sou. Há muito tempo, os xamãs me transformaram em quem eu sou, assim como o Quatre Mains transformou você no que você é hoje. Você pede um livre-arbítrio que está além dos meus poderes. Os titereiros podem levar você embora se quiserem, como foi feito diversas vezes antes. Mas não sei qual é o destino que aguarda aqueles que são descartados. No entanto, somos livres nas horas noturnas, livres dentro deste espaço..."

"Isso não é liberdade."

Lívida, ela lhe deu as costas e empurrou uma bacante carrancuda que estava em seu caminho, ignorando as súplicas do boneco antigo, que a chamava de volta. Enraivecida, ela atravessava o salão em passadas largas, até que o Diabo a alcançou. Agarrando-a pelo braço, ele a fez girar, com violência. "O que você pensa que está fazendo? O que você disse a ele? Você perdeu o juízo?"

"Houve um tempo em que eu achava que ele era um deus", falou ela. "Mas ele não é nada além de mais um de nós. Envelhecido e fatigado pelos séculos."

"Você tem de respeitar os mais velhos. Ele viu e fez coisas com as quais eu e você apenas sonhamos."

"Nada além de uma marionete de corda."

O Diabo deu uma gargalhada e afrouxou a mão que a segurava. "Vamos, minha querida Kay. Não é tão ruim assim. Você pode achar que este lugar é uma espécie de inferno, mas pense, mais uma vez, em tudo o que você abandonou e tudo o que você tem agora. Não temos fome nem sede, não de verdade. Nossas ansiedades do dia a dia desapareceram. Não há necessidade de sofrimento, tristeza ou lágrimas. Não nos cansamos nem envelhecemos para além da idade com que nos fizeram. Nada de ódio, ciúmes ou crime, se assim quisermos. Só nos pedem para fazermos aquilo que mais amamos. Atuar. Fazer as pessoas rirem, chorarem ou sentirem o coração apertado por uma ou duas horas. Somos imortais, eternos e amados, enquanto houver uma plateia para nossas momices."

Pela primeira vez desde que havia chegado, Kay teve vontade de bater na cara de alguém. "E se não quisermos mais ser marionetes?"

O tempo desacelerou, e ela girou sobre a ponta dos dedos, a fim de abarcar todo o espetáculo a sua volta. A comédia dos condenados, que ignoravam sua exasperação, prosseguia. Ela ouviu a gargalhada grave de Olya quando um dissidente urrou: "Pegue-me se for capaz". Puck rodeou pé ante pé os quatro amantes que repousavam de seus embates, derramando néctar em seus olhos sonolentos. O bom e velho Nix entretinha as Crianças do Sapato com mais um truque de seu repertório. Um fantasma que ela não havia visto antes pairava junto à escada. Era uma vida cheia de novidades e diversão, berrante como um parque de diversões, alegre como um circo, mas que ela não conseguia harmonizar com seus desejos. Ela vasculhou a multidão em busca de Noë, o Diabo acompanhando todos os seus movimentos.

"Ela sempre foi um pouco louca, nossa Noë", disse o Diabo. "Desequilibrada desde o dia em que chegou. Sempre a ouvi falar sobre como ela não pode aguentar nem mais um minuto, mas, eu pergunto, quem se sai melhor em um espetáculo? Não deixe a loucura contagiar você. Aproveite a festa e não perca o seu tempo com tristezas. Vai ser um inverno longo, frio e escuro, garota, e não queremos ver você tão para baixo. Um pouco de pecado vai lhe fazer bem."

"Vade-retro", ela disse, afastando-se do Diabo. Ela lutou para chegar até Noë, enfiada sozinha em um canto, alheia, mexendo em seu cabelo de palha.

"Homens", falou Kay. "Eu depositava tantas esperanças no Original, mas, no fim das contas, ele é igual a todos os outros, só conversa, nada de ação. E pensar que eu o adorava, lá na vitrine da loja de brinquedos em Quebec. Eu me lembro de passar pela Quatre Mains diariamente, a caminho dos ensaios, e lá estava ele em toda a sua glória antiga. Um homem de madeira preso em uma redoma. Meu marido tinha ciúmes dele, imagine só, pois nunca eu cobicei tanto alguma coisa em minha vida. Ele parecia vivo, e eu não consegui resistir a ele."

"O amor gera muitas ilusões felizes."

"O velho não ofereceu qualquer saída, infelizmente. Eu intercedi por você."

Noë suspirou. "Faria qualquer coisa para me sentir assim de novo."

Kay colocou a mão no ombro de Noë. "Poderíamos tentar a porta da frente. Escapar discretamente da festa, ninguém vai perceber, e tentar a sorte. Só porque eles dizem que é impossível, não significa que não deveríamos tentar."

"Mas e a Rainha e o sr. Firkin? Eles ainda estão lá embaixo."

"Se eles estiverem nos estábulos, nem vão notar. E, se eles estiverem vigiando a porta, podemos tentar passar pelo Verme, pela porta das ovelhas que fica no porão."

Com um aceno de cabeça, Noë apontou uma figura por sobre o ombro de Kay. "Não olhe agora, mas acho que você tem um admirador secreto."

"Nem dê importância..."

"Ele está olhando através de mim. Eu não o havia visto antes, e você? O que é esse boneco estranho, um fantasma?"

Fingindo desinteresse, Kay deu uma espiada na criatura. Era a pior caracterização de um fantasma que ela jamais havia visto. Nada mais que um lençol e uma enorme cabeça encaroçada. Dois borrões desiguais de tinta preta, seus olhos pareciam ter sido pintados por uma criança, e a boca era um traço grosseiro feito com a mesma tinta. Segurando tudo isso, uma corda grossa no pescoço. Kay olhou de novo para Noë e riu. "Dá para perceber o tipo que se interessa por mim."

"Devemos fugir?", perguntou Noë. "Antes que ele diga *buuu* e tente nos assustar? Onde essa gracinha estava escondida até agora?"

Kay olhou para ele de novo, surpresa ao ver que ele tremia, como se tivesse medo dela. O Fantasma avançou de maneira desajeitada, passos inseguros, e então olhou para os lados, a fim de se certificar de que ninguém o observava. Com uma passada mais regular, ele parecia flutuar na direção delas, mas, no meio do caminho, a mulher de pele de leopardo, uma das bacantes, entrou na frente dele.

Ela cheirou o ar, segurando a lança junto a seu peito. "Não vi você antes por aqui, alma penada. Você é uma das marionetes do Quatre Mains?"

O Fantasma fez que sim com a cabeça.

"E você está procurando aquela garota ali? Aquela que amava o Original?"

Um pouco mais hesitante, o Fantasma fez novamente que sim, e a bacante bufou e liberou a passagem, com relutância. À medida que se aproximava, ele se tornava mais familiar, sua estranha vestimenta e atitude dando pistas sobre ele.

"Quem é esse? Não é uma das pequenas marionetes que penduramos nos estábulos?", perguntou Kay. "Como ele ficou desse tamanho? Que estranha mágica é essa?"

Aprumando a cabeça, Noë o analisou mais atentamente. "Ele está usando minha forca no pescoço. Talvez seja melhor ter medo desse fantasma."

Theo flutuou até Kay e hesitou, apavorado por um instante que durou uma eternidade. Esticando sua mão para segurar a dela por baixo do pano, ele se inclinou para sussurrar em seu ouvido: "Sou eu, Theo. Vim para levar você para casa, Kay".

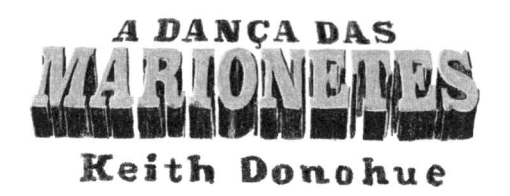

A DANÇA DAS
MARIONETES
Keith Donohue

26

 voz dele em sua cabeça deixou Kay atordoada. Impossível, mas inconfundível. Uma voz vindo diretamente do passado, de outro mundo, de um sonho. Ela se afastou e encarou o Fantasma. Um boneco fictício, feito de trapos e com um rosto desenhado. Ele não era real, não podia ser seu Theo, ele não passava do produto de uma imaginação ociosa. Um truque cruel inventado por algum piadista. O joguete do Diabo. Um embuste.

"Kay", disse o Fantasma. Sua cabeçorra tremia incontrolavelmente, o lençol de musselina vibrava.

"Vá embora", disse Noë. "Não a incomode. Que espécie de criatura é você, afinal de contas? Quem fez você, Fantasma? Você parece um trabalho do velho Firkin. Foi ele que mandou você? Ele não consegue nem pintar uma linha reta."

"Kay", implorou o Fantasma. "Sou eu sob essa roupa." Ele deu um passo à frente, como se fosse abraçá-la, mas ela recuou.

"Você ouviu o que ela disse", retrucou Kay. "Não queremos tomar parte desse seu jogo estranho. Acho que é muita maldade você fingir ser alguém que não é."

Batendo o pé no chão, Noë gritou: "Bu! Deixe-nos em paz, seu lençol de uma figa!".

Ele tirou as mãos de sob o lençol, e ela viu a pele e os ossos, a aliança no dedo. "Você é Kay Harper", disse o Fantasma. "Sua mãe se chama Dolores Bird e vive sozinha em uma fazenda em Vermont. Você e eu nos conhecemos em Nova York e nos casamos no início deste ano, e eu perdi você em Quebec. Sou Theo Harper. *Tu ne te souviens pas de moi? Eu te amo.*"

Aproximando dele seu rosto de papel, ela viu, no centro dos círculos pintados, os olhos azuis que espiavam pelos pequenos buracos no tecido. Kay o puxou para perto de si, apertando-o o suficiente para sentir o coração dele batendo contra o espaço oco em seu peito. "É você? Eles transformaram você em um de nós? Você está morto? Eles transformaram você em um fantasma?"

Ela beijou o risco preto que borrava o rosto dele.

Por trás deles, a orquestra improvisada tocava os primeiros acordes de uma antiga melodia. Os bonecos se dividiram em dois grupos, um de frente para o outro.

"Não sou um fantasma", disse Theo. "E não estou morto. Este é um disfarce para que não me descubram. Não sou uma marionete, sou um homem."

Incapaz de se controlar por mais tempo, Noë cutucou Kay no ombro. "Os outros vão notar vocês dois juntos. Prestem atenção."

Kay se lembrou de quem ela era e se afastou de Theo. "Esta é minha amiga Noë. Está tudo certo. Ela não vai entregar você."

Aproveitando a oportunidade, Noë agarrou as mãos de Theo e, colada na cara dele, espiou seus olhos bem de perto. Como uma criança hipnotizada por um novo rosto, ela o examinou com uma intensidade arrebatadora. "Então você é uma pessoa de verdade se escondendo aí embaixo?"

Com uma risada de deleite, ele apertou as mãos dela. "Sou Theo, uma pessoa de verdade, pelo menos da última vez em que olhei."

"De verdade, verdade mesmo? Do outro mundo?"

"Eu vim do mundo lá de fora."

"Como você nos encontrou?", quis saber Kay. "Como você chegou até aqui?"

Theo contou a história o mais rapidamente que pôde, começando pela loja de brinquedos em Quebec e terminando com a viagem com seus amigos Egon e Mitchell e o plano de invadir o celeiro à procura dela. "A ideia era nos encontrarmos no carro com algumas provas, mas isso foi antes de eu encontrar a rainha e seu consorte. Foi antes que eu visse que as marionetes estavam... vivas."

Os bonecos começaram a dançar quadrilha, um de cada fileira fazendo par com alguém da ala oposta, desfilando por entre os outros, que batiam palmas, o que resultou em algumas estranhas combinações: Puck e a Fada Boa; o demônio *bunraku*, cabeça na mão, com Teddy Roosevelt; as Três Irmãs acompanhadas dos Três Porquinhos. Cada par exibia seus melhores passos e movimentos.

Sem fôlego, Nix correu e se plantou no meio deles enquanto Theo contava sua história. "Juntem-se à diversão. Experimentem. O Diabo quer saber por que vocês não estão dançando."

Noë tentou espantá-lo. "Alguns de nós não gostam de ficar se exibindo. Vá para o Diabo e diga a ele para nos deixar em paz."

Pulando como uma criança irrequieta, Nix não ia desistir tão facilmente. "E ele quer saber quem é você, Fantasminha. Ele diz que nunca viu você por aqui antes. De onde você saiu?"

"Ele é o fantasma do sótão", disse Kay. "Normalmente invisível, ele se mostra quando há um serviço de assombração a ser feito. Diga isso a ele, Nix, e pare de nos amolar."

Nix puxou o lençol. "Você não me assusta. Você consegue atravessar as paredes, Fantasma?"

Com medo de ser desmascarado, Theo tentou se afastar, mas o palhaço continuava indo atrás dele, até que Noë o socorreu. "Não podemos ter você se comportando mal, Nix. Não é gentil ficar fazendo tantas perguntas. O que você acha de eu levar você para dançar e, se eu prometer uma rodada com você, podemos deixar esses pobres coitados em paz por um instante." Ela pegou o malabarista pela mão e o levou dali, voltando-se para olhar para Kay. "Você me deve uma."

Theo e Kay esperaram estar a uma distância segura dos outros, e ele se arriscou a segurar a mão dela entre as suas. O papel cedeu um pouco sob a pressão e não se aqueceu ao seu toque. Ela era duas coisas a um só tempo, ela mesma e seu simulacro. Para resolver o conflito dentro de si, ele ficou olhando fixamente para ela, tentando remover a fachada para verificar se ela existia para além de sua forma. Ou se a forma tinha alguma importância. Ele estava emocionado por finalmente estar tão perto dela.

"O que aconteceu? Como eles deixaram você assim?"

"Não sei como fui transformada."

"Senti muito sua falta, Kay, e quase enlouqueci quando você desapareceu. Eu busquei você, procurava todos os dias, via você por toda parte. A polícia pensou que você havia se afogado, mas era outra mulher. Morta, ela apareceu nos meus sonhos. Eu não conseguia dormir, não conseguia trabalhar. Sem você, fiquei completamente solitário."

Kay encostou seu ombro nele. "Eu me perguntava onde você estaria. Você se lembra daquela velha loja de brinquedos na rua Saint-Paul? Eu achei que havia alguém me seguindo e entrei lá. Quando acordei, estava no Quarto dos Fundos, com as marionetes. Eu havia me tornado uma delas."

Essa passagem do labirinto da história dela tornou tudo claro para ele. "A Rainha disse que só há uma chance de você voltar ao que era. Precisamos fugir deste lugar esta noite, antes do amanhecer."

"Como eu era? Não como uma marionete?" Essa possibilidade pareceu deixá-la atordoada por alguns instantes. Ela levou a mão até os olhos e estudou seu formato e sua substância, e depois observou seus amigos que dançavam, Nix e Noë, passando entre as duas fileiras da quadrilha. "Não me lembro de como eu era."

"Você era de verdade. Uma pessoa, viva como eu."

Ela deixou cair os ombros, como uma marionete cujas cordas se soltaram.

"Precisamos de um plano", disse ele. "Podemos tentar sair de fininho pela escada, mas teríamos de passar pela multidão sem sermos percebidos. Se não formos pegos, podemos sair pela porta da frente, que estava..."

"Destrancada", disse ela. "Mais cedo, ouvimos vozes do lado de fora. Não sabia que era você, mas resolvemos deixá-la destrancada."

"Ou, se alguém estiver de guarda na porta, podemos escapulir pelo porão. Meu amigo Egon está esperando por nós, e há um terceiro homem, Mitchell, esperando com um carro na estrada."

"Perigoso. Eles provavelmente nos verão tentando partir."

"É por isso que eu acho melhor sair por aquele buraco na parede, logo ali." Ele mostrou um ponto a cerca de um metro do chão, onde o silo se ligava ao celeiro. Faltavam algumas tábuas, então a abertura parecia ampla o suficiente para alguém se enfiar por ela. Ele observou o local, imaginando como passar pelos bonecos e conseguir escapar. "Vamos precisar de algo que os distraia. Será que sua amiga não poderia ajudar? Aquela do cabelo de palha."

Ele a procurou na multidão. As marionetes prosseguiam na quadrilha, com movimentos que não acompanhavam a música, e ele se deu conta de que estavam fora de compasso. Em outros aspectos, eles pareciam quase humanos: seu tamanho, a sofisticação de seus corpos e rostos, mas eles não eram capazes de disfarçar completamente o ritmo típico de seus movimentos. Como um filme exibido na velocidade errada, eles não conseguiam enganar o olho humano. Theo sentiu-se como Muybridge com seu zoopraxiscópio. Se ele conseguisse girar a manivela na velocidade correta, eles teriam uma aparência mais real.

"Não havia pensado em Noë", disse Kay. "Ela me ajudou antes. E, quando estávamos no Quarto dos Fundos, ela foi punida por tentar fugir. Mas ela está enlouquecendo neste lugar."

"Talvez você possa pedir a outra pessoa. Aquele cara com quem ela está dançando. Ou aquela criatura feita de galhos..."

Kay riu. "A Fada Boa? Creio que sim, mas o que faríamos com Noë? Podemos levá-la conosco, Theo?"

A música parou subitamente, e a quadrilha se desfez, as marionetes rindo e aplaudindo, quase desabando de cansaço. O Gato tocou um tema melancólico na rabeca, o estilo refletindo a mudança de energia no salão. Conversas em voz baixa tomaram o local. Romeu envolveu em seus braços uma Julieta sonolenta. O macaco *ningyō* puxou sua cauda e, rodando lentamente com um zumbido de engrenagens, enroscou-se em uma bola do tamanho de um melão. Até as pequenas Crianças do Sapato estavam cansadas e, uma a uma, aconchegaram--se em sua velha mãe para cochilar. Um interlúdio para descansar e tomar fôlego para uma nova rodada.

O momento perfeito para a fuga, pensou Theo, mas a cutucada de uma unha afiada em seu ombro o paralisou. O Diabo havia se materializado no silêncio, e, com a outra mão, ele puxava Nix pela orelha.

"Sr. Fantasma", ele falou, "meus lacaios têm observado você, e me foi dito que você estava o tempo todo aqui no celeiro. Escondido no sótão. Pode imaginar tal coisa? Mas nós já estávamos no sótão, então o caro Nix deve estar enganado."

"Temo que é culpa minha", disse Kay. "Falei sótão quando queria dizer... silo. Não é isso?"

Theo fez que sim com a cabeça.

O Diabo soltou Nix no mesmo instante. "Preste mais atenção, Nix. Mas, diga-me, o sr. Fantasma não pode falar por si próprio?"

"Ele é uma criatura de poucas palavras", respondeu Kay.

"Estou rouco", falou Theo no melhor falsete que pôde. "De tanto conversar sobre filosofia com Sileno."

"Sileno? Você conhece Sileno? Estava me perguntando onde ele teria se metido."

"Lá embaixo", retrucou Theo, apontando por sob o lençol.

"Estou muito grato a você, velho espectro", disse o Diabo. "O Original está procurando por Sileno há uma hora para solucionar uma charada. Eu e você teremos de retomar nossa conversa mais tarde." Seu rabo balançou como o de um cachorro quando ele correu para a escada.

Olhando para todos os lados para certificar-se de que estavam a sós, Theo sussurrou para Kay: "Precisamos partir".

"Não sem Noë."

"O risco é muito grande."

"Não posso ir embora sem ela."

Ele suspirou profundamente, encerrando a disputa. "Traga-a, mas rápido, enquanto o Diabo está longe. E veja se a Fada Boa estaria disposta a distrair os outros."

"Você enlouqueceu", disse a Fada Boa. "Vocês nunca vão conseguir. Além disso, como você pode ter certeza de que ele é quem ele diz ser? Você já viu a cara dele?"

À volta delas, os outros descansavam, dormindo no chão, corpos enroscados em corpos, ou encostados na parede. A letargia havia tomado conta da festa, por excesso de vinho e de música. Kay olhou para o outro lado do salão, para onde estava o Fantasma, tentando passar despercebido perto do buraco do silo. "Não preciso ver o rosto dele para reconhecer meu Theo. Ele esteve com a Rainha, e ela lhe deu permissão para tentar, mas precisamos de você para provocar um rebuliço quando formos escapar. Algo que prenda a atenção deles."

Irrequieta como um beija-flor, Noë dava pulinhos. "Por favor, por favor, por favor. Levaríamos você conosco, mas sua cabeça nunca passaria por aquele buraco."

A Fada Boa levou as mãos à ampla coroa de galhos que se projetava de sua cabeça, avaliando, pesarosa, sua circunferência. "Acho que você tem razão. Uma cabeça grande é a maldição de uma inteligência superior e de um extenso aprendizado. Vocês têm certeza de que querem nos abandonar? Não poderiam pedir que o homem ficasse? Tenho certeza de que isso poderia ser acertado, se o assunto fosse abordado com delicadeza."

"Vou enlouquecer se não der o fora daqui", disse Noë.

"E você, Kay? Há muito a ganhar, mas muito a perder também."

Por alguns instantes, ela pensou em sua vida junto às marionetes. Ela se lembrou daquela semana de espetáculos em Montreal com o Quatre Mains, a emoção de deixar de ser mais uma figurante para assumir o papel de narradora, exibindo-se para uma plateia que a ovacionava. E ela pensou nas amizades que havia feito, e em como seria triste abandonar a Fada Boa, as Irmãs e todos os outros. "Ele não foi feito para esta vida. E eu o amo. Você certamente pode entender isso."

Com um latido agudo, o cãozinho se fez notar aos pés delas, ansioso para brincar. Noë sacudiu o dedo, alertando-o para ficar quieto ou cair fora.

"Eu não entendo", retrucou a Fada Boa. "Acho que nunca serei capaz de entender o amor, nem como se permite que a emoção supere a razão. Mas você é minha amiga, e vou ajudar. Vocês terão de ser rápidos quando chegar a hora. Não se demorem, corram o mais que puderem."

O Cão choramingou aos pés de Kay, e ela se abaixou para acariciá-lo pela última vez. "O que você vai fazer para que eles não nos vejam fugindo?"

A Fada Boa pegou o cãozinho no colo, fazendo com que ele se calasse. "Deixe comigo, é melhor que vocês não saibam. Agora, diga a seu homem para se colocar a postos. Assim que eu gritar, partam. Adeus e boa sorte."

"Obrigada, obrigada" disse Noë.

"Você é a melhor de todos", falou Kay. Ela acariciou o emaranhado de galhos que formavam o rosto da Fada Boa e, com esse adeus, conduziu Noë por entre os bonecos sonolentos até Theo, junto à passagem do silo. A largura só permitia um de cada vez.

"Vocês estão prontas?", perguntou ele.

"Está tudo acertado. Devemos partir assim que escutarmos o grito da Fada Boa, quando todos estarão distraídos."

"Você vai na frente", disse Theo. "Depois Noë, e eu vou na retaguarda."

"Noë vai primeiro", retrucou Kay. "Temos de tomar conta dela, ter certeza de que ela vai conseguir. Depois vai você, para poder me puxar."

"Eu empurro você depois que ela for."

"Não, Theo. Eu tomarei sua mão, seguindo você. Confie em mim." Ela o abraçou com tanta força que seu queixo deixou uma marca na testa dele. "Vamos precisar dessa corda que está no seu pescoço. Para o caso de haver uma queda brusca do outro lado, pois não sabemos a que altura estamos do chão. Se ela voltar a ser uma garota, pode se machucar."

Ele afrouxou o nó em torno de seu pescoço, passou a corda sobre a cabeça e a entregou a Noë. Ela desfez o nó, desenrolou a corda e prendeu uma ponta em um gancho de metal pregado no chão.

Kay olhou-o bem nos olhos. "Preciso ver seu rosto antes de irmos."

"É arriscado demais."

"A Fada Boa quer ter certeza de que você é quem diz ser. É o mínimo que podemos fazer."

Os três se voltaram ao mesmo tempo e fizeram um sinal para a Fada Boa. Segurando a barra de sua cabeça de musselina, Theo ergueu-a lentamente. Os trapos que serviam de enchimento se espalharam pelo chão. Buscando ar, como quem sobe repentinamente à superfície da água, ele tirou o disfarce. Ela viu seus cabelos desgrenhados e seus olhos brilhantes. Ela o beijou e se lembrou. Noë agarrou a corda, pronta para partir.

Do outro lado do salão, a Fada Boa quebrou uma vareta do feixe que formava seu antebraço, jogando-a para a área onde estava o Original, cercado por seu séquito. O cãozinho pulou atrás da vareta, e a Fada Boa gritou: "Meu braço, meu braço, o Cão roubou meu braço". Latindo e rosnando, o Cão se lançou sobre e por entre os corpos adormecidos, sem prestar atenção em onde pisava, despertando-os da modorra. A vareta caiu ruidosamente aos pés do Original. A Fada Boa percebeu que os outros estavam distraídos e fez um sinal para os fugitivos.

"Lá vamos nós", disse Theo e, segurando-a pelos quadris, ergueu Noë até o buraco na parede. Balançando-se na borda, ela virou de lado, enquadrada pela noite escura, e jogou a corda pelo outro lado do buraco, testando antes para ver se o nó aguentaria. Trepando rapidamente, Noë se enfiou na passagem e desapareceu.

"Você agora", disse Kay. "Vou logo atrás."

No sótão, o alarido aumentou, gritos de horror pela intromissão do cãozinho, as marionetes se mexendo, acordando. Latidos, risos, um grito repentino. Theo se ergueu até a entrada do buraco. Lá fora, o céu noturno brilhava cheio de estrelas, e, 2 m abaixo, ele viu Noë largar a corda e pousar com firmeza no chão. "Você está aí, Kay?", gritou ele por sobre o ombro, mas não houve qualquer resposta. Ele se forçou a continuar de olhos fixos na escuridão. As marionetes exigiam que ele parasse.

O Original esbravejou: "Não!".

Ele olhou para trás, a fim de ver se ela o seguia.

O rosto dela estava esplendoroso. Olhos bem abertos, assustados. Ele podia imaginá-la novamente íntegra, real e viva. Ela dizia algo que ele não conseguia entender, apenas via o movimento de seus lábios, "Eu te amo", ou "Eu só sabia", ou... e então eles caíram sobre ela, os sátiros, puxando-a para longe da parede, como se ela estivesse se afogando, arrastada pelas águas. Uma enorme onda de marionetes que se elevava, prendendo-a, e Theo imediatamente se deu conta de seu erro.

A ponta da lança perfurou um ponto logo abaixo de seu esterno, deixando-o sem respirar. A metamorfose teve início naquele instante. As mãos primeiro, passando de carne para papel, sua cabeça se tornando um invólucro vazio, e ele sentiu a transformação sacudindo todo o seu corpo, à medida que ele perdia a consciência. Ele se tornou um homem oco, uma marionete.

Os horrendos bonecos se reuniram ao redor dele, sua linguagem indecifrável, uma cantilena primitiva e gutural. O pequeno homem de madeira, aquele pelo qual ela havia se apaixonado na vitrine, arrancou a lança, e Theo desabou no chão.

Como um pequeno deus tirano, o boneco antigo ergueu a lança, mostrando-a aos presentes. O diabo estava ali. As irmãs infelizes. Uma fada feita de varetas. Ele tentou encontrar Kay na multidão, para dizer-lhe que sentia muito, mas não podia falar, não conseguia se lembrar de como levantar do chão, erguer a cabeça ou fazer qualquer movimento. Ele tinha uma vaga recordação de sua vida, uma série de imagens congeladas. O Original buscava uma resposta da multidão. Ele havia feito uma pergunta, buscando neles a confirmação de seu julgamento, e a massa rugiu em resposta.

As bacantes saltaram imediatamente sobre Theo, partindo-o em pedaços. Elas estavam em um frenesi, despedaçando tecido, cartolina e arame, desfazendo o corpo da marionete. Uma mulher vestida com uma pele de leopardo arrancou sua cabeça com um único golpe, outros partiram seus membros nas costuras, e, no lugar onde um dia esteve seu coração, não ficou nada além de papel rasgado.

A DANÇA DAS MARIONETES
Keith Donohue

27

uybridge intuiu que, para registrar o movimento, é preciso dividi-lo em seus componentes.

Um único segundo de filme requer 24 imagens para que o movimento pareça fluido, natural e verossímil.

A constância da visão depende de nossa habilidade psicológica para ver, ao mesmo tempo, tanto uma imagem como a imagem consecutiva. Tente girar uma estrelinha no escuro.

Uma marionete não pode reproduzir fielmente o movimento humano porque ela não pode se mover no tempo adequado e constante.

Eu a amo, ou eu amo o depois dela?

Mitchell fechou o caderno e se recostou novamente na cadeira de Theo. Notas esporádicas nas margens de sua tradução, os pensamentos errantes de uma mente perturbada. Do lado de fora da janela do escritório, nevava, uma neve de fevereiro espessa e pesada. O serviço de meteorologia mostrava uma longa e larga área de tempestade, com neve em Quebec, neve em Vermont.

O médico lhe havia alertado para ir com calma, devagar, não tentar fazer tudo de uma vez quando retomasse o trabalho, e, claro, a universidade compreendia perfeitamente, tendo concedido a Mitchell um semestre sabático, em consideração a sua pessoa. Se eles ao menos conhecessem toda a história. Mas a quem ele poderia contá-la agora? Pensariam que ele ainda estava louco.

Amor, ou, como ele via agora, paixão cega, o havia levado a falar e fazer coisas impróprias. A enfermeira da noite, uma bela jovem por quem ele havia ficado desesperadamente apaixonado, sentava-se com ele todas as noites depois dos pesadelos, nas primeiras semanas. Mitchell pulava na cama, encharcado de suor, e a enfermeira desfazia seus temores, acalmando-o, enquanto segurava sua mão e o deixava contar pedaços de sua história.

"Eu deveria ter entrado imediatamente. Talvez houvesse conseguido salvá-lo. Um deles."

"Não foi culpa sua", disse a enfermeira. "Você não deve se recriminar."

"Eles demoraram muito tempo, entende. Eu adormeci no carro, havíamos dirigido o dia inteiro, eram duas horas da madrugada. Eles disseram para esperar por duas horas, mas não consegui ficar acordado. Eu deveria ter batido à porta da casa e acordado aqueles dois jovens. Pedido que eles abrissem a porta do celeiro. Ou entrado lá eu mesmo."

"Você estava cansado. Era tarde. O que fez com que você acordasse?"

"Não sei, não sei. Minha memória está fraca. Pode ter sido no momento em que a vi, acho. Havia uma luz no celeiro, que passava por um buraco na parede, junto ao silo, e uma corda pendurada, que chegava quase ao chão. Foi quando a marionete apareceu."

A enfermeira não emitiu qualquer julgamento, mas apertou sua mão e afastou o cabelo de seus olhos.

"Uma silhueta, na verdade, mas poderia ter sido, acho que era um deles. Mas eu acho que estava sonhando. Fechei meus olhos e adormeci de novo, até a primeira batida no vidro do carro."

"Foi então que você viu a garota pela primeira vez?"

"A não ser que ela e a marionete fossem a mesma pessoa. Mas como seria possível? Ela era uma garota de verdade, tão de verdade como você."

"Você precisa descansar", disse a enfermeira. "Vou pegar alguma coisa para ajudá-lo a dormir."

"Não, espere. Não havia marionete alguma. Elas não estão vivas. A garota estava fugindo..."

A garota bateu no vidro, implorando por socorro. Cabelo cor de palha, um vestido simples, mas nada de sapatos ou de casaco, naquela noite congelante. O instinto falou mais alto, a oportunidade de ser um herói. Ele abriu o vidro e viu o pânico nos olhos dela, as nuvens de condensação a cada palavra que ela pronunciava. "Por favor me ajude", disse ela. "Eles estão atrás de mim. Temos de sair correndo."

"Quem está atrás de você?"

"O Original deve ter descoberto eles. Por favor, me ajude."

"Quem é o Original?"

"Ele não vai me deixar partir."

"Entre no carro", disse Mitchell, e ela caminhou com as pernas enrijecidas até o outro lado, curvando-se desajeitadamente para sentar no banco do carona.

Ela olhou para trás, na direção do celeiro, a luz que passava por um buraco na parede junto ao silo. E então virou-se para ele, os olhos cheios de terror. "Eles vão nos matar. Vamos, vamos já."

Ele deu partida no motor, acendeu o farol e saiu correndo, de maneira imprudente, por aquela estrada solitária. A garota, no início, estava histérica, alternando entre choro e riso, depois começou a tremer, os dentes batendo, até que ele ligou o aquecedor, e ela se mostrou fascinada com o ar que soprava pela ventilação. Extremamente curiosa com o carro, como se fosse a primeira vez que ela andasse de automóvel. Ela parecia olhar para ele com a mesma incredulidade. Mitchell perguntou qual era o nome dela, ela respondeu que não se lembrava, apenas sabia que tinha de ir para muito, muito longe.

"Eles vão matá-lo", disse ela. "Depois vão nos desfazer."

Mitchell soluçou e mirou os olhos acolhedores da enfermeira. "Eu deveria ter parado o carro naquele instante, voltado e procurado meus amigos. Mas a única coisa que parecia importar era a segurança daquela pobre moça."

"Ela estava assustada e traumatizada. Você fez a coisa certa ao trazê-la para o hospital." A enfermeira pousou a mão em seu peito até que ele adormecesse.

Naquela tarde de neve, no escritório de Theo, ele se lembrou do peso daquela mão sobre seu coração e se perguntou, mais uma vez, o que conduz algumas pessoas ao amor, enquanto outras nunca o encontram. A fugitiva escapulira do hospital antes de o dia amanhecer, sem deixar rastro, sem nome, um pseudônimo, seu destino ignorado.

Foi o que um dos policiais lhe dissera. Ele levara horas para convencê-los de que seus amigos haviam desaparecido no meio da noite, mas eles acabaram concordando em acompanhá-lo de volta à fazenda na manhã seguinte, para dar uma olhada e fazer algumas perguntas.

Um homem de idade abriu a porta, e um dos policiais se apresentou, bem como o dr. Mitchell, e explicou o motivo da visita. Quando eles se cumprimentaram, Mitchell sentiu a força no aperto, as calosidades na palma da mão dele. O sujeito falava com um sotaque do Quebec e pareceu incomodado com a invasão de sua privacidade. "Seus amigos realmente invadiram o celeiro para ver as marionetes? Para quê? Podem vir a qualquer hora e olhar por si próprios."

"Você notou alguma coisa incomum na noite passada?", perguntou o policial. "Algum sinal de distúrbio?"

Um latido forte veio dos fundos da casa. "*Tais-toi!* Silêncio! Esse cachorro vê e escuta tudo", disse o homem do Quebec. "Se seus amigos tivessem aparecido aqui, ele teria latido até a cabeça idiota dele explodir."

O policial olhou ansiosamente para dentro, em busca do cachorro. "E você estava aqui completamente só na noite passada?"

"Eu e minha esposa, só nós dois. Ela agora não está, foi fazer compras."

Mitchell perguntou: "Nenhum menino louro, ou uma garota ruiva?".

"Bem, temos alguns ajudantes durante o verão, mas já fechamos para a estação. Posso mostrar o local, se vocês quiserem, mas está tudo completamente morto."

O homem vestiu um casaco e eles foram até o museu das marionetes. Ele perguntou a Mitchell: "Então você é um doutor?".

"Tenho doutorado em Clássicas. Dou aulas de latim e grego."

"Os grandes mitos", disse o canadense. "Tenho algo especial para você."

Eles entraram no celeiro e viraram à esquerda, passando pelos estábulos, e visitaram todos os aposentos com os bonecos silenciosos e sinistros, organizados, sãos e salvos. Pelo aspecto, alguns estavam ali parados e esquecidos há muitos anos. A poeira cobria suas cabeças de papel e se acumulava nas costuras e dobras de seus rostos e mãos pintados. Ele os conduziu por entre mostras anteriores de espetáculos infantis, *bunraku* japonês e contos de fadas, até uma pequena escada que levava ao enorme sótão do celeiro. Bonecos ocupavam todos os espaços disponíveis, de pé lado a lado ou presos às vigas do telhado, gigantescas efígies intercaladas com minúsculas marionetes. O titereiro levou Mitchell à parede junto ao silo, onde duas novas tábuas haviam sido pregadas, contrastando com a madeira velha e desbotada.

"Ah, eis o que eu queria lhe mostrar, dr. Mitchell." Com um floreio teatral, ele puxou uma cortina púrpura. Dispostos em duas fileiras, havia uma meia dúzia de homens com pés de bode e seis mulheres preparadas para uma batalha.

"Sátiros e bacantes", disse Mitchell.

"Costumávamos fazer uma bacanal de primavera, nos meus tempos de juventude. Agora, só ocasionalmente. *Sic transit gloria mundi.*"*

"E este deve ser o velho Sileno." Mitchell apontou para o gordo filósofo, estoicamente silencioso. Um burrinho preto parecia dormir a seus pés.

---

* "Assim passa a glória do mundo."

Havia um boneco gasto e antigo sob uma redoma, em um pedestal. O titereiro ergueu o vidro. "Eu o chamo de Original. Ele me ensinou tudo que sei."

Mitchell observou o boneco primitivo, perguntando-se como a garota podia ter medo de um simples brinquedo, um pequeno deus cujo tempo há muito ficara para trás.

Do sótão, eles desceram dois lances de escada até o aprisco nos fundos do celeiro, para ver o lindo dragão chinês, pronto para o Ano-Novo, e o tour terminou atravessando os estábulos. Eles não encontraram qualquer sinal de invasão, nem de que alguém tivesse estado lá na noite anterior. "Tudo certo, senhores?", perguntou o titereiro.

Mitchell reconheceu as marionetes do Quatre Mains do vídeo, a rainha gigante, o homem roliço com bigode de morsa. Ele pediu ao policial que tirasse uma foto, com seu celular, da boneca que se parecia com Kay. Aquela que havia feito Theo, Egon e Dolores pensarem na mulher desaparecida. Ele ousou tocá-la, de leve, no rosto, mas era apenas papel. Ela era tão linda como Theo havia descrito.

Foi naquela noite que começaram os terrores para Mitchell, os pesadelos e delírios que o deixaram desorientado. Pouco antes de ir para o hospital, ele recebeu um e-mail de um tal inspetor Thompson, no Quebec. "Obrigado pela foto da boneca. O sargento Foucault disse que não consegue ver qualquer semelhança, mas eu achei que ela se parece muito com Kay Harper e incluí a foto no arquivo do caso. Havia outra marionete ao fundo. Um palhaço? Lembrava meu irmão. Engraçado como nossas dores pregam truques com a nossa memória."

Arquivos e formulários. Mitchell colocou o notebook de Theo por cima do manuscrito, na caixa. O departamento já havia empacotado os arquivos das aulas dele, os itens que diziam respeito a seu emprego. Tudo cabia numa simples caixa de papelão, uns poucos objetos pessoais, uma cópia amarfanhada de sua tradução de Muybridge, uma fotografia de seu casamento e, do Quebec, um peso de papel com uma flor-de-lis onde havia sido gravada a divisa *Je me souviens*. Ele pensou na mulher que havia cuidado dele na pior fase dos pesadelos. Quando recebeu alta de seu longo tratamento, Mitchell estava muito perturbado para exprimir seus sentimentos. Talvez ele pudesse tentar encontrá-la. Seria muito difícil? Talvez ela pudesse lhe dizer o que havia acontecido com Theo e Egon. Lá fora, a neve cobria o chão, pesava nos galhos das árvores, fazendo tudo parecer novo. "Estou melhor", disse Mitchell a si mesmo. "Com o tempo, vou esquecer tudo isso e começar de novo."

* * *

O teatro de marionetes, feito a partir de uma velha caixa de pregos, havia sido colocado em cima do depósito de grãos. A Rainha tinha de se abaixar para ver a cena, mas os outros ficavam confortavelmente sentados. Apoiado nos cotovelos, Nix se esticou no chão para fazer companhia ao cãozinho. Resgatadas de seu tédio, Masha e Irina haviam projetado o cenário, desenhando, no verso de um pôster, a mansão arruinada e os salgueiros-chorões, pesados de barba-de-velho. Nuvens escondiam parcialmente uma lua pálida, e um morcego voava, em um ponto fixo do céu.

Escondendo-se o melhor que podiam, as três titereiras ficavam agachadas por trás da caixa. Olya e a Fada Boa se encarregavam de duas marionetes, cada uma, e Kay controlava todas as outras, às vezes duas de uma só vez, às vezes quatro, até seis, puxando as cordinhas atadas em seus dedos. Elas haviam pego as bonequinhas que pendiam do teto, refazendo-as para novos personagens, fabricando ainda outras, durante longos meses. Para preencher o inverno com sua arte, atentas a todos os detalhes, em espetáculos cada vez mais elaborados.

Ela havia batizado a peça de *Bayou Gothick*, e o cenário era sempre o mesmo. Na velha casa nos arredores do Vieux Carré, em Nova Orleans, duas velhas beldades sulistas eram acossadas por visitantes saídos de um pesadelo — espíritos, diabretes, duendes, zumbis e feiticeiros vodus, conforme a disposição de ânimo. Certa vez, ao encontrar os exoesqueletos secos das abelhas de Noë, ela prendeu cordões neles e os fez voar em volta da mansão, mas os outros ficaram tão apavorados que Kay baniu os insetos do repertório.

Presas na mansão, as beldades corriam de um quarto para outro, perseguidas por monstros e demônios, até chegarem ao sótão, guardado por um habitante fantasma. Às vezes a assombração as ajudava, e os três, juntos, combatiam os invasores mortos-vivos. Às vezes uma ou ambas as Irmãs conseguiam escapar, mas o fantasma sempre ficava para trás. Sozinho no palco. Porque ele nunca poderia abandonar o local que assombrava, o fantasma de musselina com os olhos manchados de tinta e a boca torta. "*Je me souviens!*", gritava ele, enquanto as Irmãs saíam correndo em busca de segurança, olhando para trás, sempre olhando para trás, para ver o que haviam abandonado. Todas as noites, as outras marionetes viam uma versão diferente do espetáculo e, ainda que soubessem como tudo iria terminar, elas sempre se envolviam na história, aplaudindo vigorosamente quando a cortina se fechava.

"Na próxima!", gritava Nix no chão. "Ele vai escapar da próxima vez."

Quando os aplausos terminavam, Kay tirava os cordões de seus dedos, um a um, enrolava-os e delicadamente guardava os bonecos. Ao fim do espetáculo, a Rainha era a primeira a levantar, estendendo o braço ao sr. Firkin para que este a acompanhasse até seu lugar habitual. A Bruxa Velha se retirava, com o cãozinho aconchegado em seu colo. Castigado, a relação com o grupo estremecida, o Diabo ficava quase sempre sozinho, e Nix, sendo Nix, passava o resto da madrugada fazendo malabarismos com aros e bolas.

"Escutem", disse Kay enquanto os outros se acomodavam em seus lugares.

"Está nevando de novo", suspirou Olya. "Permaneceremos enterrados vivos até a primavera." Suas irmãs deram fingidos olhares de compaixão e desabaram nos estábulos.

"Acho que é um som maravilhoso", disse a Fada Boa. "De alguma forma, torna tudo mais silencioso. Tranquilo."

O velho celeiro gemia sob o peso da neve que se acumulava. O mundo branco lá fora estava gelado e vazio. Kay colou a orelha em uma rachadura na parede para ouvir. O vento ganhava força vindo do oeste, assobiando pelas gretas, uivando vez por outra. Ela pensou em Theo na tempestade, no bosque onde os outros haviam jogado o que havia sobrado dele. Presas nos galhos das árvores, as roupas esfarrapadas estalavam e se agitavam, como bandeiras destruídas, quando o vento soprava, e seus membros de papel e sua cabeça oca faziam uma espécie de música. Kay podia ouvi-lo cantando, sempre cantando para ela.

PATENT APPLIED FOR.

BY EADWEARD MUYBRIDGE.

1893

AGRADECIMENTOS

Quero agradecer a todas as mágicas companhias de teatro de marionetes que inspiraram esta história: Basil Twist, Old Trout Puppet Workshop, Pointless Theatre Co. e Bread and Puppet Theater. Agradeço ainda a meu agente, Peter Steinberg; a minha editora, Anna deVries; e a todas as pessoas maravilhosas na Picador. E, como sempre, muito obrigado à Melanie, por fazer um livro melhor.

KEITH DONOHUE é escritor norte-americano, autor dos *best-sellers O Menino que Desenhava Monstros* e *A Criança Roubada*. Ele também faz resenhas para o jornal *The Washington Post* e escreveu a introdução para *Flann O'Brien: The Complete Novels*. Donohue tem PhD em Inglês, com especialização em literatura irlandesa moderna pela Catholic University of America e vive em Maryland. Saiba mais em keithdonohue.com